맥박

맥박

정형남 장편소설

어머니는 둥근달 아래에서 살풋이 미쳐났다.
이제 갓 날갯짓을 하며 날아오르려는 어린 산새처럼
하늘로 비상하려는 몸짓으로 춤을 추었다.
정녕 그것은 날갯짓이었다.

해피북미디어

차례

잘못 태어난 세상

할아버지의 숨결은 역사다.
그런데도 망각의 너울 속에
할아버지의 삶과 숨결을
잊고 산다.

올해의 보릿고개도 허리 휘어지고 뱃가죽이 등때기에 붙었다. 아지랑이 지피는 따뜻한 봄날, 이 산 저 산에 온갖 꽃들이 어김없이 피어나고 새싹이 움 솟는데, 사람들은 초근목피로 근근이 그 날그날을 지새우니 나오는 게 한숨이었다. 해가 거듭할수록 궁핍하기만 하였다. 아무려면 초근목피로 살망정 사는 입에 거미줄이야 칠까마는 민초들을 더욱 허리 휘어지게 하는 것은 부패한 관리들과 토호들의 착취였다.

사흘이 멀다 하고 부임해 오는 원님들의 토색질에서부터 아전 나부랭이들은 물론이거니와 지방유지며 토호들의 착취는 누렇게 뜬 민초들을 아사 직전으로 내몰았다. 어디를 가나 허기진 배를 움켜쥐고서 산과 들을 헤맸다. 보리는 익기도 전에 풋대궁이가 잘려나갔고, 그나마 온전하게 익어가는 밀과 보리는 지방의 토호들과 관아에 들어갈 농작물이었다. 그러다 보니 닷새마다

8

돌아오는 장날이 제대로 설 리가 없었다. 장사치고 장을 보러 온 장꾼들이고 한숨을 매달았다. 그 위에 올해는 봄 가뭄이 들어 논이고 밭이고 바싹 타들어 갔다.

"자네는 옹챙이 논에 모포기를 꽂았는가?"

"하늘도 무심하게 논바닥이 쩍쩍 금이 갔는디 모포기를 꽂은들 살아나겠는가. 공연히 품만 버리제."

"근께 말이시. 올챙이가 헐떡거리는 무논에 겨우 모포기를 꽂았더니 누렇게 말라비틀어진 것이 꼭 우리들 쌍판때기만 같네."

"올 가을걷이가 걱정일세. 관아에 바칠 공물이야, 소작료야, 눈앞이 아득하네. 벌써부터 뜬눈으로 지새우네."

관원들의 착취는 민초들을 하루아침에 부랑자로 나앉게 하였다. 토호들은 보다 악랄하여 나이 어린 처녀애들의 이마에 문신을 새겨넣듯 하였다.

"오히려 잘 됐지, 뭘. 논밭이 다 타들어 갔는디 내놓을 게 뭐가 있겠는가. 날 잡아 잡수시오, 배를 째라 하는 수밖에."

"그놈들이 그렇다고 인정사정 봐줄 것 같은가? 자네도 민씨 성을 가졌더라면 이런 시국에 벼슬 한자리라도 얻어 배불리 목에 힘주며 살 것인디."

"누가 아닌가. 재 너머 민가는 남의 집 문전이나 기웃거리며 빌어먹던 녀석이 민씨 성 덕분에 군관 나부랭이가 되어 하루아침에 팔자 고쳤다며?"

"참으로 웃기는 시상이여. 지난날에는 안동 김씨 세가들이 벼슬자리를 팔아묵고 온갖 탐욕을 자행하더니, 인제는 민씨들이 그 뽄새를 본받아 벼슬자리를 돈으로 매물을 사댓기 하고, 쥐나 개나 민씨 성만 가졌다 하면 벼락감투를 주네, 그랴."

"어디 그뿐인가. 떠도는 소문으로는 명당자리를 찾아 전국을 헤집으며 친정 아부지 유골을 대여섯 차례 이장했다던가?"

"나라가 망할라면 암탉이 운다고 하지 않든가. 총명하고 영민하다고 하더니만. 듣자니 나합이라는 별호까지 안고 궁중을 드나들면서 벼슬자리를 쥐락펴락 하는 무수리는 그 세도가 어찌나 막강한지 판서들도 그 앞에서는 말 한마디 제대로 못한다고 하더구만."

"그 자들도 나합인가 하는 무수리에게 비손이를 하여 얻은 벼슬일 것인디 말하여 무엇 하겠는가. 시상이 혼돈, 그 자체여."

"우리 고을 원님만 해도 그렇지 않은가. 엊그저께 부임행차 소리가 요란하였는디, 그새 영전되어 올라간다지 않던가."

"돈줄이 거기까지 뻗쳤겠제. 원님 자리 하나 얻는 데도 몇천 냥 들어간다는디, 부임하자마자 얼마나 고혈을 빨아들였는가. 원님 자리 얻는 데 들어간 돈과 영전할 돈을 챙기자면 빨래를 쥐어짜듯 해야제. 이래저래 우리만 허깨비 형상으로 뼈만 앙상하지 않는가."

"그러고서도 염치머리 없게도 송덕비를 세워달라고 한다니 때려죽여도 시원찮을 인간이네."

"이번에 새로 부임해 내려오는 원님은 또 얼마나 뇌물을 바쳤는지 모르겠네. 선정을 베풀러 온 게 아니라 토색질을 작심한 모리배들일세."

"저기, 어디라고 하더라. 새 원님이 아직 고을에 당도하기도 전에 새로운 신관사또가 들이 닥쳤다는구랴. 이런 웃지 못할 시상이 어디 또 있겠는가."

"누가 아닌가. 공자 왈, 맹자 왈, 읊조리며 치국평천하, 백성을 하늘같이 알라고 씹어 삼킨 자들이 도척들보다 더 악랄하고 흉악하니 분명 말세여."

"시상이 이래가지고는 살 수 없느니. 변혁이 일어나든지 해야제. 썩은 물은 냄새가 진동한다고, 새 시상이 돌아와야 한단 말이여. 생각해 보게나. 왜놈들을 비롯하여 외세는 호시탐탐 아가리를 벌리고 있는디, 저 위에서부터 썩은 물이 흘러넘쳐 숨 쉴 곳이 없지 않은가."

"쥐도 궁지에 몰리면 쩍하고 죽는 법이네. 우리라고 주린 배를 움켜쥐고 저놈들의 토색질을 마냥 바라보고 있을 수는 없제. 이래 죽으나 저래 죽으나 죽기는 마찬가지 아닌가."

"암만. 안 그래도 최제우가 일으킨 동학이 혼란한 시상을 정화시킬 것이라고 하더구만. 고부에서 봉기가 일어났다고 하지 않던가?"

"이참에 들불처럼 일어나야 혀. 시상을 올바로 잡아야 한다고."

그날 오일장에 나갔다가 주린 뱃속에 막걸리 두어 잔을 걸친 문지상은 불콰한 얼굴로 머리 맞대고 시국에 대한 울분을 안주 삼아 쏟아내는 사람들과 한마음으로 비분강개하였다. 갈수록 세상이 얄궂게 돌아갔다. 나라의 녹을 먹는 자들이 살인 방화를 하는 도적들보다 더 하였다. 지방토호들은 말할 것도 없거니와 탐

관오리들을 비롯하여 시정잡배들까지 온갖 농간을 부리고 백성들의 고혈을 빨아먹었다. 그 위에 왜놈들과 청나라는 서로가 조선을 침탈할 야욕으로 도리에도 맞지 않는 명분을 내세우며 으르렁거리고, 러시아를 비롯하여 서양까지 눈독을 들였다. 더욱 가관인 것은 위로는 고관대작들은 말할 것 없고 지방관속들까지도 이쪽저쪽 저울질하고 기웃거리면서 줄타기를 하듯 눈치 보아가며 빌붙어 국정을 농단하였다. 간도 쓸개도 내버린 작태였다. 이래저래 죽어나는 것은 민초들이었다.

드디어 정읍 고부에서 일어난 민중봉기는 들불처럼 순식간에 전국으로 번졌다. 그동안 억압받았던 민초들은 한마음으로 일어나 부패한 관리들을 응징하고 지방의 악질 토호들을 질타하였다.

"우리도 가만있어서는 안 되겠네. 무슨 연줄로 원님 자리를 꿰차고 왔는지 모르겠네만 부임하자마자 토색질로 혈안이 되어 산목숨 주리를 틀지 않는가 말이여."

"오죽이나 많은 돈을 썼겠는가. 원님이라는 작자도 하루살이 관직이라는 것을 익히 알기에 부임하는 길로 밑천이나 뽑자고 저 지랄 아닌가. 더욱 아니꼬운 것은 그 등쌀에 놀아나는 아전들이여. 반반하다 싶은 양가집 아녀자들을 잡아들여 수청을 들게 하면서 갖은 아부와 농간을 부리지 않는가. 이참에 들고 일어나 매운맛을 보여줘야 혀."

견디다 못한 의식 있는 선비들과 농투산이들은 이웃마을에 사발통문을 보내어 의기충천 한마음으로 일어났다. 기세가 사뭇 등등하였다. 이 무렵 호남지방은 동학농민혁명군이 장악하였다.

그 가운데 보성과 남원의 동학농민혁명군이 가장 막강하였다. 백정, 광대패, 역부, 대장장이, 승려 등 가장 천한 사람들을 모아서 한 부대를 만들기도 하였는데 관군들은 이들을 가장 두려워하였다.

그 밖에도 나이 어린 사내아이들로 구성된 동몽군(童蒙軍)도 섞여 있었다. 이들 가운데 더러는 처녀가 있는 집을 염탐하여 문에다 수건을 걸어놓고 그것으로 납폐를 드렸다고 어거지를 쓰기도 하였다. 그 때문에 처녀가 있는 집에서는 은밀히 대접에 물만 떠놓고 혼례를 치르는 폐해가 일어나기도 하였다.

그전에 조선 왕실은 동학농민혁명군의 진압을 외세에 의존하여 청나라 군대를 불러들였고, 뒤질세라 조선 침략의 야욕을 일찍부터 내비쳤던 일본군이 들어와 불가분 두 나라가 자웅을 겨루게 되었다. 일본군은 막강한 화력과 신속한 전술로 평양을 점령하였고, 청나라 군대는 계속 패퇴하여 안주까지 물러났다. 그리고 안주에서 의주로, 압록강을 건너 요양으로 철수하였다. 청나라 군대가 패배의 쓴잔을 마신 것이다. 이로써 일본군은 동학농민혁명군 토벌에 앞장서 개입하였고, 남쪽으로 내려간 서울병력과 합세하였다. 우리나라 총의 사정거리는 백 보 정도였는데, 일본군 총의 사정거리는 사오백 보였다. 그만큼 화력이 막강하여 눈비가 내려도 계속 쏠 수가 있었다.

문지상이 일본군과 맞닥뜨린 것은 광양전투에서였다. 문지상은 보성동학농민혁명군 소속이었는데, 순천지방의 동학농민혁명군이 낙안으로 향할 때 낙안의 집강(執綱)이 보성동학농민혁명군의 지원을 힘입었다. 그게 이태 전의 일이었다. 관군이 일본군을 이끌고 와서 화력이 막강한 일본 총으로 무차별 사격을 가하여 동학농민혁명군이 지리멸렬 패하여 하동에 이르렀다. 진주에서 들불처럼 세력을 확장하고 있었는데 전선이 무너진 것이다.

동학농민혁명군은 심기일전 순천부대를 규합하여 광양성부역에 진을 쳤다. 관군은 일본군 한 무리를 섬진강 상류 골짜기에 매복을 시켜 동학농민혁명군의 후방을 에워싸게 하였다. 그리고 본대를 지휘하여 망덕 바깥 바다를 건너 귀로를 차단하고 일본군에게 공관을 향하여 바로 쳐들어가게 하였다. 동학농민혁명군은 갑작스러운 기습과 매복 작전에 여지없이 무너졌다. 날이 저물고 비까지 내려 일본총의 화력에 도저히 배겨낼 수 없었다. 사상자가 속출하였고, 대장 이하 살아남은 자는 간신히 순천 방면으로 물러나 대오를 정비하였다. 일본총은 간담이 서늘할 만큼 몹시 두려운 화기였다.

서울 관군은 처음에는 동학농민혁명군이 신비한 술법을 몸에 지니고 있다는 소문을 듣고 매우 두려워하였으나, 일본 총을 앞세우고 싸움이 벌어지자 무인지경이나 다름없어 다투어 앞장을 섰다. 관군이 두려워한 것은 동학농민혁명군들이 옷에다 부적을 그려 붙이고 전투에 참전하면 총알이 비껴간다는 소문 때문이었다.

문지상이 속한 부대의 잔여 병은 보성으로 들어가 장흥 동학농민혁명군과 합류하였다. 전라도 북쪽지방의 동학농민혁명군이 여기저기에서 일본군의 지원을 받은 관군에게 패하여 사기가 저하되었는데, 동학농민혁명군이 일거에 장흥을 함락시키자 여러 고을에 숨어 있던 동학농민혁명군들이 장흥 병영으로 모여들었다. 동학농민혁명군은 그 여세를 몰아 강진을 함락시켰다.

그전에, 광양에서 패한 순천 동학농민혁명군은 지난번의 패배를 만회하기 위해 다시금 진격을 시도하였으나 일본군을 앞세운 관군의 지략과 화기 앞에 패하였다. 이로써 전의를 상실한 잔여 병들은 뿔뿔이 흩어져 장흥으로 모여들었다.

장흥, 강진, 보성으로 각각 진격한 동학농민혁명군의 기세는 대단하였다. 그러나 전세는 얼마 지나지 않아 기울어지기 시작하였다. 녹두장군 전봉준이 사로잡히고 남원을 점거하였던 김개남 장군마저 사로잡혀 처형을 당하자, 나머지 우두머리들이 차례로 붙잡히거나 사살되고 동학농민혁명군들은 지리멸렬 여기저기 흩어져 산으로 섬으로 숨어들었다. 일본군은 마을마다 동학농민혁명군들을 색출한답시고 분탕질을 하였다. 그들은 '대일본제국 동학정토군'이라는 깃발을 내세웠는데, 그 뜻은 조선은 자기들의 속국이라는 속내를 드러낸 것으로 백성들로부터 일제에 대한 공분을 샀다.

"왜놈들이 기어코 발톱을 드러냈지 뭔가. 임진왜란의 실패를 거울 삼아 침탈의 야욕을 내보인 거라고. 이 나라 강토가 머지않아 왜놈들의 발길에 짓밟힌다니!"

문지상과 산속에 숨어든 동지들은 하늘을 우러러보며 탄식하였다. 민심은 천심인데 결국 민생을 도탄에 빠뜨리고 나라까지 잃게 생겼으니 누구의 잘못인가?

"동학도로 낙인찍힌 이상 이래 죽으나 저래 죽으나 죽기는 매한가지니, 우리 다 같이 한마음으로 일제에 항거하세나."

"의병을 모집한다는 소문이 바람결로 들리기는 하데만……."

"왜놈들 앞잡이로 변신한 부패한 관리들을 동학봉기 때 싸그리 목을 쳤어야 했는디, 생각할수록 분통이 터지네."

"두고두고 통탄할 일이네만, 다시금 심기일전하여 매국노들을 한칼에 쓸어버려야 하고, 왜놈들을 이 땅에서 몰아내야 한다고."

산과 섬에서 숨어 지내던 잔존한 동학농민혁명군들은 암암리에 의병의 대열에 가담하였다. 문지상도 동료들과 의병에 합류하였다. 동학농민혁명군으로 활약한 사람들은 전투경험의 이력이 있는지라 항상 선두대열에 섰다. 대체로 게릴라식 기습작전으로 왜놈들의 간담을 서늘하게 하였다.

각처에서 일어난 의병들의 활약상이 두드러질수록 왜병들의 군세는 강화되었다. 의병 토벌작전에 혈안이 된 왜병들은 온갖 협박과 술수로 애꿎은 양민들을 괴롭혔다. 의병들과의 접선을 차단하기 위해 말할 수 없는 만행을 저질렀다. 임진왜란 때 양민들의 코와 귀를 자르던 만행보다 더 가혹하였다. 의병들의 피붙이들은 뿔뿔이 흩어져 생이별을 하였고, 애먼 농투산이들까지 붙잡아다 주리를 틀듯 하였다.

문지상의 의병대도 초기의 전과와는 달리 점점 전세가 불리하게 돌아갔다. 무엇보다 식량보급망이 원활하지 못하였다. 게다가 왜병은 수단과 방법을 가리지 않고 양민들과의 관계를 격리시키는 한편, 감시의 눈초리와 주리를 틀듯 하는 살벌한 분위기를 조성하여 의병들이 설 땅을 잃게 하였다.

문지상은 그 같은 전세를 의식한 어느 날, 식량 조달차 나갔다가 마지막일지도 모른다는 생각에서 밤을 이용하여 고향집을 찾았다. 문지상은 피골이 상접한 가족들의 모습에서 그간 얼마나 감시를 받으면서 핍박을 받았는가를 짐작하고도 남았다.

"당신이 살아서 돌아오다니요. 꿈인지 생시인지 모르겠소."

오열하며 반기는 가족들을 얼싸안고서 문지상은 한동안 말문을 열지 못하였다. 그나마 가족들이 무사한 것이 다행이라면 다행이었다.

"나는 집안이 화를 당한 줄 알았소."

"말도 마시오. 그간의 고통과 서러움을 어떻게 말로 다할 수 있겠소. 인자 당신이 살아 돌아오셨으니 여한이 없소."

"오늘 어렵게 온 것은 가족들을 마냥 집에 두어서는 안 되겠다는 생각에서요. 내 신변이 위험한 만큼 가족들의 생사도 어찌될지 모르겠소."

"그 점은 각오하고 있소만 갑자기 집을 버리고 떠나는 것도 왜놈들의 의심을 사지 싶으요. 마땅히 갈 곳도 없고요."

"듣고 보니 그렇기는 한다……."

"나는 집을 지킬라요. 조상님 기제사도 모셔야 하고. 동가식서가숙하며 거지발싸개처럼 빌어묵느니 내 집에서 당신 무사하기를 기도할라요. 설마하니 죽이기야 하겠소."

"그럼, 그렇게 알겠소."

문지상은 마누라가 차려준 밤참을 게 눈 감추듯 들고 자리에서 일어났다. 마누라가 차려준 뜨끈한 밥상. 얼마 만에 받아보았는가. 가족의 애틋하고 간절한 마음을 헤아린 문지상은 차마 떨어지지 않는 발걸음으로 사립문을 나서는 순간, 총부리가 가슴에 와 닿았다. 누가 밀고라도 한 모양이었다.

도리 없이 붙잡혀 간 문지상은 모진 고문 끝에 옥살이를 하였다. 최후의 전투에서 장렬하게 죽는 것보다 못하였다. 고문 후유증으로 반신불수가 되어 감옥에서 지내자니 참으로 고통스러웠다. 시간을 잊었고, 사계절의 변화를 망각하며 세월을 잠재웠다.

병보석으로 감옥에서 풀려난 문지상은 마누라의 극진한 간호를 받으며 지내는 동안 삼일운동이 열화같이 일어나자 불구의 몸을 이끌고 가담하였다. 또다시 구속되었다가 풀려나 근신하던 중 지하조직인 항일농민운동에 참가하였다. 이번에도 밀고에 의해 항일농민운동의 전모가 밝혀지자 다시금 애옥살이를 하다가 감옥에서 풀려난 것은 해방되기 바로 직전이었다. 외세에 의해 천신만고 끝에 일제의 만행에서 벗어난 이 땅은 좌와 우의 이념 대립으로 어수선하게 돌아갔다. 대립과 반목은 육이오전쟁이 일어나자 살상과 보복의 악순환으로 피비린내가 진동하였다. 한마디로 광기였다.

"당신이 무슨 붉은 물이 들었다고 저래쌌는 거요? 부패한 악덕 관리들을 응징하기 위해 동학농민혁명군에 들어갔고, 의병에 몸담고서 일제에 항거하고 기미독립만세를 부르고, 항일농민운동을 한 죄밖에 없는디, 그 공을 의롭게 생각해 주기는커녕 좌익으로 내몰아 반신불수를 생매장하려드니 이런 놈의 시상이 어디

18

있소."

　문지상의 마누라는 한 차례 고초를 받을 때마다 땅을 치며 통분해하였다. 무지렁이 농투산이나 다름없는데 사상을 알면 얼마나 알겠는가. 생각할수록 얄궂고 억울하였다. 일제에 빌붙어 양민을 괴롭힌 친일분자들은 고개를 쳐들고 설치는데, 세상 돌아가는 꼴이 도무지 이해가 되지 않았다.

　"보도연맹에 가입한 사람들을 보게나. 그들이 뭘 알았겠는가. 나는 그렇다 치더라도 자네와 아들 내외나 안전한 곳으로 피신하는 게 좋겠네."

　"몸도 제대로 가누지 못하는 사람을 놔두고 나만 살자고 피난을 가요? 전쟁 통에 결혼식을 올린 아들 며느리는 모르겠소마는. 일제가 물러가니 같은 민족끼리 총부리를 겨누다니요. 이 무슨 난리인지……."

　감옥을 들락거리다 뒤늦게 얻은 아들은 전쟁의 공포 속에서 신새벽 정한수 떠놓고 부랴부랴 결혼식을 올렸다. 지난날 동학농민혁명군봉기 때, 같은 동료였던 지기(知己)가 육이오전쟁이 일어나자 나이 찬 딸이 혹시라도 잘못되지나 않을까 염려한 나머지 서둘러 혼사를 타진하였다. 문지상도 아들이 자칫 이쪽저쪽의 여론몰이에 희생양이 되지 않을까 전전긍긍하던 차에 반겨 승낙을 하였다. 그렇다고 이성을 잃은 광기의 바람은 결코 안전할 수 없었다. 언제 불려갈지 바람 앞에 촛불이었다.

　"아들 며느리를 우선 처가동네로 보내는 게 좋을 듯싶네. 그쪽은 여기보다 안전하다고 들었네."

"그게 좋겠어요. 왜샌놈의 시상. 언제 마음 편히 지내면서 배불리 먹고 살끄나. 너는 뒤늦게 얻은 우리 집안의 유일한 종손이다. 너라도 온전히 건사해야 대를 이을 것인께 피난살이라 생각하고 처가동네로 가서 죽은 댓기 살거라."

"아버님은 어쩌고요?"

"내 걱정은 말거라. 이제 바랄 것도 기대할 것도 없다. 망설이지 말고 어서 떠나거라."

문지상은 아들 며느리의 등을 떠밀었다. 어디선가 아스라이 총성이 울렸다. 같은 동족끼리 총부리를 겨누는 이 비극. 불현듯 동학농민혁명군 시절 관군들과 마주하였던 전쟁의 참상이 떠오르면서 아들 며느리가 사립문을 나서는 뒷모습이 마냥 짜안하고 가슴 아팠다.*

---

* 조선 말기의 시대상과 동학농민혁명군에 대해서는 황매천의 『오하기문』 참조.

어둠살이

회오리 광풍 속의 일엽편주,
그리고 침몰.
그것은 한시대의 비극의 산물인가?

문광한은 눈물을 머금고 집을 나섰다. 전시(戰時)이기에 병수발을 드는 어머니를 두고 나서는 발길이 천근 무게였다.

"느그 아부지는 그렇다 치고 내 걱정일랑 접어뿔거라. 나사 암시랑토 않은께. 전쟁 통에 처갓집에 빌붙어 살자면 고달프고 심난할 것이다만, 며느리와 따뜻한 마음으로 꾹꾹 참고 이 어려운 시기를 잘 넘기거라."

　자꾸만 뒤를 돌아보는 문광한에게 어여 가라고 손짓해 보내는 아버지, 어머니의 모습이 한없이 마음을 슬프게 하였다. 문광한은 어머니의 간곡한 말을 가슴에 지니고서 처가살이를 하였다. 다행이랄까, 딸만 내리 낳다가 늦둥이로 태어난 처남은 해방되기 바로 전해에 부역으로 끌려가 북쪽지방 탄광에서 노역을 하다가 탈출하였다는 것이다. 그리고 몇 달 뒤에 해방이 되었는데도 돌아오지 않았다. 죽었는지 살았는지 생사를 몰라 장인장모는 애간장을 녹이고 있었다. 딸들도 전쟁의 광풍에 휩쓸려 소식이 없었다. 그러던 차에 문광한의 부부가 찾아들자 감지덕지하였다.

"사위도 자식이라고 느그들이 곁에 있어준께 그나마 살 것 같으다. 아들놈 생사를 몰라 하루에도 열두 번 번열이 일어난다. 에이구, 가슴이야. 같이 끌려갔던 재너머 이씨네 아들은 용케 살아 돌아왔는디, 하늘도 무심하시지. 국군이 압록강까지 진격하였다가 중공군 땜새 후퇴한 대열에 섞여 내려오지나 않을까 기대했는디 그것도 허사인갑다."

장인장모는 먼 산 바래기로 북녘하늘을 바라보며 한숨을 쉬었다.

"어매요, 더 기다려봅시다. 하늘이 도울 것이요."

"금메다. 그랬으면 오죽이나 좋겠냐. 대를 잇자고 낳은 자식인디 생이별을 할 줄이야 누가 알았냐. 느그라도 곁에 있어준께 마음 든든하다만, 느그 시어매는 병상의 남편을 간호하느라 얼마나 마음고생이 심하겠냐. 더구나 국가에서 포상은 해주지 못할망정 붉은 딱지를 이마에 붙여놓고서 핍박을 준다면서야. 잘못되어도 한참 잘못되었다."

"그건 그려. 나야, 동학농민혁명군에 잠깐 가담하다 말았지만 느그 시아부지는 미력하나마 의병으로 몸을 내던졌고, 삼일만세를 앞장서 외쳤고, 항일농민운동이야, 일제에 항거하였는디, 그런 뭇가름으로 죄인시하다니 어떻게 된 시상인지 모르겠다."

장인은 누구보다도 세상 돌아가는 처사에 분개하였다. 어디 그뿐인가. 무담시 보도연맹에 가입하라고 들볶더니 전쟁이 일어나자 무더기로 처벌한 처사도 영 못마땅하였다. 좌익세력에 대한 통제와 회유를 목적으로 한 조직이었는데도 마을마다 할당제로 배분하여 양민들을 마구잡이식으로 가입시켜 6·25전쟁이 일어나자 무차별 검속, 즉결처분을 단행하여 집단적인 민간인 학살로 번져났다.

"그나저나 인민군 포로라도 되어 아들이 살아 돌아왔으면 좋을디……"

장모는 어둠살이 내리면 애절한 마음으로 한숨 섞어 동구 밖을 내다보았다. 그러나 전쟁이 끝난 뒤에도 아들은 돌아올 줄 몰랐다. 전쟁은 정말 잔혹하였다. 죽은 자에게나 산 자에게나 치유할 수 없는 상흔을 안겨주었다. 모진 광풍이 휩쓴 산과 들은 온통 피비린내와 아물지 않는 불신과 절망을 모두의 가슴에 심어주었다.

문광한은 장인장모를 극진히 모셨다. 그만큼 성정이 착하고 어질었으며 올곧았다. 전쟁이 남기고 간 폐허 속에서 부지런을 떨면 입에 풀칠은 하지 싶었다. 비탈진 옹챙이 계단식 밭도 일구고, 산을 누비며 약초도 캤다. 한 가지 남다른 점은 손재주가 있었다. 거기다 예술적인 감각이 남달랐다. 산을 누비면서 진귀한 나무가 눈에 띄면 옹챙이밭 둔덕에 심었고, 시간만 나면 나무를 다듬어 글자나 그림을 새겼다.

"자네는 눈썰미가 남달라. 어떻게 이런 나무들을 발견한 건가?"

주위에서는 신기한 눈으로 바라보았다. 문광한은 그런 말을 들을 때마다 겸손을 내보이며 한 뼘 땅을 일구면 관상용 나무와 약재용 나무를 심었고, 접을 붙이기도 하였다. 더러는 실패하기도 하였으나 대체로 모양새를 갖추어 보는 사람들의 눈을 즐겁게 하였다. 어느덧 수목원으로 자리하였다. 노력의 결실이었다.

"거, 재주도 신통하제. 어떻게 접을 붙였기에 전혀 궁합이 맞을 성싶지 않은 나무를 합방시키듯 하였는가. 연리지네."

"말도 말게나. 면장이 군수에게 진상할 거라고 가져간 나무는 그야말로 기상천외한데. 나무를 가꾸어 가용돈을 벌어 쓰는 사람은 자네 말고 누가 또 있는가."

"목각도 기똥차지 않는가. 우리 집 당호나 하나 새겨달라고 일찌감치 주문을 해야겠네."

마을사람들은 문광한의 손재주에 칭찬을 아끼지 않았다. 취미삼아 새기는 목각을 감상하며 선망의 눈길을 보냈다.

"이 사람아, 그 아까운 재주를 그냥 썩히지 말고 세상에 내보여. 하다못해 도장방이라도 내는 게 어때? 어수선한 이 시국에 호구조사며 토지 등기며 도장이 필요할 때 아닌가."

"좋은 생각이네. 면사무소 앞이나 군청 근처에 간판을 내걸게. 소일거리 삼아 목각도 하고 말이여. 취미도 살리고 돈도 벌고, 일석이조 아니겠어?"

주위의 부추김에 솔깃해한 것은 마누라였다. 마누라도 남편의 손재주를 남다르게 보아온 터였다.

"주위의 권고대로 도장방 간판을 내거시게요. 옹챙이밭들은 제가 가꾸고, 수목원 가꾸는 것은 당신이 아침저녁으로 운동 삼아 짬을 내면 될 것이고요."

"나도 그럴까 하고 마음을 기울였네."

문광한은 등 떠미는 마누라의 말에 힘입어 시부저기 하품을 하듯 면사무소 앞에다 도장방 간판을 내걸었다. 처음에는 큰 기대를 하지 않았기에 작업대 하나와 손님들이 기다릴 동안 앉아 있을 의자 두세 개 놓을 비좁은 공간이었다. 그런대로 내 작업실이 있다는 자부심으로 일을 하였다. 덕분에 열심히 한문을 익히고 서체(書體)를 익혔다. 그 재미로 시간 가는 줄 모르고 하루하루를 보냈다.

"허허, 자네 손재주는 타고난개비여. 콩알만 한 면적에다 어쩜 이리도 깔끔하고 모양새 좋게 이름 석 자를 새겨 넣었는가. 그야말로 예술품이네."

아닌 게 아니라 문광한은 금방 손님들의 마음을 사로잡았다. 어느 사이에 도장방은 들고나는 손님들로 북적거렸고, 할 일 없는 사람들의 집합소가 되었다. 주문이 나날이 늘어갔다. 그쯤 되고 보니 비좁은 공간을 늘일 수밖에 없었다. 작업실 뒤쪽 창고로 쓰던 곳을 주인의 양해를 얻어 내부수리를 하였다. 작업실과 손님들 모임장소를 분리시킨 것이다. 전쟁의 후유증으로 너나없이 허탈한 가슴을 안고 사람들이 모여들어 일종의 사랑방 구실을 하였다.

문광한은 출근하기 전 아침 일찍 수목원을 둘러보고 목각이나 도장재료로 좋을 나무를 골라 오기도 하였다. 그리고 출근과 동시에 주문이 들어온 도장을 부지런히 새겨주고, 짬이 나면 구해

온 목재를 깎고 다듬은 다음 각을 하였다. 무아지경, 그 순간만큼 삶의 희열을 느낀 적은 없었다. 무한한 자긍심을 느꼈다.

오후가 되면 으레껏 공허한 가슴들을 안고 사람들이 찾아들었다. 대개 시간이 남아도는 반한량들이었다. 그들은 모였다 하면 장기판, 바둑판, 아니면 화투판을 벌려놓고 술 내기 아니면 저녁 내기를 하였다. 구경꾼들의 손가락질 훈수가 반상 위에서 침을 튀기고 더러는 고성이 오가는 험악한 분위기였다가도 끝날 무렵이면 언제 그랬느냐는 듯 함께 어울려 음식점 아니면 술집으로 향하였다.

그런데 내기 장기, 바둑, 화투판이 점점 요상하게 변질되어 갔다. 심심풀이로 친선을 도모한 간단한 입가심 정도의 내기판이 어느 사이에 뭉칫돈이 오가는 노름판으로 변한 것이다. 문광한으로서는 찬성할 수 없는 분위기였다. 그렇다고 야박하게 내몰 수도 없고 심기가 불편하였다. 노름방이라는 오명을 들을까 싶어 신경이 쓰였다. 노름판은 자제해달라고 몇 번을 사정하듯 말하였으나, 처음 몇 번은 들은 척하더니 소귀에 경 읽는 격이었다. 워낙 성정이 모질지 못하여 이래저래 속앓이만 하였다. 더욱 난처한 것은 노름 밑천을 빌려달라는 것이었다.

"뭘, 더하시려고 그러시오. 그러다 자칫 초가삼간 날리겠소. 보기에 딱하고 난감하요."

"그러기야 하겠는가. 본전 찾으면 이자를 쳐서 갚을 텐께 한 번만 봐주게나. 아무려면 초가삼간이야 날리겠는가."

"노름이라는 게 어디 그럽디요. 예부터 마누라, 딸까지 잡히지 않으요."

"난 다르단 말시. 그리고 우리 노름이야 판돈이 커봤자제. 어쩔텐가?"

목 매달 듯 나오면 하는 수가 없었다. 도장 판 수입금이 꼬깃하게 들어 있는 줄 알겠다, 안면 싹 뭉갤 수가 없었다. 그렇다고 처갓집 살림살이야, 병고로 누워계시는 부모님 치료비야 뭉칫돈을 내줄 수는 없었다.

"이번 한 번뿐이요이? 제발 내 작업실에서 노름 좀 안 했으면 좋겠소. 노름방으로 소문이라도 나면 어쩔 것이요."

"그러기야 하겠는가. 사회물정이라든가, 인심을 알 만한 사람들인께 분수에 넘치는 짓은 안 할 걸세."

"믿어봅시다."

사정에 못 이겨 노름판돈을 빌려주고 나면 또 다른 사람이 죽을상을 지으며 매달렸다. 한두 번 말이지 정말 기가 찰 노릇이었다. 더욱 가관인 것은 아무도 거들떠보지 않을 응달진 밭뙈지기 등기를 내보이는가 하면, 빌린 돈을 갚고 돌아서기가 무섭게 다시금 비손이를 하듯 노름 밑천을 빌려달라는 것이었다. 얄미운 정도가 아니라 버럭 화를 내며 귀싸대기라도 한 대 올려붙이고 싶었다.

난처한 것은 그것뿐만 아니었다. 때 없이 보증을 서 달라는 것이었다. 눈독 들인 전답을 무리해서라도 사기 위해 모자란 돈을 장리로 받아 오는 데 보증이 필요하다는 것이었고, 장리쌀을 얻는 데도 신용이 남다른 문광한의 보증이 절실하다는 것이었다.

가게 하나 얻는 데도, 고리채 빌리는 데도, 논밭 사고파는 것까지 문광한의 보증을 원하였다. 문광한의 도장방은 어느 사이에 신용보증처로 인식되었다.

"어쩌겠는가. 사람이 살고 봐야제. 선량하고 근실하니께 자네를 믿고 그러는 것 아니겠는가. 자네가 판 인감도장으로 보증 한 번 서 주어. 그 은공은 두고두고 갚을 테니께."

"처가살이 하는 놈인디 어디를 믿고 보증을 서요. 당치도 않는 소리요."

"그러는 게 아닐세. 장인장모 여일하게 모시고 근면하겠다, 이만한 도장방이라도 열어 신용이 두터울 뿐만 아니라 들어오는 수입도 짭짤하지 않는가. 우리들 농투산이들과는 다른 거여."

"그래도 보증은 생각해봐야지요."

"생각이고 뭐고, 이번 한 번만 봐주어. 식구들 굶어죽게 생겼응께. 다른 사람들은 보증을 서주면서 왜 나만 찬밥 신세로 내돌리려는가?"

그렇게 매달리듯 나오는데 마음씨 여린 문광한으로서는 인정상 냉정하게 내칠 수 없었다. 춘궁기가 돌아오면 누구나 배고픈 설움으로 가슴을 내리쓸지 않는가. 춘궁기에 장리쌀을 얻는 데도 논밭뙈지기 등기를 들이밀며 보증을 필요로 하다니. 세상인심이 예나 지금이나 야박하였다.

"보증은 서주겠소만 손톱만큼이라도 피해가 없도록 하시오."

울며 겨자 먹기로 보증인란에 두 눈 질끈 감듯 도장을 꾹 눌러주었다. 자신도 모르게 손이 바르르 떨렸다. 그리고 잊을 만하면 엉뚱한 사람이 찾아와 보증을 서달라고 통사정을 하였다.

"자네 도장방 건너에다 잡화상을 차릴까 하는디, 암만해도 돈을 쬐끔 대출 받아야 쓰겠다, 그 말이네. 두 사람 보증이 필요하다고 하지 않는가. 한 사람은 구했는디, 나머지 한 사람은 자네가 서주어야 쓰겠네. 일제시대보다 더 까탈스럽고 에누리가 없단 말시."

"잡화상이 한둘 아니어서 경쟁이 심할 텐데요."

"파리야 날리겠는가. 밑천 까묵을 일은 없을 걸세. 다 계산이 섰응께."

"미안하지만 안 되겠어요. 지금까지 보증 서 준 것만 해도 머리가 묵지근하요. 잠이 제대로 오지 않으요."

"무슨 그런 마음 싸한 섭섭한 소리를 하는가? 나허고 객쩍은 유감이라도 있는 겐가?"

"그건 아니오만 내 입장도 생각해 주시고, 만에 하나……."

"이 사람이 나를 어떻게 보고 그러는 거여? 설마하니 자네에게 한 점 피해라도 줄 것 같은가? 나도 신용 있는 사람이여."

"그렇다고 성질을 담으면 어떡하요. 어쨌거나, 서로 마주 보는 거리에서 장사나 잘하시오."

문광한은 흔감한 표정으로 돌아가는 뒷모습을 바라보며 무언가 알 수 없는 불안의 그림자가 밀려들었다. 보증을 서준 사람이 몇 사람이나 되는가. 노름빚 보증까지 서준 것을 생각하면 마음이 개운치가 않았다. 애초에 작업실 한쪽에 사랑방을 내주는 게 아닌데 후회막급이었다. 풍선 부풀리듯 판돈이 커지는 노름방이 될 줄 누가 알았는가.

　그 밖에도 으레 외상술값을 짊어졌다. 돌아가면서 술값을 내다보면 번차례로 문광한도 마음에 없는 술값을 짊어졌다. 더러는 외상을 짊어진 사람에게서 술값을 받지 못하면 문광한에게 달려와 술값을 내놓으라고 어거지를 썼다. 마음이 모질지 못한 문광한은 그때마다 쓰겁기만 하였다.

　"내가 왜 그 사람이 짊어진 외상술값을 낸단 말이여? 덧정 없는 소리 그만하드라고."

　"왜, 이래요. 그 사람 혼자 술을 마셨어요? 문사장님 낯을 보고 외상술을 준 거예요."

　"내 낯을 보고 외상술을 주다니? 말도 안 되는 소리."

　"말이 안 되다니요? 문사장님이 저의 집 길을 텄으니께, 그 사람 외상술값 보증을 선 것이나 다름없잖아요. 이치가 그렇지 않은가요?"

　"그 따위 이치는 모르겠고, 정 그렇다면 내가 그 외상술값을 받아줄 텐께 그리 알고 돌아가라고. 손님 오잖어."

　"문사장님이 대신 외상술값을 주시고 그 사람에게 나중에 받으면 될 게 아니에요. 그 사람 대처로 나갔다는 소문이던데요."

　"허어, 그랬나? 어쩐지 얼굴이 보이지 않는다 했더니. 그럼 대처에 나가 수소문해 외상술값을 받으면 될 게 아니여."

　"순진해 빠진 양반이네. 서울 가서 김 서방 찾으라고요? 그렇게는 못해요. 술을 그 사람 혼자 마셨는가요? 그때 함께 마신 사람들이 추렴을 해서라도 갚아요. 안 그러면 매일같이 소란을 떨

텐께요."

그렇게 막 나가는 데서야 어안이 벙벙하였다. 더럽고 치사해서
도 외상술값을 대신 갚아줄 수밖에 없었다. 마음 같아서는 어디
외딴 곳에서 혼자 조용히 작업을 하고 싶었다.

"당신 요즘 무슨 고민이 있으시요?"

"고민은 무슨 고민. 입맛이 없을 뿐이지."

"입맛 도는 약이라도 지어 드릴까요?"

"조금 있으면 괜찮아지겠제. 내 걱정일랑은 말고 장인장모님
건강이나 잘 챙기시어."

문광한은 끼니때마다 밥상머리에서 깨작거리다 물러났다. 마
누라의 걱정 어린 잔소리가 예사로 들리지 않았다. 아니나 다를
까, 드디어 올 것이 왔다. 보증 선 문서들이 집달리처럼 가슴을
짓이기기 시작하였다. 제일 먼저 찾아온 것은 노름빚 보증이었
다. 첫 만남부터 인정사정없었다.

"그 알량한 노름쟁이 빚보증을 선 게 맞지? 어쩔 것이여? 도장
쟁이 하나쯤은 쥐새끼 밟듯 할 수 있응께. 알겠어?"

우락부락한 똘마니들을 앞세운 사채업자는 문광한을 매섭게
을러댔다. 대개 사채업자라면 나이깨나 먹은 영감쟁이라고 생각
하였는데 의외로 젊은 사내였다. 그 나이에 무어 할 짓이 없어 남
의 등골이나 빼먹는 사채놀이란 말인가. 첫마디부터 반말짓거리
가 마음에 들지 않았다.

"난 보증 선 일이 없어. 지놈이 나 몰래 도장을 훔쳐 날인한 거
여."

"그걸 말이라고 하는 거여? 여기 엄연히 당신 도장이 찍혔는데 씨알도 먹히지 않는 소리로 발뺌이여? 이게 당신 손으로 판 도장 아니고 뭐여?"

"사실이 그렇다는 거제. 대질심문을 하면 알 것 아니여."

"대질심문 좋아하네. 그 작자 종적을 알면 뭣 땜새 당신을 찾아왔겠어. 괜히 성질 돋우지 말고 좋게 말할 때 알아서 기드라고."

문광한은 몇 차례 우격다짐으로 시달림을 받고 나서 다달이 들어오는 수입으로 이자와 본전을 갚아나가기로 각서를 썼다. 미치고 환장할 노릇이었다. 별수 없이 작업실을 본래대로 줄였다.

"뭣할라고 보증을 서. 노름빚 보증을 선 사람은 자네밖에 없을 것이여."

사랑방을 잃어버린 군상들은 쩝쩝 입맛을 다시며 아쉬워하였다.

"그놈이 나 몰래 도장을 훔쳤단 말이오. 그놈을 잡기만 해봐라. 그냥 물고를 내버릴 텐께."

"폴새 글렀네. 사채업자도 행적을 모르는디 자네가 어디 가서 잡어."

"하여지간 망쪼가 들었소. 길 건너 잡화상은 왜 또 저런다요?"

"아무나 가게를 하는 건가. 하루 벌어 가난한 대로 살 것이제, 무슨 떼돈을 벌겠다고 없는 돈 끌어다 가게를 열어? 물욕을 앞세우면 사달이 나는 거여. 자네도 저 집 보증을 섰제?"

"사정사정하는디 인정상 외면할 수가 있어야지요. 어떻게 해결의 기미가 안 보입디까? 나로서는 강 건너 불구경할 때가 아니요."

"살림이 거덜났는디 무얼 바라는가. 자네가 곤욕을 치르게 생겼어."

그 말이 떨어지기가 무섭게 문광한이 심혈을 기울여 가꾸고 손질한 수목원이 차압을 당하였고 급기야 경매입찰로 넘어갔다. 마른하늘에 날벼락이었다. 억울하고 분통이 터졌다. 어떻게 조성한 수목원인가. 문광한의 피와 땀이 온전히 배어난 수목원이 아닌가. 나무 하나하나마다 기울인 정성을 생각하니 피를 토할 것만 같았다. 계절마다 탐스럽게 열리는 과실수는 얼마나 향기롭고 먹음직스러웠는가. 마누라가 그 사실을 알고 발을 동동 구르다 말고 까무라치듯 하였다.

"당신이 무슨 일을 저질렀기에 피땀으로 일군 생떼 같은 수목원이 경매로 넘어간 거요?"

"보증을 잘못 선 죄구만."

문광한은 고개를 떨구었다. 입이 열 개라도 할 말이 없었다.

"당신 미쳤소? 보증은 부자지간에도 서지 않는 법이오."

"이렇게 될 줄 누가 알았는가."

"믿을 것을 믿제. 열길 물속은 알아도 한 길 사람 속은 모른다고 하잖은개비요. 왜, 그리 순진해 빠졌소. 그 사람들이 어떤 사람들인디 보증을 서요. 아이구나, 아까운 것. 당신 십 년 정성과 노력이 허사로 돌아갔소. 이번 한 번으로 끝날 것 같으요? 그리고 당신이 무슨 갑부 아들이라고 맨날천날 외상술값을 짊어져요."

마누라의 질책 어린 넋두리가 아니더라도 매사 의욕을 잃어버린 문광한은 술로 시간을 죽였다. 그렇다고 해결될 일이 아니었다. 마누라 예상대로 사흘이 멀다 하고 차압이 들어온다, 경매입찰을 한다, 외상술값을 받으러 온다, 난장판을 이루었다. 처가와는 아무 상관이 없는데도 험상하게 윽박지르며 장인장모를 목매달 듯하였다. 무뢰배들을 동원한 공갈협박을 견디어 내기란 버거웠다. 어디다 하소연할 곳도 없었다. 약자에게 법은 있으나 마나였다. 주먹을 앞세운 그들이 곧 법이었다. 처가살림까지 들어먹었다.

"저런 맹추 같은 사위를 믿고 의지하다니. 간도 쓸개도 다 빼주었구만. 처가살림까지 도륙 낼 줄 누가 알았나. 당장 길바닥에 나앉게 생겼으니 이 신세를 누구에게 하소연할고?"

장인장모는 땅을 치며 원망하였다. 선량하고, 푼수 없고, 인정 많다 해도 자기 울타리는 치고 살아야 할 게 아닌가. 어이구, 저 등신. 발가벗겨 먹자고 빌붙은 속내도 모르고 패가망신을 하다니. 장인장모는 울화통을 터뜨린 끝에 몸져눕게 되었다. 문광한은 세상이 온통 회색빛이었다. 탈출구가 보이지 않았다. 사면초가. 금방이라도 불을 지르면 마른 짚불처럼 화르르 타올라 영혼과 육신이 한 줌 재로 사그라질 것만 같았다. 이제는 한탄도, 절망도 후회도 산화되어 살아 있다는 것 자체가 무의미하였다.

"술이 세상을 해결해준답디까? 이럴 때일수록 한 가닥 정신을 추슬러야지요. 이것도 당신이 전생에 짊어진 업보라고 생각하고 이 참담한 시기를 헤쳐 나갈 궁리를 해야 할 것 아니오."

마누라는 허깨비 형상으로 들입다 술만 들이키는 남편의 몰골을 바라볼 때마다 애가 달았다. 친정부모 병 수발도 벅찬데 병든 수탉맨치러 술병을 안고 있는 꼴을 볼라치면 억장이 무너졌다. 남편을 쥐어뜯으며 원망할 기력도 없었다. 설상가상으로 시아버지 병수발을 들던 시어머니가 지치고 곯아 먼저 세상을 떠났다.

"어머님 초상이나 치르러 갑시다. 무슨 운명인지 모르겠소."

문광한은 마누라의 성화에 허정허정 일어나 본가를 찾았다. 집안은 말이 아니었다. 병상에 누워 피골이 상접한 아버지는 일찍이 요주의 인물로 낙인찍힌 나머지 이웃 친척과도 왕래가 없었다.

"내가 느그 어무니보다 먼저 가야 하는디, 순서가 바뀌었구나."

문지상은 가래 끓는 소리로 겨우 아들 며느리를 알아보았다. 파산하기 직전에는 지극한 효성으로 자주 문안도 갔었는데, 아무래도 상을 연달아 치르지 싫었다. 그러한 상황인데도 문광한은 지푸라기 하나 붙잡을 수 없는 무기력 상태였다. 마누라가 앞장서 시어머니의 장례를 치렀다. 삼우제를 지내고 기진한 몸으로 한숨 돌리는가 싶었는데 아니나 다를까, 한 달 사이로 시아버지가 한 많은 세상을 여의었다. 동네사람들 말처럼 줄초상이었다.

"자네 아부지는 마땅히 애국지사로 대접을 받아야 하는디, 시상이 얄궂게 돌아가 죄인신세로 떨어졌네. 보면 봐도 훗날에는 인식을 달리할 걸세."

마을사람들은 고맙게도 십시일반으로 꽃상여를 만들어주었다. 삼일장일망정 동네장으로 섭섭잖게 치러주었다. 아버지의 장

례를 치른 문광한은 허공에 뜬 한조각 구름 같은 존재였다. 엎친
데 겹친다고 우환이 한꺼번에 덮쳐누르자 조금이나마 기력이 남
아 있던 마누라도 고무풍선처럼 허공에 떠 있기는 마찬가지였
다. 연거푸 시부모 장례를 치르고 나니 친정부모의 병수발이 더
욱 심신을 피폐롭게 하였다. 이러다간 친정부모까지 잃지 싶었
다. 폐인처럼 술병을 끌어안고 나앉은 남편의 존재는 보이지가
않았다. 친정부모 병수발에 온 정성을 기울였다. 그러나 연로한
친정부모의 홧병을 치유할 수는 없었다. 가망 없네라. 하루에도
몇 번씩 장탄식을 하였다.

결국 친정부모도 딸의 지극정성을 밀어냈다. 일 년이라는 시차
를 두고 차례로 눈을 감았다. 마지막 가는 길에 한 줄기 눈물을
내비치던 친정부모의 눈물방울이 가슴을 찢어놓았다. 평온한 가
정에 사위로 인하여 평지풍파를 일으키고 끝내 죽음을 불러오다
니. 한평생 씻어낼 수 없는 불효자였다.

장인장모의 죽음을 목격한 문광한은 술병을 안고서 종적을 감
추었다. 일말의 양심에서였는가, 아니면 비난의 화살을 못 견디
어서였는가? 주위 사람들은 경황이 없는 가운데 문광한의 존재
를 망각하였다. 장례를 치르고 난 마누라는 비로소 남편을 찾았
다. 삼 개월 걸려 수소문 한 끝에 남편의 소재를 알아냈다. 엉뚱
하게도 방장산 너머 옛 절터에 거적때기를 둘러치고 나무 조각
을 주워 와 소일거리로 목각을 하고 있었다. 온전한 정신이 아니
었다. 보아하니 주위에 몇 그루 관상수도 가꾸었다. 집으로 가자
해도 빈 들판의 허수아비처럼 도리질하였다.

"완전히 떨거지 신세구랴. 당신 몸뚱이 하나 건사하려거든 알아서 하시오. 미치려거든 확실하게 미쳐나야지요."

마누라는 눈물도 메말라 서발 길이로 눈을 흘기고 돌아섰다. 하늘이 희뿌옇게 내려앉은 가운데 앞길이 치막하였다. 허허벌판에 홀로 서 있었다.

변신

번데기에서 나방으로 변신하는 그 과정은
운명의 무엇인가? 신의 섭리인가?

사현의 어머니는 남편의 존재 따위는 잊기로 하였다. 그런데 정작 이상기류에 휩싸인 것은 그녀였다. 사지가 천근 무게로 가라앉으면서 시름시름 앓기 시작하였다. 식욕도 없었고 무시로 정신이 혼미해지는가 하면 머리, 가슴, 팔 등이 쑤시고 아팠다. 날궂이를 하는가 보다. 즈려 생각하며 나이를 생각하면 그것도 아니었다. 아직은 그럴 나이가 아니었다. 시름겨워 하는 동안 몸이 허약해지면서 비몽사몽간에 누가 자꾸만 어딘가로 오라고 손짓하는 것이었다. 꿈을 꾸어도 형체 없는 목소리가 정신을 어지럽게 하였다. 어디로 오라는 것인가? 점점 그 목소리는 장중하게 울리면서 정신을 가눌 수 없게 하였다. 짊어진 죄업을 씻어내고 천불이 난 그 가슴을 다스리자면 어디로 와야겠느냐? 오는 길을 인도할 것이니 발길 닿는 곳으로 오너라. 꿈속에서 그 목소리를 듣고 나면 열에 들떠 운신을 할 수 없었다. 꼼짝없이 몇 날을 앓왔다. 그런가 하면 산과 들을 헤매기도 하였다.

"저, 여편네. 암만해도 신이 들려난 것 같네."

"그러게. 멀쩡하던 여편네가 저리 미쳐나다니, 예삿일이 아니네."

주위 사람들은 그녀의 병세를 무병(巫病)의 조짐으로 보았다.

그러던 어느 날, 피골이 상접한 몰골로 이명처럼 들리는 그 소리에 이끌려 어린 아들을 앞세우고 무작정 산을 오르기 시작하였다. 무성한 숲을 헤치고 산을 오르자 모진 풍상을 이겨 나온 바위들이 우쭐우쭐 눈앞을 가로막듯 다가섰다.

"바위들이 하나같이 불보살들의 화현으로 보이지야? 대웅전 깊숙이 위엄 있게 자리한 부처가 아니라 밝은 햇살 아래에서 풍찬노숙을 이겨 나온 친근하고 소탈하고 어리석기까지 한 모습들이다."

어머니는 경건한 눈빛으로 쓸어안았다. 아닌 게 아니라 앉은 바위, 누운 바위, 선바위, 돌아앉은 바위, 생각을 놓아버린 바위들이 하나같이 저잣거리나, 시장 통이나, 햇살 들이치는 토방마루에서 온몸을 꾸밈없이 드러낸 소탈하고 친근하고 어리석기까지 한 우리네 할아버지, 할머니, 삼촌, 당숙, 형님, 이웃들의 모습이었다.

"저기, 바다 멀리 수평선에서 이는 바람과 산 아래로 흐르는 계곡물 소리가 바위마다 생명을 불어넣고 있다."

어머니는 잠시 풀숲 너럭바위에 걸터앉아 숨을 가다듬으며 매화향기 같은 미소를 입가에 담았다. 평소에 볼 수 없었던 알 수 없는 미소였다. 어머니는 이윽고 포효하는 사자후처럼 입을 벌리고 있는 커다란 바위동굴 앞에 발길을 멈추었다.

"미륵화신이 따로 없구나!"

두 손을 모두어 합장을 하였다. 어머니의 말이 아니어도 바위동굴은 거대한 신전이었다. 먼 수평선을 바라보며 금방이라도 사자후를 토할 것 같은 입상. 사현은 으스스 한기를 느끼며 심한 갈증을 느꼈다.

"엄니요, 바위굴에서 석간수가 샘솟네요."

"역시 산신님이 인도해주신 곳이라 신성하구나. 석간수가 샘솟는 이곳이야말로 미지의 열린 세계로 들어가는 통로다. 이 동굴을 통하여 지하의 강을 더듬어 내려가면 저 먼 수평선에 이를 것이고, 거기서 더 나아가면 미지의 세계에 도달할 것이다. 이제 그 미지의 세계로 나아가야 한다."

사현은 어머니의 말을 도무지 이해할 수 없었다. 석간수에 목을 축이고 나서 어머니의 뒤를 따라 동굴 안으로 들어갔다. 겉보기와는 달리 드넓은 동굴 안은 말 없는 침묵을 드리우고 있었다.

어머니는 누가 시킬 것도 없이 목욕재계를 한 다음 미리 준비해 온 초와 향을 꺼내어 동굴 안쪽 깊숙한 곳에 마치 제단처럼 놓인 바위 위에 촛불을 켜고 향을 피워 올린 다음 경건한 마음가짐으로 두 손을 모두고 기도를 드렸다. 사현은 처연한 그 자태에서 서늘한 기운을 느꼈다. 순결하고 아름답다기보다 마치 저 아득한 곳으로 떠나는 혼령처럼 보였기 때문이었다. 어머니가 가고자 하는 곳은 어디메인가? 어린 사현은 더럭 겁이 나면서 무섬증이 들었다.

"왜, 그런 눈으로 바라보고 있냐? 이곳에서 얼마나 오래 머물지 모르겠다만, 잠시 우리가 숨 쉬고 살아야 하는 곳이다. 영험하신 산신님이 이곳으로 인도하신 이상 산신님의 하명이 있기까지 내 집으로 생각해야 한다."

기도를 마친 어머니는 애잔한 눈길로 사현을 어르며 한쪽 구석에 낙엽을 푹신하게 깔아 잠잘 곳을 마련해주었다.

가을산은 단풍으로 물들었다. 바위틈에 비비 틀린 모습으로 하늘을 이고 서 있는 소나무가 푸른 기상을 나툴 뿐 온갖 나뭇잎들이 붉게 물들었다. 다람쥐가 붉게 물든 나무 사이를 오르내렸고, 산꿩이 지척에서 푸드덕 날아올랐으며, 산비둘기 떼들이 계곡 건너 저쪽 산등성이와 이쪽 바위등성이를 술래하듯 날아다녔다. 이따금 노루랄 놈이 후닥닥 놀라 겁먹은 눈망울로 달아나기도 하였고, 산토끼가 쫑긋한 귀를 세우며 폴짝거렸다.

사현은 처음 한동안 어릿해하던 모습과는 달리 주위의 경관과 친숙해지면서 붉게 물든 가을 산에서 다람쥐며 노루를 쫓아다니는 즐거움에 흠뻑 젖었다. 하루 종일 산을 쏘다녀도 싫증이 나지 않았다. 배가 고프거나 목이 마르면 홍시가 된 산감을 따 먹고, 밤, 도토리, 오미자를 줍고, 더덕, 잔대, 칡 따위를 캤다.

"배고프면 묵을 것이 지천인께 간식거리라 생각하고 허기진 배를 채우거라."

어머니는 주먹밥을 안겨주며 사현을 바위동굴 밖으로 내보냈다. 치성을 드리는 데 방해가 될까 보아 그러겠지만 사현은 한

없는 자유를 누렸다. 어머니는 낮이고 밤이고 바위굴에 틀어박혀 치성을 드렸다. 사현은 어린 나이에도 어머니의 그 모습이 처량하게 보였다. 무엇을 하자는 건지, 아니 누구를 위해 저러는지, 살갑게 다가오지 않았다. 초근목피로 끼니를 때우다시피 하며 기도 삼매경에 빠져든 어머니가 영 마뜩잖았다.

사현은 한낮에는 단풍으로 물든 산을 누빌 수 있어 그런대로 외로움을 타지 않았다. 산짐승들과의 대화도 재미있었다. 그러나 밤이 되면 사정이 달랐다. 두툼하게 낙엽을 깔았다고는 하나 찬 기운이 배어들었고, 밤하늘의 별들은 어찌나 투명하고 영롱하게 반짝이는지 금방이라도 눈앞에 쏟아져 내릴 것 같아 서러운 마음이 들었다. 어째서 서러운 마음이 드는지 알다가도 모를 일이었다. 등허리에 배어드는 한기 때문만은 아니었다.

"오늘은 도토리며 밤을 제법 주웠구나. 버섯도 제법 따고 말이다. 이런 버섯은 독버섯인께 그리 알고."

기도에서 놓여나 잠 못 들고 뒤척이는 사현을 짜안한 눈으로 내려다보는 어머니의 눈길도 마음에 들지 않았다. 산속에 버려진 아이처럼 울멍한 심사가 차올랐다. 깊은 밤 발치 아래에서 울려오는 계곡물 소리는 마음을 더욱 울적하게 하였다. 낮에는 계곡물 웅덩이에서 가재와 피리를 잡고, 폭포수처럼 떨어지는 차디찬 물을 받아 마시며 진저리를 치기도 하였다. 그런데 어둠을 타고 울려오는 계곡물 소리는 외로움을 실어 왔다.

즐거움이라면 어쩌다 한 번씩 산에서 채취한 상황버섯이라든가, 영지버섯, 밤, 잔대, 산도라지, 더덕, 그 밖의 약초 따위를 싸

들고 이십여 리가 넘는 오일장에 가는 날이었다. 보퉁이를 머리에 이고 가는 어머니의 뒤를 따라가노라면 이십여 리가 넘는 길이 멀기만 하였는데, 시골벽적한 장마당을 생각하면 그렇게 숨차지 않았다. 배고픔도 잊었다. 무엇보다 여러 부류의 사람들을 만날 수 있어 사람의 훈기를 제대로 맡아볼 수 있었다. 싸전이며 신발전, 옷전, 그릇전, 잡화전, 어물전, 식육점 등등 두루두루 돌아다니며 구경하노라면 흥거움마저 일었다.

"배고프지야? 크는 나이에 영양보충도 제대로 못하고 돼지국밥이나 한 그릇 사주마."

어머니는 약재상에 들러 머리에 이고 온 약재를 넘기고 돼지국밥집으로 향하였다. 돼지국밥집을 들어서기도 전에 입안에 군침이 괴이고 뱃속에서는 쪼르륵 소리를 내며 아우성을 쳤다. 사현은 돼지국밥을 게 눈 감추듯 비웠다. 눈앞이 번연하게 열렸다. 그 순간 돼지국밥집 눈이 새까만 꼬맹이 여자애와 눈이 마주쳤다. 게걸스럽게 돼지국밥을 먹는 사현을 줄곧 지켜보고 있었다는 듯 미묘한 웃음을 입가에 떠올렸다. 사현은 조금은 창피하고 멋쩍었으나, 오일장에 갈 때마다 그 눈길과 마주치는 것이 싫지가 않았다. 한마디 말이라도 건네고 싶었으나 왠지 모르게 그때마다 입안이 바싹 말랐다. 어머니는 사현이 돼지국밥을 먹을 동안 장을 돌며 일용할 양식과 산에서 구할 수 없는 채소류를 샀다. 어머니는 산천기도를 하고부터는 육식이라든가, 생선 같은 비릿한 음식은 금기사항처럼 일체 입에 대지 않았다.

돌아가는 길은 장에 갈 때와는 달리 멀게만 느껴져 피곤하였다. 배부른 탓도 있겠지만 돼지국밥집 여자애의 눈망울이 뒤통수에 와닿는 듯하여 자꾸만 뒤를 돌아보았다. 그 애와 어울려 소꿉놀이라도 하였으면 얼마나 좋을까. 외로움을 잔뜩 안은 천애고아처럼 느껴지는 산속 바위굴에 가기 싫었다. 사람 사는 곳에서 사람의 체온을 맡으며 살고 싶었다.

"걸음이 왜 그리 굼뜨냐? 해찰 부리지 말고 싸게 싸게 걷거라. 저무는 해를 생각해야제. 산토끼랄 놈도 너를 기다리느라 눈이 빨개졌겠다."

어머니는 걸음을 재촉하였다. 산토끼 말을 하자 사현은 걸음을 달리하였다. 보름 전, 산을 배회하다가 우연찮게 갓 새끼를 낳은 산토끼를 발견하였다. 산토끼는 새끼 때문인지 달아날 생각을 하지 않았다. 지극한 모성애의 본능에 사현은 가슴이 애잔하였다. 그 주위에 나뭇가지와 칡넝쿨을 얽어매어 집을 지어주었다. 그리고 틈만 나면 먹이를 구해 갖다 주었다. 어미와 새끼들은 도망가지 않고 가져다주는 먹이를 잘도 먹었다. 사현은 그 재미로 소일하였다. 산토끼들과의 대화. 말없는 교감은 신선한 꽃향기로 다가왔다. 더욱 마음을 즐겁게 한 것은 산토끼가 먹는 풀들을 사람도 먹는다는 것이었다. 풀만 먹고도 산토끼는 건강하였다. 육식과 비릿한 생선을 멀리하는 어머니가 이해되기도 하였다.

산토끼와 대화를 나누는 동안 가을을 소롯하게 보냈다. 첫눈이 내리고부터 산기운은 차갑게 옷깃을 파고들었다. 제일로 잠자리가 차가웠다. 아무리 두툼하게 낙엽을 깔아도 가슴을 파고

드는 한기는 고슴도치처럼 몸을 웅크리게 하였다. 어머니는 석간수로 목욕재계를 하면서 추위에 단련되어야 한다고 짐짓 용기를 불어 넣었으나 일상으로 콧물을 매달았다.

"엄니요, 산토끼들이 사라졌어요."

어느 날 아침, 먹이를 주려고 나갔더니 산토끼들이 자취를 감추었다. 어디로 갔을까? 주위를 살펴보니 땅굴을 파고 탈출을 시도하였다.

"그놈들도 월동을 할 모양이다. 인연이 다하면 헤어지기 마련이란다. 어디서 한겨울 잘 지내겠지야."

어머니는 무심하게 한마디 하였다. 사현은 깊은 밤 추위가 온몸을 파고들 때마다 산토끼들이 염려되었다. 어느 곳에서 추위를 이겨나가는지. 산새들이며, 산짐승들이 어떻게 겨울을 나는지, 신기한 생각마저 들었다. 날개가 있고, 두터운 털가죽으로 몸을 보호한다지만 추운 겨울을 난다는 것은 고통스러울 것이다.

산속의 겨울은 혹독하였다. 눈보라가 치고 눈이 발목까지 빠지고, 진저리치듯 산을 할퀴는 매서운 바람은 두려움 그것이었다. 그런데도 어머니는 청승스러운 자태로 매일 아침저녁으로 목욕재계를 하고 치성을 드렸다. 금방 추위에 삭아질 듯하면서도 꿋꿋하게 버티어나갔다. 와락 매달려 사람 사는 곳으로 내려가자고 울며 사정을 하고 싶었다. 그럴 때마다 이십여 리 오일장 터목 김이 무럭이는 돼지국밥집 눈망울이 새까만 여자애가 눈에 밟혔다.

"춥지야? 물이라도 따뜻하게 끓여 마시거라. 춥다고 너무 불가에만 앉아 있지 말고. 사람이나 짐승이나 춥고 더운 것을 이겨내야 한다. 그래야 인내심이 생기고 미래를 여밀 수 있다. 뭇 산새들과 산짐승들을 보아라. 얼마나 슬기롭게 하늘을 날아오르고 땅의 훈김을 몸에 바르느냐. 인간도 세상을 올바르고 굳건하게 살려면 그 점을 본받아야 한다."

거짓말. 따뜻한 아랫목에서 이밥 묵고 사는 아이들은 세상을 더 잘 살 것인디. 사현은 어머니의 그 말에 심한 반기를 들었다. 배불리 잘 먹고 잘 살면 무엇 때문에 산속 바위동굴에서 추위에 웅크리고 떨 것인가. 겨울이 깊어갈수록 하루하루가 지겹고 고통스러웠다. 무엇보다 추위에 갇혀 지내는 게 불만스러웠다. 가을에는 마음껏 단풍으로 수놓은 산을 뛰어다닐 수 있어 무한한 자유를 누렸다. 그런데 이건 무언가. 바다 가운데 버려진 외로운 섬이나 다를 바 없었다. 앙상한 나뭇가지를 후려치는 찬바람은 그야말로 얼어붙은 세계였다. 다행인 것은 혹독한 추위 속에서 콧물을 훌쩍이면서도 감기로 앓아눕지 않았다. 기적 같은 일이었다. 어머니는 그 점을 무척 고마워하였다.

"아무래도 산신님이 너를 돌보는갑다. 머지않아 봄이 돌아오면 새로운 기운이 솟아날 것이다."

"엄니요, 겨울이 정말 길고도 지겹네요."

"그러게 말이다. 아무리 긴 밤일지라도 새벽이 오듯이 이제 남은 겨울이 길면 얼마나 길겠냐."

어머니는 자신에게 다짐하듯 말하며 기도에 정성을 쏟았다. 어머니 말처럼 큰눈이 한차례 내리고, 귀를 에는 칼바람이 두서너

번 산야를 휘젓고 지나가자 소리 없는 훈기가 저 밑바닥에서 지 펴났다. 그렇다고 기지개를 켜기는 아직 일렀다. 아직도 북쪽 하 늘가에 먹장구름이 박쥐의 날개처럼 펼쳐졌고, 계곡물 소리도 두 꺼운 얼음장 속에 짓눌려 우렁차지가 않았다.

그때쯤, 어머니는 모처럼 오일장에 나가 떡과 나물과 과일을 샀다. 겨울 들어 처음으로 오일장을 본 것이다. 사현은 어머니의 장거리보다는 김이 무럭이는 돼지국밥이 더없이 맛있었고, 눈망 울이 새까만 여자애의 해맑은 얼굴을 볼 수 있어 마음 즐거웠다. 정겹고 따북한 말 대신에, 이거, 하고 겨우내 눈 속에 묻어두었던 달디단 홍시를 건네주었다. 오일장에서 돌아온 어머니는 정성 들 여 떡과 과일과 나물을 진설하고 산신님께 무사히 겨울을 나게 한 데에 감사의 기도를 드렸다.

"니도 한 살 더 묵었응께 차려놓은 음식을 달게 먹거라."

어머니의 그 말은 새봄을 알리는 소리였다. 둥근 정월 대보름 달이 두둥실 떠올라 온 산하를 싸늘하게 비질하다가 이즈러지 고, 이어서 서녘 산봉우리 위에 실낱 같은 초승달이 떠오를 즈음 영등할미가 한바탕 소란을 떨며 올라가자 봄기운이 찾아들기 시 작하였다. 제일로 먼저 땅기운이 봄을 알렸다. 얼었던 산비탈이 풀리고 쌓였던 음지의 눈들이 녹아내렸으며, 숨죽이고 있던 계곡 물이 우렁찼다. 가장 연약하면서도 강인한 풀들이 움 솟고 꽃망 울 아래에서 산꿩이 왜장을 쳤다.

사현은 어머니가 가르쳐준 대로 고사리며 산나물을 뜯어 말렸 다. 추위에 움츠리고 지냈던 육신을 가슴 활짝 열고서 산을 누빌 수 있다는 것은 세상이 새로 열리는 계절의 순환작용이었다. 따스한 햇살과 봄기운이 이렇게도 몸과 마음을 가볍게 하는가. 사현은 다시금 다람쥐와 놀고 산토끼를 쫓아다녔다. 지척에서 화들짝 놀라는 산꿩에게 주먹총을 놓기도 하였고, 계곡에서 피리와 가재를 잡기도 하였다.

"봄이 좋기는 좋구나. 계곡물 소리도 맑고 우렁차게 들린다."

어머니도 잠시 치마말기를 여미듯 여린 감상에 젖으며 치성을 드리는데 불편을 몰랐다. 그와 함께 눈빛이 달라지고 행동거지에 신기(神氣)가 배어났다. 미세한 훈김처럼 배어났으나 분명 변화의 조짐이었다. 때로는 알아들을 수 없는 주문을 주워섬기기도 하였고, 땅바닥에다 얄궂은 형상의 그림도 아니고 글씨도 아닌 문자를 쓰기도 하였다. 영험하신 산신님이 내리신 신서(神書)라고 하였다. 그런가 하면 갑자기 경련을 일으키듯 혼절하기도 하였고, 진달래 꽃물보다 더 고혹적인 홍조를 얼굴에 드리운 채 산봉우리를 바라보며 환희에 잠기기도 하였다.

"엄니요, 왜, 그런가? 때로는 무섭기도 하고, 점점 요상하게 변해가요."

사현은 신기가 배어날 때면 어머니의 치마말기를 붙들고 울먹였다. 미쳐나지나 않을까 조바심 쳤다.

"오냐, 오냐. 걱정 말거라. 산신님이 머지않아 죄 많고 한 서린 중생들의 원혼을 구제하고 천도하라신다. 쬐끔만 참고 견디거라. 불신과 반목으로 들어찬 인간세상에 내려가 저마다 가슴에 맺힌 한과 마디진 죄업을 씻어 내려야겠다."

어머니는 아들을 다독였다. 사현은 그래도 마음이 놓이지 않았다. 귀기 어린 그 모습 자체가 마음에 들지 않았다. 그나마 한낮에는 봄 향기에 취하여 어머니에 대한 불만스러움을 잊을 수 있었다. 고사리며 취나물, 두릅, 엄나무 순, 산뽕나무 순을 따 담으며 산을 누비다 보면 하루해가 설핏 기울고 온몸이 나른하게 가라앉았다.

봄잠은 보리쌀 서 말과도 바꾸지 않는다는 어머니의 말처럼 밤이 되면 어찌 그리도 잠이 쏟아지는지. 하루 종일 산을 누빈 때문이기도 하였지만 세상 근심걱정 다 놓아버리고 잠들 수 있었다. 문제는 새벽녘이었다. 감긴 눈을 반쯤 뜨노라면 선녀처럼 고운 자태로 치성(致誠)을 드리는 어머니의 모습이 보이고, 예사롭지 않은 어머니의 행동거지가 일렁이는 촛불 아래 불안과 두려움의 그림자로 다가왔다.

그럴 때면 까닭 없이 비애로운 마음이 들면서 어머니로부터 멀리멀리 달아나고 싶었다. 그래서일까, 아침 해가 바위동굴 속에 비쳐 들면 바위동굴을 뛰쳐나갔다. 산비둘기 떼들이 저 건너 산 계곡으로 날아가는 모습을 눈으로 쫓노라면 날개를 달고 하늘을 훨훨 날고 싶었다.

봄기운을 몸에 바르면서부터 공상에 잠길 때가 많았다. 어쩔 때는 화사한 꽃망울로 다가오는 상념에 젖기도 하였고, 습습하고도 달착지근한 봄 향기를 몸에 바르며 시간을 잊기도 하였다. 그런가 하면 봄비 같은 생각에 젖었고, 아지랑이 위에서 춤을 추는 나비의 날갯짓 속에 묻혀 돼지국밥집 눈 새까만 여자애와 노니는 꿈도 꾸었다. 그 같은 상념 뒤끝에는 어머니의 영상이 뒤따라와 마음을 울적하게 하였다. 어쩌자고 신이 들린 걸까? 아무리 곱씹어도 풀 수 없는 수수께끼였다.

봄이 가자 한결 성숙한 계절이 다가왔다. 하루가 다르게 온 산이 짙푸른 녹음으로 변하였다. 뜨거운 햇살 아래 후끈 지열이 달아오르고, 자꾸만 나무 그늘을 찾게 하였다. 감꽃이 떨어지기가 무섭게 장마가 찾아왔다. 사현은 비에 갇혀 지내는 게 싫었다. 때로는 더럭 짜증이 일었다. 습기 머금은 바위동굴이 칙칙하게 짓눌렀고, 무방비상태로 떨어지는 빗방울이 서러운 감정을 불러일으켰다. 궁상맞고 처량한 신세였다. 어머니는 전혀 신경을 쓰지 않았다.

"엄니요, 비가 새는디 바위 틈서리 좀 막으면 안 될까요?"

"혹독한 겨울도 나지 않았냐. 뼛골을 쑤시는 찬바람에 비하면 얼마나 시원한 기분이 드냐. 장마가 길어 봤자 얼마나 길겠느냐. 모든 게 마음 묵기에 달렸다."

어머니는 흔연한 모습으로 치성을 드렸다. 사현은 부루퉁한 얼굴로 불만스러워하였다. 하긴, 산새들이나 산짐승들도 비에 젖어 지낼 것이다. 나무 위에 둥지를 틀고 있는 산새들만 보아도 용하다는 생각이 들었다. 억수로 퍼붓는 빗속에서도 견디어내지 않는가. 노루나 산토끼는 어떻게 비를 피할까? 사현은 생각이 거기에 이르면 체념 섞인 얼굴로 비를 맞았다.

장마가 그치자 본격적인 여름으로 접어들었다. 매미가 귀 따갑게 울고, 풀모기랄 놈들이 시도 때도 없이 달려들었다. 바위동굴은 더위를 피하기에는 더없이 좋았다. 시원한 산바람이 불어칠 때면 한낮의 오수가 그렇게도 달았다. 별이 쏟아져 내리는 밤이면 모깃불을 피우며 가슴에 별을 따 담았다. 달이라도 떠오르면 전설의 나라를 연상시켰다. 겨울 달은 차갑고 서러웠으나, 여름 밤하늘에 떠 있는 달은 그 무엇인가를 이야기하였다.

사현이 그 같은 상념에 젖어 있을 때, 어머니는 둥근달 아래에서 살풋이 미쳐났다. 이제 갓 날갯짓을 하며 날아오르려는 어린 산새처럼 하늘로 비상하려는 몸짓으로 춤을 추었다. 정녕 그것은 날갯짓이었다. 위태롭게만 보이는 몸짓. 그 설익은 동작 하나하나가 겨울을 예고하는 진눈깨비처럼 보였다. 땅위에 내리자마자 사르르 녹아내리는 진눈깨비.

어머니는 그렇게 비상을 거듭하였다. 그때마다 사현은 왠지 모르게 목이 메여 외면하였다. 그러는 사이 찌는 듯한 무더위가 한풀 꺾이고 지악스럽게 울던 매미소리도 자지러지는 가운데 산국화가 가을을 알렸다. 스산한 가을바람과 함께 단풍이 붉게 물들기 시작하였다. 산감, 밤, 도토리가 익어 터졌다.

"우리가 여기 온 지 일 년이 되었구나. 지겹고 외로웠지야? 하지만 한 해를 더 버티어야겠다. 아니지야. 두 해를 더 버틸지도 모르겠다. 너도 산기운을 담뿍 몸에 지녔으니 겨울을 어떻게 날지 잘 알 것이다. 니가 곁에 있어준께 힘이 된다."

어머니는 사현의 손을 다감하게 잡았다. 오랜만에 느껴보는 어머니의 따스한 체온이었다. 산신님에게 영혼을 앗겨버린 뒤로는 어머니의 따뜻한 온기를 느껴보지 못하였다.

"지금이라도 사람 사는 디로 내려가면 안 되겠는가요?"

"그러자면 영험하신 산신님의 인도를 받아야 한다. 나라고 너를 위해 그런 간절함이 없겠냐. 언젠가는 이곳이 추억으로 새겨질 것이다."

"싫어요. 나 혼자 내려갈래요."

"거지발싸개가 되고 싶은 게냐? 아무리 철이 없기로서니……."

어머니는 회초리보다 더 맵싸한 눈길로 금방 따스한 온기를 접었다.

가을 들어 어머니의 신기(神氣)는 상승하였다. 산신님의 계시를 받을 때면 눈빛이 달라지고 열에 들뜬 얼굴은 붉게 물든 단풍잎을 연상케 하였다. 신서(神書)를 받는 날은 무아지경을 헤맸다. 도대체 알아들을 수도, 해독할 수도 없는 신서를 입에 담고서 땅바닥에다 구슬을 꿰듯 써내려갔다. 사현이 볼 때는 완전히 넋이 나간 미친 짓거리였다. 그게 보기 싫어 단풍으로 붉게 물든 산과 계곡을 쏘다녔다.

어머니는 산신님의 계시를 받고 나면 몇 날을 기력이 소진한 모습으로 앓아누웠다. 열에 들뜬 얼굴빛은 여전히 고혹적이었는데 육신을 가누지 못하였다. 처음에는 저러다 영영 일어나지 못하면 어쩌나 두려움과 근심으로 어찌할 줄을 몰랐다. 자신도 모르게 울음이 비어져 나왔다. 그러나 눈 덮인 겨울을 보내고, 또다시 봄을 맞이하고 불볕 무더위를 이겨 나오면서 그 같은 현상이 무심하게 비쳐졌다.

"산신님 말씀대로 머지않아 신내림굿을 치를지도 모르겠다."

산신님도 개뿔 같네. 멀쩡한 사람을 시난고난 앓아눕게 하고 서 신내림굿이라니. 사현은 산신님도 망령이 든 것이라고 마음속 으로 욕지기를 하였다. 산신님이 눈에 보이기만 하면 허연 수염 을 뽑아버리고 싶었다.

"그렇게 불만스러운 눈으로 보지 말거라. 니는 몰라서 그런다. 시련이 깊을수록 내일을 밝게 여밀 수 있다. 니가 주워 오는 산 감이며 밤이며 도토리를 보아라. 봄부터 비바람을 견디며 꽃을 피우고 열매를 맺지 않더냐."

"암만 그래싸도 마음에 들지 않으요."

"니 마음을 왜 모르겠냐. 원숭이 새끼맨치러 첩첩산중에 헐벗 고 굶주려가면서 숨 쉬고 사는 어린 너의 마음을 알고도 남는다. 인자 쪼끔만 참고 견디거라. 머지않은 날 사람 사는 곳에 나가 따뜻하게 살 것인께."

어머니는 목소리마저 싸락눈이 내린 헐벗은 산을 닮아가고 있 었다. 그리고 어느 날 오일장을 봐 오고, 밑반찬을 다독여 장만 하고 나서 곱게 단장을 하였다. 사현은 장터 돼지국밥집에서 그 사이 많이 자란 돼지국밥집 딸의 눈망울을 의식하며 푸짐하게 먹었던 포만감으로 가득 차 있는데, 어머니의 모습을 바라본 순 간 사뭇 긴장하였다. 그날, 사현은 처음으로 돼지국밥집 여자애 에게 가슴에 담아두었던 말을 떠듬하게 건넸다.

"산에 한번 놀러 와. 맛있는 열매 따 줄게. 알밤도 줍고."

"정말? 나는 그 말을 듣기 위해 오래전부터 마음을 전했는디."

여자애는 푸릇한 미소를 입가에 머금으며, 초롱한 눈망울로 사현의 가슴을 헤집었다.

"엄니, 어디 갈라요?"

"오냐. 어미무당을 찾아가 신내림굿을 한바탕 해야겠다. 산신님이 지정해주신 어미무당을 찾아가야겠다. 그동안 니 혼자 지내고 있거라. 반찬새는 미리 해놨응께 니 혼자서도 아무 탈 없이 지낼 수 있을 것이다."

"몇 날이나 걸리는디 그라요? 나도 따라 갈라네."

"나도 니를 떼어놓고 가기 싫다마는 자리가 그런 자리다. 이다음에 산천순례를 할 때는 니를 데리고 가마."

어머니는 보따리를 옆구리에 끼고서 산을 내려갔다. 산에 오른 지 꼭 삼 년 세월이었다. 사현은 혼자 두고 가는 어머니의 뒷모습이 야속하였다. 철부지 아들을 내버리듯 하고서 갈 수 있는가. 원망을 담은 눈길로 하루해를 보냈다. 하루 아니면 이틀이면 돌아오겠거니 생각하였는데 닷새가 지나자 더럭 겁이 났다. 어머니가 곁에 있을 때는 몰랐는데 한낮이 지루하기만 하였고 밤은 더욱 깊었다. 더께로 밀려오는 외로움과 두려움은 한겨울 추위보다 더 진저리쳐졌다. 바스락거리는 바람소리에도 덜컥 간장이 떨어졌다.

어머니는 돌아오지 않는 걸까? 내일도 오지 않으면 산을 내려가야지. 구걸을 하더라도 기다리는 것보다 나으리라. 사현은 날이 밝기가 무섭게 오일장터로 향하였다. 장날이 아닌데도 돼지국밥집은 문을 열어놓고 있었다.

"니가 이른 아침부터 무슨 일이냐?"

돼지국밥집 아줌마는 하품을 매단 채 돼지머리를 삶고 있었다.

"울 엄니가요……."

"응. 굿을 하러 간 모양이구나. 어린 너를 산속에다 남겨놓고 날밤이 새도록 굿을 하다니. 배고픈디 국밥이나 한 그릇 묵고 쉬엄쉬엄 올라가 봐라. 그 사이 어매가 왔을지도 모르니께."

돼지국밥집 아줌마는 김이 모락이는 국밥 한 그릇을 안겨주었다. 주인집 딸은 아직도 잠을 자는지 보이지 않았다. 돼지국밥집 아줌마 말대로 어머니가 돌아왔을지도 모른다고 생각하자 밥숟가락을 놓기가 무섭게 잰걸음으로 산을 올랐다. 한 가닥 기대감을 안고 숨이 턱에 닿도록 산을 올라왔는데 어머니는 돌아오지 않았다. 전신의 맥이 탁 풀렸다. 엉엉 울고 싶었다.

어머니는 열흘이 지나고 보름이 되어서야 핏기 없는 초췌한 모습으로 돌아왔다. 모든 것을 놓아버린 허정한 형상이었다. 사현은 기다림과 허기진 배를 움켜쥐고 있다가 반가움으로 울음을 터뜨리며 어머니의 품에 안겼다.

"어이구, 내 새끼! 굶기를 밥 묵듯 하였구나. 인제 아무 걱정 말거라. 니도 다른 애들처럼 학교도 다니고 할 것이다."

"나는 엄니가 멀리 가버린 줄 알았당께요. 밤마다 얼마나 외롭고 무서웠는지……."

"알고 말고야. 그것도 너에게는 앞으로 좋은 길라잡이가 될 것이다. 사람은 기린 정을 알아야 한다. 자, 자, 이것이나 묵고 기운을 차리거라. 나는 좀 쉬어야겠다. 전신만신 기가 다 빠져 운신을 못하겠다."

어머니는 사 들고 온 먹을거리를 사현에게 안겨주고 짚불 잦
아지듯 자리에 누웠다. 얼마나 신내림굿이 지독하였으면 기신을
못하는 걸까? 사현은 그동안 어머니를 기다리던 서러운 마음을
잊은 채 짜안한 눈길로 내려다보며 주린 배를 채웠다.

사흘을 누워 지내던 어머니는 본격적으로 무업(巫業)을 닦기 위
해 전국의 내로라하는 무당들을 찾아 나섰다. 그 바람에 사현은
동해안에서부터 서해안, 남해안은 물론 이름난 명산을 순례하였
다. 무당들의 지루한 사설과 으스스한 광기는 마음에 들지 않았
으나, 각 지방의 음식을 푸짐하게 먹을 수 있었고 명승지를 구경
할 수 있어 그나마 위안이 되었다. 동해의 검푸른 바다 위에서 불
끈 솟구치는 일출이며, 서해의 아련한 여운을 남기는 낙조며, 남
해의 거북등 같은 올망졸망한 섬들은 사무치도록 가슴속에 각인
되었다.

마지막으로 진도 씻김굿을 마친 어머니는 정식으로 무당이 되
었다. 세습무(世襲巫)인 당골래와 신이 들려난 강신무(降神巫)는 엄
연히 구별이 되는데도 이 지방의 풍습에 따라 강신무도 당골래
로 통하였다. 무당이 되고 나서도 한동안 명산을 찾아다니며 산
천기도를 드렸다. 지리산, 태백산, 오대산, 설악산, 삼각산, 마니
산, 계룡산, 월출산, 주왕산, 소백산, 황악산, 내장산, 모악산, 토
함산, 가지산, 금정산, 한라산 등등…….

명산을 찾아다니며 산천기도가 끝나자 삼 년 동안 산신님께
기도를 드렸던 바위동굴로 돌아와 일주야 치성을 드렸다. 어머
니는 신서 대신 산신님의 현현한 모습을 그려 받았다. 바위동굴

을 내려온 사현은 오일장터를 지날 때 돼지국밥집을 그냥 지나칠 수 없었다. 어머니더러 돼지국밥이 먹고 싶다고 떼를 썼다.

"그래라. 너에게는 돼지국밥집도 잊을 수 없을 게다."

어머니는 사현에게 돼지국밥을 시켜주고 횡하니 장터를 돌아보았다. 돼지국밥집 아줌마는 부식거리를 사러 나갔다면서 여자애가 대신 김이 모락이는 돼지국밥을 내왔다. 그리고 사현의 앞에 앉았다.

"인자, 산을 내려온 거여?"

여자애는 까만 눈망울을 반짝이며 당돌하다 싶게 물었다.

"으응. 어디로 갈는지는 모르지만……."

사현은 막상 아주 멀리 떠난다고 생각하니 가슴을 울멍하게 하였다.

"……또 올 거제?"

"……돼지국밥 먹으러 올게. 꼭."

"……꼭 와야 돼."

여자애는 어머니가 들어서자 쪼르르 방으로 내달았다. 사현은 아쉽고 허전한 마음으로 어머니를 따라 나서면서도 행여 여자애가 내다보지나 않을까, 자꾸만 뒤를 돌아보았다.

어머니는 그 길로 어미무당을 찾아뵈었다. 똑 부러지게 산신님이 들었구랴. 어미무당은 어머니가 그려 받은 산신님의 현신을 보고 나서 어머니를 곁에 두고 싶어 하였으나 어머니는 사양지심을 내보이며 독립을 원하였다.

어머니는 곧바로 방장산 너머 절터에 움막을 짓고 거지발싸개처럼 숨 쉬고 살던 아버지를 찾았다. 남들 빚보증 서기, 외상술값 갚기 등 남 좋은 일만 하다가 폐인의 몰골로 나앉은 그 모습이 보고 싶어서였을까? 가까이 다가갈수록 을씨년스럽고 찬바람이 돌았다.

"엄니요, 아부지가 살아 계실께라우?"

"죽고 사는 것은 타고난 운명이니라."

어머니는 아버지의 마지막 모습이 눈앞에 밟혀서인지 어기찬 얼굴로 가슴을 여미었다.

"움막에 아무도 없는가 보요."

사현은 다 쓰러져가는 움막을 바라본 순간 스산한 기운을 느꼈다.

"전생에 죄가 많았는가, 고독한 영혼으로 갔는가 보다."

어머니는 길게 한숨을 내쉬었다. 움막 안은 사람의 온기라곤 찾아볼 수 없었다. 너덜너덜 바람이 들이치는 움막 안은 거미줄과 쥐똥이 널려 있었다. 어머니는 한동안 넋을 놓고 있다가 나뭇짐을 지고 산을 내려오는 노인네를 붙들고 그간의 사정을 물었다.

"이년 전 눈보라 속에서 숨을 거두었구만. 눈 속에 묻혀 동태처럼 생을 마감한 거여. 수소문해도 가족을 찾을 수 없어 마을장으로 장례를 치렀구랴. 방장산 너머에서 왔다는디, 연고를 알 수 있어야제. 병색이 완연한 폐인의 모습으로 술병을 꿰차고서 목각으로 소일하다 그리 됐어. 술값은 신통하게도 관상수 한 그루 아니면 헐값으로 목각을 내주며 충당하였구만. 그런 재주를 지녔

으면서 거지행색으로 숨을 거두다니, 아까운 인생이었어. 묘지는
저 위쪽 공동묘지에 있구만."

노인은 손을 들어 오른쪽 산분지를 가리켰다. 사현은 자신도
모르게 가슴이 젖어 내렸다.

"마을 분들께 은혜를 갚아야겠구만이라우. 이 산은 임자가 있
겠지라이?"

"임자 없는 산이 어디 있겠는가. 이 산 주인은 도시에 나가 사
업을 하는디, 아마 은행에 담보로 잡혀 있다던가?"

"여러모로 감사합니다요. 제가 남편의 원혼이라도 달래주어야
쓰겠구만이라우. 언제까지 구천을 떠돌게 할 수는 없으니께요."

"허어, 뒤늦게 열녀의 마음이네."

노인은 곰방대를 지게목발에 탕탕 두드리고 나서 나뭇짐을 짊
어지고 마을로 내려갔다. 어머니는 그날로 움막을 쓸어내고 손
수 흙벽돌을 찍어 집을 지었다. 궁색한 대로 신당(神堂) 모양새를
갖추었다. 산신님 탱화를 모시고 아버지의 영혼을 천도하는 한
편, 마을사람들의 은혜에 보답하고자 하였다.

"영험한 당골래가 남편의 극락왕생을 빈다는구랴."

"예배당이 마을 가운데 들어서더니 이번에는 당골래여?"

마을사람들은 어머니가 당골래 넋이라고 하자 지난 시절의
신분의식을 떠올리고서 금방 하대를 하며 눈 아래로 낮추어 보
았다.

"긍께 말이여. 얼마나 영험한지 한번 두고 보세나. 남편 천도가
끝나면 마을사람들에게 남편 장례 은공을 갚는다고 하던디, 돌

아가는 시절이 푸닥거리 같은 것은 한물갔잖은가. 미신 타파다, 뭐다 해싸면서 감실이야, 성주단지도 내버리지 않는가 말이여."

어머니에 대한 소문은 금세 인근에 퍼졌다. 처음에는 뜨막해 하던 사람들이 기대 반 호기심 반으로 기웃거렸다. 주로 나이든 노인네들이 지난날 동네무당을 떠올린 것이다. 일종의 향수라 할까, 그러한 추억거리를 머리에 이고서 쌀되박이나 가져와 잔병 치레 푸닥거리를 하는가 하면, 망자를 위한 기도나 해원굿이며 살풀이굿을 해달라고도 하였다. 때로는 인근의 절을 놔두고 어 머니에게 와서 사십구제를 지내기도 하였다. 크게 떠벌리지 않고 조용하고 엄숙하게 치렀는데, 그것은 다분히 주위의 눈들을 의 식해서였다.

어머니의 태깔스러운 굿마당은 시간이 흐를수록 공감대를 형 성하였다. 똑 소리 나게 가슴을 울리는 어머니의 예언은 사람의 마음을 단박에 꿰뚫었다. 가정의 우환과 근심걱정, 지나온 과거 사를 영험하신 산신님에 의해 척척 알아맞췄던 것이다. 그러니까 어머니는 산신님의 대변자였다. 어머니는 약속대로 아버지의 혼 백을 천도하고 나서 마을사람들에게 성의껏 보답하였다.

어머니는 큰굿 작은 굿 가리지 않았다. 어머니 입장에서 보면 이것저것 가리고 따질 때가 아니었다. 때로는 멀리까지 원정을 가서 몇 날 몇 밤을 굿판에서 지새우기도 하였는데, 그런 날은 주머니가 두둑하였다. 그와는 달리 사현은 어머니의 활동무대가 점점 넓어질수록 불만스러웠다. 당골래 아들이라는 딱지가 이마 에 붙여져 마음을 불편하게 하였다.

어머니는 그 같은 주위의 시선을 전혀 개의치 않았다. 직업의식이랄까, 무당이라는 자부심이 대단하였다. 사현으로서는 어머니의 그 점도 불만이었다. 뭐, 무당이 자랑인가? 나는 창피하기만 한데. 사현은 무당의 아들이라는 자격지심에 마음이 움츠러들었다. 어머니는 더 나아가 돈을 모을 때마다 주위의 논과 밭이며 산야를 사들였다. 절터의 산도 경매로 넘어가기 전에 등기를 넘겨받았다. 마을 입구 넓은 텃밭을 사서 살림집을 따로 짓고, 절터의 흙벽돌집도 다시금 아담한 신당으로 새로 지었다. 그와 함께 인근의 가난하고 불쌍한 사람들에게 성의껏 음으로 양으로 보시를 하였다. 신이 들리면 돈벌이도 그만큼 쉬운가, 그게 다 영험하신 산신님 덕분인가 싶었다.

"당골래 살림 불어나는 것 보게나. 보통 영험한 게 아니여."

마을사람들은 시샘 어린 눈길로 바라보았다. 그들의 눈빛 속에는 당골래라고 노골적으로 하대는 하지 않았으나 신분의 높낮이를 내보이며 은근히 우월감을 가졌다. 말하자면 하루아침에 무당이라는 천민계급으로 굴러떨어진 것이다. 아직도 구습의 신분의식이 가슴속에 똬리를 틀고 있는 노인네들의 노골적인 언사가 그 점을 말해주었다.

"느그 엄씨, 또 굿하러 갔다냐? 아주 팔도를 누비는구나. 네놈도 느그 엄씨 치마말기나 붙들고 댕김시러 신대나 잡지 그러냐? 모자지간에 잘도 어울릴 것인디."

"모전자전이라고 일찌감치 잽이로 나설지도 모르제. 안 그러냐?"

사현은 그런 말을 들을 때마다 심사가 뒤틀렸다. 당골래로 변신한 어머니를 원망하다가도 마을사람들에게 적개심을 가졌다. 어머니는 그랬다. 살인과 도적질 말고는 자존심을 구길 일도, 죄책감을 느낄 필요도 없다고. 주어진 팔자소관대로 열심히 사는 게 인생이라고.

"누가 뭐라 해싸도 중심을 잃어서는 안 된다. 화를 내서도 안 되지야. 교회 목사가 예수의 이름으로 천국을 인도하는 것이나, 절의 스님이 부처의 법력과 가피력에 힘입어 중생을 제도하는 것이나, 내가 영험하신 산신님을 대신하여 영혼을 천도하는 것이나 하등 다를 게 없다. 부끄러울 게 하나도 없느니라."

어머니는 허리 굽은 노인네들을 하심(下心)으로 대하였다. 노인네들이 살아온 과정을 산신님의 영험에 힘입어 꿰뚫어 보기 때문일까. 아니면 머지않아 저승길을 갈 때 극락왕생 하십사 천도를 해줄 수 있다는 자부심에서일까. 하지만 사현은 외로움이 배어나는 열등의식을 떨쳐버릴 수 없었다. 은근히 또래들에게 따돌림을 받고 놀림을 받을 때면 외톨이라는 자괴감을 물큰 깨물었다.

하늘의 무게

인간의 계급의식은
물질적이고 권위주의의 우월감에서
조성된다.

사현은 또래들보다 두세 살 많은 늦깎이로 학교에 들어갔다. 당골래 아들. 교문에 들어서던 날부터 그 말을 사무치게 실감하였다. 마을 노인네들의 야릇한 눈길은 그런대로 곰삭이고 있었으나 전혀 예상하지 못한 충격이었다. 등하굣길이나 쉬는 시간이면 껄렁한 상급반들까지 사현의 주위를 둘러쌌다.

"야, 당골래 아들. 느그 엄니맨치러 느닷없이 신이 들려나면 귀신까지 불러낼 것인디 학교공부는 뭣 땜새 배우러 왔제?"

"우리도 한바탕 살풀이굿을 해달라고 할끄나? 어이, 당골래 아들. 느그 엄니, 굿판을 벌였다 하면 돈을 보자기로 싸 온담시러? 좋게 말할 때 우리들 입을 즐겁게 해주라이?"

"째려보기는. 인자 늦깎이로 입학한 새끼가."

"야, 너 내일 우리 대장 도시락을 싸 온나이? 갈치구이도 빠뜨리지 말고. 대장이 갈치구이를 엄청 좋아한다. 안 그라면 어찌되는지 알제?"

이건 순 협박공갈이며 날강도 짓이라고 속으로 침을 뱉으면서
도 어쩔 수 없이 수긋하게 들어 넘겼다. 그렇다고 따돌림의 대열
에서 제외시켜 주는 것도 아니었다.

"너, 우숙이 치마를 들추어 보았다매? 우숙이 오빠가 누군 줄
알어? 어쩔 것이여. 얌전히 우리 입을 봉할라면."

얼토당토 않는 시빗거리를 만들어 군것질을 울궈냈다. 우숙이
에게 말 한마디라도 걸어봤다면 덜 억울하였다. 군것질이 하고
싶으면 솔직하게 돈 몇 푼 달라고 하지 치사하고 더러웠다. 버젓
이 이름이 있는데도 당골래 아들이라고 비아냥치듯 부르는 데서
더욱 분통이 터졌다.

"어이, 당골래 아들. 체육시간에 씨름을 하면 말이다. 갈문이에
게 무조건 져주라이. 느그 엄니 굿판에서 신대를 잡힌 뒤로 기분
이 젬병이다."

오갈문이라면 제일로 약골이자 상두꾼 늦둥이 아들로, 사현이
입학하기 전에는 동네에서 따돌림을 당한 아이였다. 그래, 져주
자. 운동장청소를 시키지 않는 것만도 다행 아니냐. 걸핏하면 갈
문이와 변소청소를 맡아 하였다. 그것뿐만 아니었다. 쥐꼬리 가
져오라고 할 때도 우숙이 오빠 또래들은 당골래 더러 귀신을 불
러오듯 쥐들을 불러 모아 자기들 몫까지 가져오라고 하였다.

그러다 보니 같은 책상에 앉으려는 단짝이 없었다. 산속 바위
동굴 속에서 뼈저리게 외로움을 깨물었을 때보다 또래들 속에
서 외톨이로 지낸다는 게 견디기 힘들었다. 소외감. 그것은 철저

하게 자존심을 무너뜨리는 것이었다. 그나마 갈문이가 마지못해 곁에 앉아주었다. 갈문이 역시 마을에서 따돌림 대열에 속하였는 지라 아무도 반겨하지 않았다.

더욱 아니꼽고 더러운 것은 상급반들의 행태였다. 나이는 엇비 슷한데도 등하고 때마다 놀림을 당하고 보니 학교 가기가 싫어 졌다. 쥐어터지지 않으려면 상납 아닌 상납을 해야만 하였다. 상 급생들이 쥐어짜니까 시뿌디씨뿐 동급생들도 덩달아 입이 고프 다 싶으면 허구리를 찔렀다. 그렇게 삼 년을 다녔다. 사학년이 되 자 새로 부임해 온 담임선생님은 분위기를 새롭게 하였다. 출석 부를 펼쳐든 첫날 선생님은 차례차례 가족사항을 물었다. 사현 의 차례가 되었다.

"아버지는 돌아가시고, 어머니 혼자 농사일을 하는가?"

사현은 어떻게 대답해야 좋을지 몰랐다. 얼굴이 벌겋게 달아올 랐다.

"저 애 엄니는 당골래예요. 신이 잔뜩 들었어요."

선생님의 물음에 앞자리에 앉은 아이가 키득거리며 대신 대답 하였다.

"당골래 아들이라고?"

"맞아요. 저 애 엄니는 신명이 나면 마구 귀신을 불러와요. 갈 문이 저 애는 신대를 잡혔다가 신이 들려나 죽음 직전까지 갔당 께요. 갈문아, 너 정말 천당과 지옥을 왔다 갔다 했지야?"

"신들린 무당이란 말이지?"

낄낄거리는 아이들을 일별하고 나서 선생님은 입술을 지그시 깨물듯 혼잣소리로 반문하였다. 그 뒤로 선생님은 매번 사현에게 말없는 눈길을 보냈다. 사현은 그 눈길이 무엇을 뜻하는지 잘 몰랐다. 아이들은 여전히 툭하면 따돌림을 시켰다. 그럴 때면 하늘의 무게로 마음을 황량하게 하였다. 그들보다 힘으로나 산에서 익히고 단련한 품새로나 꿀릴 게 없는데, 어째서 주눅이 든 아이처럼 굴욕을 당하는가. 사현은 그게 억울하고 분하였다. 씨펄, 어떻게 저 새끼들을 때려눕히지?

사현의 주먹이 폭발한 것은 새로 부임한 선생님의 가정방문에서 비롯되었다. 선생님의 가정방문은 시골아이들과 학부모에게는 제일로 어렵고 난망한 사항이었다. 잘사는 집은 몰라도 주저리주저리 처마 끝에 궁기를 매단 사람들은 무엇보다 대접할 게 마땅찮았고, 가난한 집안 사정을 내보인다는 게 부끄럽고 민망하였다. 그래서 더러는 농사일을 핑계로 들녘에 나가거나, 마지못해 어머니 쪽에서 허리 굽혀 맞았다.

당골래는 당당한 모습으로 선생님을 맞이하였다. 곱게 차려입은 그 모습은 신당에라도 들어갔다 나온 태깔 고운 자태였다. 어찌하나 싶어 호기심 어린 눈동자를 굴리며 줄래줄래 선생님의 뒤를 따라온 아이들에게도 엿가락을 한 개씩 안겨주었다. 선생님은 주위 사람들이 당골래를 눈 아래로 내려다보는 것과는 달리 예의를 다하였다. 아이들은 예상과는 사뭇 다른 선생님의 태도에 머리를 갸웃하였다.

"선생님도 산신령의 기운에 씌었는갑다. 전혀 맥을 못 쓴다야."
"근께 말이여. 호랑이 같은 선생님이 영판 유순해져뿐다. 저래서 신대를 한번 잡히면 맥을 못 쓰는가 보제."

"그런데 왜 당골래를 우습게 보제. 예수를 머리에 이고 있는 교회목사는 존경스러워 하면서 말이다."

"신이 다르잖어. 예수는 전능하신 하나님의 아들이고, 당골래는 산신님이 들려났잖어."

아이들은 울 밖에서 두 사람의 대화에 귀를 기울였다. 선생님은 시종일관 예의를 잃지 않았고, 간간이 진지한 대화가 오가는 가운데 웃음이 번지기도 하였다. 나중에는 단군신화까지 거슬러 올라가며 무당의 역사를 나누어 가졌다.

"야, 선생님이 당골래한테 흠뻑 빠져버렸다. 우리 할아부지, 할머니하고는 전혀 다르다야. 무언가 신령한 기운을 느꼈는갑다."

"주위 사람들도 영험한 것은 인정하잖어."

그날의 가정방문은 아이들에게 큰 반향을 일으켰다. 선생님도 함부로 대할 수 없는 무당의 존재. 주위 사람들의 무지한 인습과는 전혀 다른 인식이었다. 지금까지 따돌림을 받았던 사현을 새롭게 인식하였다. 사현의 집을 다녀온 다음 날, 선생님은 무당의 전래와 역사에 대해 특별수업을 하였다.

"사현의 어머니는 혈통을 따라 대대로 계승되는 세습무인 단골은 아니지만 산신, 칠성신, 지신, 용신 등의 자연신과 장군신, 대감신, 왕신 등 인격신에 힘입은 강신무의 전형으로, 강신무는 기도나 주문에 의해 몸에 신이 내리는 무당을 말한다. 사현의 어머니는 그 가운데 산신이 몸에 실린 분이다. 무가에서 아주 중요한 강신무일 뿐만 아니라 신화나 전설 등 우리 고유 전통문화의 계승자라 할 수 있다. 우리나라는 고대 부족국가 때부터 무당은 곧 임금이었다. 제사와 정치를 함께한 백성과 신과의 중개자였다. 그러던 것이 점차 하늘과 땅을 비롯하여 여러 신들에게 지내는 제사와 백성을 다스리는 정치가 나누어지면서 무당의 역할과 임금의 다스림이 갈라진 것이다."

선생님은 가급적 이해하기 쉽게 무당을 설명하였다.

"선생님. 여기서는 당골이라 하는디, 선생님은 단골이라 합니까?"

반장이 손을 번쩍 들고 반장다운 질문을 하였다.

"단골은 표준말이고 당골은 이 지방에서 쓰는 말이다. 사현의 어머니는 신령과 죽은 자의 혼과 의사를 통하는 영매자로서, 민간신앙의 차원에서 보존되어야 하고, 그러기에 업신여겨서는 안 된다."

선생님의 수업은 아이들에게 다소 어려운 말로 다가왔으나 당골에 대한 이해와 인식을 새롭게 하였다. 그와 함께 반사적으로 사현에게 크나큰 힘을 실어주었다.

"선생님 말씀 들었제? 우리 할무니는 개코도 모르면서 당골래를 무조건 내려다본다고."

아이들은 어느 틈에 사현의 주위를 둘러쌌다. 지금까지 사람 취급을 제대로 받지 못하고 숨죽여 지냈던 울분과 기개가 자신도 모르게 솟구쳤다. 아이들을 하나씩 휘어잡았다. 아이들을 휘어잡을 수 있는 길은 두 가지였다. 하나는 힘의 우위였고, 또 하나는 금전적으로 풍족함을 내보이며 먹을거리를 제공하는 것이었다. 물론 남보다 학업성적이 우수하면 그보다 더 바랄 게 없을 터였다.

때마침 태권도 바람이 시골 구석까지 불어쳤다. 사현은 망설이고 자시고 할 것 없었다. 기세도 좋게 태권도 도장에 발을 들여놓았다. 무엇보다 기압소리가 가슴을 후련하게 하였다. 산에서 단련된 몸이라 날쌔고 근성이 있었다. 사계절 노루와 산토끼와 다람쥐와 더불어 바위를 타고 산등성이를 내달렸는지라, 의외로 다른 애들보다 진도가 빨랐다. 산에서 살았던 진가를 유감없이 발휘하였다. 한참 땀을 흘리고 나면 기분이 홀가분하였다. 공부보다 훨씬 재미있었다.

대련 시간이 되면 전의가 불타올랐다. 기압소리와 함께 울분을 내쏟으며 이단옆차기, 돌려차기, 수도로 내려치기, 정권으로 인중 강타하기, 삼단뛰어차기, 앞차기로 상대가 정신을 차릴 수 없도록 몰아세웠다.

"너는 대련을 하는 거냐, 결투를 하는 거냐? 사적인 감정이 있는 것도 아닌데 싸움닭처럼 덤비냐. 태권도 정신은 어디까지나 정정당당해야 한다. 상대를 존중할 줄 알아야 하고 예의를 잃지 말아야 한다."

대련이 끝나면 태권도 사범은 매번 주의를 주었다. 사현은 주의를 들을 때마다 격파하기, 백치기로 울분을 대신하였다. 더불어 아이들의 먹을거리도 소홀히 하지 않았다. 이제는 위치가 뒤바뀌어 아이들을 업신여기는 태도로 선심을 썼다. 어디서 돈이 나오느냐고? 그야 물론 어머니의 시주함에서 몇 푼 슬쩍하면 그만이었다.

"니는 태권도도 잘할 뿐만 아니라 우리들 군것질도 알아서 잘 챙겨주제, 정말 최고여."

아이들은 어제의 일은 잊어버린 채 비위를 맞추려고 알랑댔다.

"어제는 가시내들을 못 살게 군 선배새끼를 대련하면서 코피가 나게 작신 두들겨 팼다매? 내가 속이 시원하다야."

"니가 좋아하는 감숙이를 그 새끼가 집적대서 혼 좀 내줬지야."

사현은 아이들이 알랑방귀를 뀌듯 빌붙을 때마다 비위장이 뒤틀렸다. 새끼들. 언제는 나를 따돌림 못 시켜 지랄발광한 놈들이 입에 단것을 물려주니께 희번덕거려? 하는 꼬락서니가 구역질이 났다.

당골래는 시주함이 축날 때마다 아들의 소행인 줄 번연히 알면서도 눈감아주었다. 갈수록 축나는 단위가 많으니 모를 리 없었다. 중학교에 들어간 뒤로는 오히려 용돈을 더 보태주며 흐뭇한 눈으로 바라보았다. 제발 덕분에 말썽 일으키지 말고 착실히 공부하여 어미의 기대를 저버리지 말기를 바랐다.

그러나 사현은 당골래의 기대감에서 점점 멀어지기 시작하였다. 자라나는 햇수만큼 무대와 광장이 넓어졌다. 패거리가 조성되었고, 앞을 가로막거나 시비를 걸어오면 가차 없이 응징하였다. 이제 거칠 게 없었다. 주위의 세력을 장악하기 위해서는 패싸움도 마다하지 않았다. 공부는 뒷전이었다. 문제 학생으로 발전하는 양상은 눈길에서 미끄러지는 것과 같았다. 패싸움이 벌어졌다 하면 문사현의 이름 석 자가 튀어나왔다. 훈육주임으로부터 걸핏하면 따끔한 훈계를 받았다.

"이 자식아, 느그 어머니는 학교에 장학금도 수월찮게 내는데, 그래서야 되겠어? 어머니를 생각해서라도 정신 똑바로 차리고 열심히 학업에 매달려야지. 우리 학교는 아직까지 깡패를 키운 적은 없다. 내 말 알아듣겠어?"

훈육주임의 매서운 눈초리를 벗어나면 불큰한 심사로 태권도 도장을 찾았다. 그리고 가슴 깊은 곳에서 고개를 쳐들고 있는 싸락눈 같은 울분을 쏟아냈다. 울분도 종류가 있는지 모르나 사현이 쏟아내는 울분은 자로 잴 수도, 무게를 달수도, 질량의 함수도 알 수 없는 것이었다. 그렇게 한바탕 땀을 쏟고 나서 음식점에 앉아 있으면 기다렸다는 듯이 똘마니들이 모습을 나타냈다. 똥파리 떼처럼 냄새 하나는 잘 맡았다.

"아래께 도장에서 대련한 친구 있제? 그 자식이 보복을 다짐했다는디, 알고 본께 새로 부임해 온 지서장 조카라나, 뭐라나. 어쩔 것이여?"

"너는 어떻게 했으면 좋겠냐? 대련하면서 몇 대 얻어맞은 걸 가지고 보복 운운하다니 치사스러운 놈 아니여?"

"긍께 말이여. 즈그 큰아부지가 지서장이면 단가?"

"호랑이보다 무서운 지서장 조카가 당골래 아들에게 자존심 상하게 얻어터졌는디 안 그러게 생겼어?"

"신성한 도장에서 무슨 개뻑다귀 같은 신분타령이여. 꼴값 떨어도 유분수제. 안 그러냐?"

"그나저나 어쩔 것이여? 분명 저쪽에서 패거리를 동원할 것인디."

"우리는 손발 개었고 있남. 겁낼 것 없다고."

결투는 일대일 맞장을 뜨기로 하였다. 시간은 무제한으로 한 사람이 쓰러질 때까지 승부를 가리자는 것이었다. 좋다, 이거야. 시간과 장소가 정해지고, 이쪽저쪽 패거리들이 빙 둘러선 가운데 결투는 시작되었다. 태권도 도장에서의 대련과는 그 성질이 달랐다. 이쪽저쪽 패거리들의 응원도 만만찮았다. 승부는 좀처럼 갈리지 않았다. 시간이 흐르자 부서지고 으깨진 몰골로 엉겨 붙은 채 사력을 다하였다. 처절한 결투였다. 기력이 다 빠져나가 허방질을 하며 허우적거리다 끝내 두 사람은 큰대자로 나가떨어졌다. 더는 싸울 힘이 없었다.

"오늘은 무승부여. 끝장을 내야 하니께 따로 날을 받기로 하고."

갈문이가 분위기를 정리하였다. 모두가 동의하였다. 두 사람은 파김치꼴로 패거리들의 부축을 받으며 돌아갔다.

"야, 그 새끼도 보통이 넘던디. 맷집이 이만저만 아니여. 사현의 이단옆차기나 앞차기, 돌려차기에 나가떨어지지 않는 사람이 없는디 반격하는 걸 보면 대단한 악바리여."

"그나저나 온몸이 요 모양 요 꼴이 되었는디 퇴학 맞기 일보직전 아닌가. 더구나 지서장 조카를 초죽음으로 만들어놓았으니 사태가 심각하지 않겠어?"

"며칠 학교에 나가지 않으면 되겠제. 멍든 상처도 치료해야겠고……"

사현은 패거리들의 조언에 힘입어 몇 날을 갈문이 집에서 숨어

지냈다. 시퍼렇게 멍든 모습으로 어머니를 대할 면목이 서지 않았다. 하지만 소문은 금방 와자하게 퍼졌다.

"이번에는 지서장 조카와 한판 붙었다며? 사건이 크게 생겼는디. 하라는 공부는 뒷전이고 걸핏하면 주먹질이니 당골래 애간장감이여."

"지서장 조카를 으깨놓았다면 볼 것 없이 철창 신세제."

"콩밥 묵어도 싸네. 정신 좀 차려야 한다고. 그런 불량학생이 우리 동네에 산다는 자체가 우사스러운 일이여."

"그나저나 일제 때도 아닌디 거만하게 위세를 떨치는 지서장을 대신해서 조카 놈을 흠씬 패주었다니 한편으로는 가슴이 후련하네. 그러다 유명세를 타겠어."

"저런. 한다는 소리 좀 보게. 그게 모로터진 유명세제, 정상적으로 얼크러진 삼의 가닥을 단칼에 내리치듯 하는 유명세인가? 박수 칠 사람을 가려서 쳐야제."

주위 사람들은 화젯거리가 없었던 터라 어떤 결말이 날 것인가 귀를 모두었다. 예상했던 대로 지서장이 불렀다. 사현은 꿀리지 않는 모습으로 걸어 들어갔다. 피차 가해자이면서 피해자 아닌가. 그리고 누가 먼저 결투를 신청하였는가. 해볼 테면 해보라는 오기와 배짱이 앞섰다.

"이 녀석아, 아무리 소문 짜한 싸움패라고 상대를 가려가면서 할 것이지 아주 잘못 걸렸다."

말석에 앉은 순경이 싸늘하게 일침을 놓으며 등 떠밀었다. 사현은 지서장 앞으로 나아갔다. 지서장은 체격이 우람하였다.

"보아하니 몸피는 호리낭창한데 싸움질을 잘한다면서?"

지서장은 매서운 눈초리로 사현의 위아래를 훑어보았다. 여차하면 한 대 올려붙일 기세였다.

"……싸움도 상대가 있어야 하니께요."

사현은 침을 찍 뱉듯 대답하였다. 조금도 꿀릴 게 없었다.

"조카놈만 묵사발 된 줄 알았더니 너도 피장파장 만신창이가 되었구나. 승부를 다음에 내자고 하였다면서?"

"당연히 그래야 미련이 없지요. 기어이 승부를 내자는디 수챗구멍의 쥐처럼 숨을 수는 없지요. 저도 자존심이 있응께요."

"허, 말 한번 당차구나. 지금이라도 화해할 수 없겠느냐? 느그들 꼬락서니를 보아하니 승부 나기는 틀린 성싶고, 내가 관대하게 봐주겠다. 싸움 뒤 끝에 우정이 굳어진다고 하였다. 내 말 알아듣겠냐?"

"글쎄라우. 저 혼자 짝사랑하댓기 화해할 수는 없잖은개비요."

"너의 어머니도 찾아와 눈물로 하소연하듯 용서를 구하였고, 나도 조카놈을 사정없이 훈계를 하였다."

오호, 울 엄니가 두둑한 봉투를 안고 와서 죽을상을 지으며 애걸복걸하였구나. 사현은 지서장 앞에서 비손이를 하듯 사정하였을 어머니의 영상이 떠올라 자존심이 상하였다. 왜, 자기 자식만의 잘못으로 받아들이며 머리를 숙이는가. 지서장은 조카를 불러냈다. 아직도 눈두덩이 퍼렇게 멍이 들어 부어올랐고, 입술이 찢어지고 콧잔등이 으깨져 몰골이 말이 아니었다. 사현은 자신을 보는 듯하여 쓰거운 웃음을 베어 물었다.

"둘이 화해를 해라. 그리고 앞으로 더없는 우정을 나누거라."

두 사람은 지서장의 강요에 못 이겨 억지 춘향 격으로 악수를 하였다. 지서장은 두 사람을 데리고 중국집에 들어섰다. 만두와 짜장면을 먹으면서도 분위기는 어색하였다. 찌뿌드드한 얼굴로 중국집을 나와 집으로 돌아왔다. 당골래는 기다리고 있었다는 듯 냉랭한 얼굴로 맞았다.

"쌍다구 한번 보기 좋다. 너를 어떻게 해야 올바른 길로 이끌끄나. 니 땜시 애간장이 문드러진다."

"엄니 덕분에 화해 짜장면을 묵고 왔구만이라우. 지서장도 엄니 돈 봉투 앞에서는 별수 없드만요."

"너만 일방적으로 콩밥 먹이면 주위의 여론이 좋지 않을 것인디, 어떻고롬 니놈만 감방에 처넣겠냐."

"그런 작자들이 그까짓 여론 찾고 양심 앞세운다요."

"더 듣기 싫다. 멍든 상처에 약이나 바르고 방구석에 틀어박혀 반성혀."

당골래는 치마말기에 싸늘한 바람을 일으키며 신당에 들었다. 자신의 속앓이와 아들의 장래를 위해 기도를 하리라.

어느 정도 부어터진 상처가 아물자 당골래의 성화에 떠밀려 등교하였다. 운동장을 들어서자 이쪽저쪽 패거리들이 지서장 조카와 사현을 둘러쌌다. 다른 학생들도 흥미로운 얼굴로 쭈뼛거리며 모여들었다. 사현은 지서장 조카에게 성큼 다가가 손을 내밀었다. 긴장하고 있던 이쪽저쪽 패거리들이 박수를 보냈다. 정식으로 화해를 한 것이다. 어쩌면 서부 사나이들의 흉내를 낸 것인지도 몰랐다.

　지서장 조카와는 지서장이 임기가 끝나고 다른 곳으로 옮겨갈 때까지 우정이 돈독하였다. 그렇게 되자 사현으로서는 든든한 뒷배가 하나 생겨나 독무대나 다름없었다. 패싸움이 벌어졌다 하면 사현이 주동 인물이었다.

　"또 그놈아? 이번에는 원정 온 놈들과 한판 붙었다매? 저쪽에서 세가 불리하니께 응원군을 청했다는구만. 하라는 공부는 하지 않고 걸핏하면 주먹질이라니. 당골래 어미에 불량배 아들에 한심지경이여."

　마을사람들은 희뜩한 눈으로 혀를 차고 돌아섰다. 옛날 같으면 동네 덕석말이감인데 그저 사시의 눈으로 내쳤다. 덩달아 당골래까지 배척을 당하였다. 아들 잘못 둔 죄였다.

　어렵사리 고등학교에 들어가서도 여전하였다. 고등학교에 들어갈 실력이 못 되었으나 당골래의 치맛바람으로 간신히 턱걸이 하였다. 그러한 어미의 간절한 심정도 모르고 걸핏하면 파출소 출입이었다.

　"야, 이 녀석아. 어떻게 생겼길래 이마빡에 피도 마르지 않은 놈이 주먹질이냐? 콩밥께나 먹고 전과자로 전락하면 네놈 신세는 종 친 거야."

　"세상이 좆같잖아요."

　사현은 파출소에 붙들려 와서도 울분을 내쏟았다.

　"허, 이놈의 자식, 말하는 본새 보게. 세상은 생각하기 나름이야. 한창 공부할 나이에 무엇이 불만이냐, 그래."

담당경찰로부터 매서운 질책을 받았다. 그때마다 그림자처럼 당골래가 나타나 뒷수습을 감당하였다. 돈 가지고 안 되는 게 없다고, 한 삼 일 훈방 조치로 풀려나기 마련이었다.

"너를 어떻게 해야 올바른 사람이 될는지 모르겠다."

당골래는 수심 어린 얼굴로 토심스러워하였다. 아들의 장래가 두통거리로 다가왔다. 사현은 그때만은 한동안 자숙하였다.

한 가지 가슴 후련한 것은 학생깡패로 등기가 난 뒤부터는 당골래 아들이라고 맞대놓고 눈 아래로 내려다보지 않았다. 똥이 무서워서가 아니라 더러워서 비껴간다는 눈살 찌푸림인지도 몰랐다. 언놈도 우리 엄니를 업신여겨 봐라. 그냥 안 둘 텐께. 사현의 으름장은 빈말이 아니었다. 어른이고 아이고 할 것 없이 한마디만 잘못 입을 놀렸다 하면 태권도 사단 실력으로 짓뭉개버렸다.

당골래는 아들의 그런 행위가 한편으로는 든든한 버팀목처럼 여겨졌으나, 늘 가시방석에 나앉은 기분이었다. 주위가 삭막하고 보잘것없는 신분일수록 높이 배워야 하는데, 바라던 대학은 이미 물 건너갔고, 저렇게 살아서는 백수건달로 장래가 훤히 내다보였다. 사람 두들겨 패는 것도 죄악인데 그 원망의 소리를 어떻게 감당할 것인가. 영험하신 산신님께 하소연하듯 아들의 앞날을 염려하면 아직은 영글지 못한 수수대만 같아 바람에 깝죽댄다면서 시절이 가면 좋은 인연을 만나 제 앞길을 헤쳐 나갈 것이라고 하였다. 언제 그날이 올 것인지…….

바닥이 좁구나

조그마한 웅덩이에
물 한 잔을 부어 놓으면 겨자씨가 뜬다.
그러나 잣을 띄우면 가라앉는다.

사현이 고등학교를 졸업하고 건들거리자 주위에서는 눈 밖에
난 껄끄러운 존재로 바라보았다. 걸핏하면 시비요, 주먹질이었
다. 그렇다고 남을 등쳐먹거나 나약하고 불쌍한 사람들을 못 살
게 굴지는 않았다. 허리 굽은 노인네에게는 공손함을 잃지 않았
고, 나름대로 의리가 있었으며, 불의를 참지 못하였다.
　다만, 자신의 자존심을 건드리거나, 어머니의 직업에 대해 왈
가왈부하면 가차 없이 응징하였다. 특히 아버지에게 보증을 서
게 한 족속들에게는 적개심을 품었다. 대체로 방장산 너머 사람
들이 대부분이었으나, 아버지를 불행한 나락으로 떨어뜨린 그
한 서린 장본인들을 가슴에 담고 있었다.
　사현이 어릴 때여서 아버지가 짊어진 불행을 소상히 알 수 없
었지만 귀동냥으로 가슴에 담을 수 있었다. 읍내 장날 같은 곳
에서 마주치면 이제는 다 늙어빠진 꼬부장한 늙은이일망정 곱게

봐주지 않았다. 어쩌다 그들의 자식들과 부딪치면 살갑게 대하지 않았다. 그들은 되도록 사현과 마주치기를 꺼렸다.

"누구 땜새 우리 아부지가 폐인으로 돌아가시고, 집안이 거덜 났으며, 울 엄니가 당골래가 되었느냔 말이여."

사현은 그래도 분이 풀리지 않는다는 듯이 감때사납게 노려보았다. 그리고 누구라도 당골래를 입에 올리면 불같이 내달아 곤죽을 만들었다.

"저기, 당골래 간다. 저 나이에 맵시도 좋제. 홀림목 곱게 쓰는 야시시한 기생 뺨치겠네."

"어따, 당골래 아들 좀 보게. 뻬딱한 품새로 근본도 모르고 내닫는 거. 동네 망신살이가 아니고 뭔가."

그런 입방아들이 귀에 들어왔다 하면 남녀노소 불문하고 인정사정없었다.

"당신들이 우리 엄니 맵시 좋으면 뭘 어쩔 것인디 헛눈질이여? 느이놈들이 입 다물고 가만 있어봐라. 내가 주먹을 내보이겠는가. 싸가지 없는 종자들 같으니라고."

"워따메, 위아래도 몰라보고 험상한 주둥아리를 놀리면서 누굴 또 장작 패듯 할 거냐? 암만해도 내가 제 명대로 못 살겠다."

"저놈들이 내 심지를 돋우잖아요. 당골래 아들은 자존심도 없는가요? 내가 판검사라면 저렇게 비아냥치겠어요?"

"그런께 헛발질하지 말고 정신 차리란 말이다."

당골래는 옆길로만 나가는 아들의 앞날이 점점 불안하였다. 그려. 저놈을 위해서라도 부지런히 힘닿는 데까지 벌어 땅문서를 장만할 수밖에. 땅이야말로 큰비가 와도 떠내려가지 않고 묵혀두어도 썩지 않을 것인께. 그에 대한 반사작용이랄까, 당골래는 돈이 손에 들어오는 대로 땅을 사들였다.

"시절이 궁색하다 해도 당골래가 돈은 잘 벌어들이는구만. 한판 당차게 굿을 했다 하면 논밭을 사들이니 말이여. 이번에는 씨암탉 같은 병근네 무논을 샀다매?"

"굼벵이도 구르는 재주가 있다 하던마는 당골질해서 돈 벌 줄누가 알았는가. 이러다가는 동네 전답이야, 야산은 몽땅 당골래차지가 되겠네."

"당골래질이나 할 것이제, 땅은 사서 뭘 할 거여. 소작 주고 지주 행세하려나? 굴러온 주제에 눈꼴시러워서……."

마을사람들은 땅문서를 앞에 놓고 흥정이 오고 갈 때마다 시샘을 하듯 비아냥댔다. 그 소리를 바람결로 귀동냥해 들을라치면 사현이 가만있을 리 없었다.

"언놈이 내 돈 주고 땅 사는디 시시비비여? 도둑질한 돈도 아니고, 아주 합법적으로 팔고 사는디, 당골래는 땅도 못 사는 건가?"

사현은 앞뒤 가리지 않고 매쳤다.

"아이구, 나 죽네. 저런 개망나니 같은 놈이 위아래도 모르고 내부셔? 예의범절도 모르는 불상놈 같으니라고. 그런께 볼 것 없이 당골래 새끼여."

"당신들은 얼마나 예의범절을 잘 알기에 남의 자존심을 짓뭉개는 거여? 오라, 보아하니 젊어서부터 노름방이나 기웃거리며 갱편이나 뜯어묵고, 우리 아부지에게 노름빚 보증 서게 한 날건달 아니여? 노망 든 나이에 이르도록 제 버릇 못 고치는 늙은탱이야말로 개망나니 아니여?"

"내가 어쨌다고야? 느그 애비 그렇게 된 게 내 한 사람만의 잘못이었냐. 니놈이 뭘 안다고 전전일을 들먹여?"

"그래도 이놈의 영감탱이가 입은 살아서 지랄이여."

"이 사람아, 지금 막가자는 거여? 아무리 성질이 났기로서니 그러는 법이 아니여."

"말리는 시에미가 더 밉상이라고, 당신도 똑같어. 선거철만 돌아오면 부정부패를 일삼는 패거리들에게 빌붙어 콩고물이나 뜯어먹고, 심심파적으로 이 사람 저 사람 부채질하듯 이간질을 시켜 송사나 일으키고, 뭘 뜯어묵겠다고 끼어들어? 당신이야말로 암적인 존재여."

"뭐라고? 이놈아, 이래봬도 행세깨나 하는 유지란 말이여. 네놈이 뭘 안다고 감히 내 얼굴에 침을 뱉어? 그냥 요놈을……."

"어쩔 것인데? 유지 좋아하네. 똥파리만도 못한 작자라고 다들 쉬쉬하며 침 뱉고 돌아서는디. 이참에 아주 정신이 번쩍 들게 해주지."

어떻게 몸 사릴 틈도 없이 이단옆차기가 날아들고, 아이구, 소리를 내지르며 저만큼 나가떨어졌다. 여편네가 내달아 땅바닥에 나뒹구는 서방을 붙들어 안으며 악다구니를 하였다.

"저런 불상놈이 시상에 어디 있을까. 아닌 말로 못 할 말을 한 거여? 아무리 근본 없는 당골래 가랑이 사이로 나왔다고, 위아래도 모르고 사람을 마구잡이로 곤죽을 만들어?"

"이녀러 할망구가 어디다 대고 흰소리여. 우리 엄니가 처음부터 당골래로 태어난 거여? 따지고 보면 우리도 근본이 여일혀. 당신네 집구석보다 선명혀. 적어도 일제에 빌붙어 살지는 않았어. 상녀러 잡것들이."

"어따, 퍽이나 여일하고 선명하다. 하는 짓거리가 개차반인디 뭘 또 가리고 따질 게 있어."

"그래도 콩팔칠팔이네. 경고하건대 앞으로 주둥아리를 함부로 놀리지 말어. 뭣 땜새 명경지수 같은 밝은 세상에 남의 일에 배 아파하는 거여."

냅다 난장트기로 한바탕 사람들을 다잡고 나면 그 길로 갈문이패들과 술병을 나팔 불었다.

"니가 뭘 안다고 설치고 돌아댕김시러 복장 터지게 하냐. 가만히 죽은 댓기 지내다 보면 제깟 놈들이 고개 숙일 텐디."

당골래는 타는 가슴을 움켜쥐고 한달음에 내달아 사현의 멱살을 움켜쥐고 집으로 돌아왔다.

"엄니는 그리도 속이 한바다요? 언제 우리에게 고개 숙일 것 같으요? 굿걸이 장단 끝에 사들인 땅뙈지기 보고 고개를 숙여요? 어림 반푼어치도 안 되는 소리요. 저들 가슴에 당골래라고 문신처럼 새겨져 있는디 고대광실을 지은들 무슨 소용이 있다요. 뒷산 너머 친정동네에서도 똥 묻은 개 바라보댓기 하는디 다른 사람들은 말해서 무엇 할 것이요."

"네놈 행실이 그릉께 그러는 것 아니냐. 니 행실만 반듯해 봐라. 세상인심은 세월과 함께 변할 것이다. 요즘 시상은 돈 있는 자가 양반이여. 보면 봐라만 저들이 얼마 지나지 않으면 고개 숙이고 빌붙을 것이다."

"그럼, 그때까지 잘해 보시오. 당골래질 해서 왕창왕창 돈을 긁어모아 이 나라 강산을 다 사들이시오. 내가 판검사를 한데도 당골래 자식이라는 꼬리표가 붙어 다닐 것이오. 허허, 하늘이 푸르고 밝으요."

사현은 어미한테도 막말을 퍼부었다. 이마빡에 쇠똥도 마르지 않은 놈이 한심지경이었다. 당골래는 자지러지게 한숨을 내쉬며 신당에 틀어박혀 몇 날이고 치성을 드렸다.

그나마 다행인 것은 큰 전과 없이 지낸다는 것이었다. 싸움이 벌어졌다 하면 사현이 중심에 서 있는데도 전과자 낙인은 찍히지 않았다. 가벼운 사안으로 벌금을 물거나 훈방 조치 아니면 쌍방과실로 마무리되었다. 그게 다 체면 불고하고 파출소를 드나들면서 비손이를 한 당골래 덕분이었다.

"저런 놈은 몇 년 콩밥을 묵어사 제정신을 차릴 것인디 미꾸라지맨치러 용케 잘도 빠져나온단 말이여."

"그렇게 말하는 자네 아들은 화해조로 얼마를 받아 챙겼는가? 말하지 않아도 보복이 두려워서 유치장에 처넣지 못하였제? 저 놈 성질에 기어코 보복은 하고 말 텐께. 안 그런가?"

"그게 무슨 말인가? 자칫 무고죄로 넘어갈 수도 있어."

"하여간 동네에서 쫓아낼 수도 없고, 갈수록 큰일이네."

"자네부터 심보를 돌려 묵어 보소. 저놈이 그러겠는가. 괜히 시샘 비슷하게 논밭 사들이는 걸 배 아파하지 않는가. 당골래 노릇

해서 떳떳하게 살림 장만하는디 어쩌자고 시시콜콜 걸고넘어지는 거여. 검은콩이면 어떻고, 흰콩이면 어떤가?"

"사실 말이지만 요즘 시상에 당골래가 벌어봤자 얼마를 벌겠는가. 논밭뙈기도 옛날 같잖아 다들 도시로 떠나고 농사 지을 사람이 있는가 말이여. 앞 벌판에 묵혀진 전답들을 보게나."

"맞는 말이네. 차실 양반도 일말의 양심이 있으면 가슴에 손을 얹고 숨죽은 댓기 지낼 것이제, 뭘 얻어묵겠다고 가세걸이를 하는지, 원. 선량한 저놈 아부지 꼬드겨 빚보증 서게 하지 않았는가. 성질 사납고 고약한 저놈 심성만 건드리지 않으면 탈이 없을 것 아니여."

사실 그랬다. 사현의 심기만 건드리지 않으면 시비 걸 일이 없었다. 친구들 간에는 의리 있고, 돈 잘 쓰고, 리더십을 발휘하였다. 가난하고 불쌍한 사람에게는 아낌없이 주머니돈을 털어주었다. 눈 아래로 대하지 않는 노인네들에게는 예의를 차릴 줄도 알았다. 역전 나이 어린 다방아가씨들이 수모를 당하면 지위고하를 가리지 않고 사리분별을 따졌다. 그리고 가장 증오하는 족속들은 노름꾼들이었다.

"벼룩의 간을 빼먹는 노름꾼들치고 말년이 좋은 것 봤어? 느그들도 괜히 당구장 같은 데서 돈 내기는 하지 말거라이."

사현은 겉멋을 부리며 어설프게 담배를 꼬나물고 갓 배운 당구 실력을 내보이는 또래의 똘마니들에게 다짐을 놓았다. 그러나 가장 가까운 마을사람들과는 관계가 소원하였다. 사정을 너무나 잘 알기에 그만큼 시비곡절이 많았던 것이다. 되도록 마을을 멀리 벗어나 자신의 위상을 내보였다. 좃도 시펄, 우거지상을 짊어진 느그들 꼴아지 보기 싫어 대처로 나갈란다. 도시야말로 활개 펴고 노닐 수 있지 않느냔 말이여. 누가 당골래 자식이라고 눈 아래로 내려다보느냐고.

외래종교들이 들어와 우리의 혼이 깃들어 있는 민속신앙을 이단시하지 않는가. 하긴, 무당 고유의 사명의식을 저버리고 타락한 부류들이 있다지만 어느 종파든 그런 군상들이 있기 마련이다. 그런 날은 뒷산에 올라가 마음을 정화시켰고, 바닷가에서 생동하는 파도를 들이마셨다.

사현은 한번 마음을 정하자 고향 바닥이 좁다고 느껴졌다. 불끈 주먹을 쥐고 대처로 나갔다. 당골래는 아들이 도시로 나가자 한편으로는 홀가분한 마음이 들었으나, 더 큰 사고나 저지르지 않을까 염려가 되었다.

"아들아, 그 넓은 바닥에서 마냥 빈둥거리지 말고 일자리라도 구해보거라. 그게 신상에도 좋을 것 같으다."

"알았구만요. 일찍허니 두루두루 세상인심과 사회물정을 체험하는 것도 나쁘지 않겠지요."

사현은 선선히 대답하였다. 하지만 취직이라니……. 남의 밑에서 굽신거리며 월급 몇 푼에 목을 매단다는 것은 생각만 해도 끔찍한 일이었다. 무엇을 한다? 장사를 한다? 사업자금이야 어머니가 조달해주겠지만 그것 또한 쉽지만은 않을 터였다. 크게 한판 벌이고 싶어도 엄두가 나지 않았다. 여기저기 기웃거리며 적당한 점포를 물색해봐도 적성에 맞는 게 없었다. 무엇을 하던 일판을 벌여야만 명함이라도 내보일 것인데 쉽지가 않았다.

"어이, 무엇을 했으면 좋겠냐?"

갈문에게 조언을 구하였다. 별로 기대는 하지 않았다. 갈문은 비리비리하던 어린 시절과는 달리 사춘기를 벗어나면서 사람이 달라졌다. 고마운 것은 어려서부터 죽자고 사현의 주위를 맴돌며 우정을 쌓았다.

"저기, 간판을 보고 생각났는디 태권도 도장을 운영하면 어떻겠냐? 네가 지닌 유단자 실력이면 충분하지 않겠어?"

"오, 그려. 내가 왜 그 생각을 못했지."

사현은 무릎을 쳤다. 당장 어머니를 졸라 태권도 도장을 열었다. 소림사, 엽문, 무당파, 태극권, 정무문 정도는 안 되더라도 자신만의 비기를 개발하여 일가를 이루고 싶었다.

"니가 태권도 도장이라도 한다니께 쬐끔 마음이 놓인다. 제발 만용은 부리지 말거라. 육체를 단련하자면 정신수양부터 쌓아야 한다. 육체와 정신이 하나가 되어야만 경지에 이른다. 어미 말 명심하고 뒷골목 패거리들과는 상종을 말아야 한다."

"옳은 말씀이구만요. 가슴 깊이 새길라요."

사현은 기대에 부풀었다. 개관식은 초라했으나 생각보다 잘되었다. 수련생들을 열심히 가르쳤고, 가슴에 쌓인 울적한 기분을 도장 안에서 마음껏 풀 수 있어 상큼하였다. 남과의 시빗거리가 없었고, 어머니 말씀처럼 정신수양도 겸하다 보니 자신만의 세계를 열어볼 수 있었다.

"그러다가는 너만의 권법을 터득하겠다야. 열기로 후끈하구만."

족신통이 발동하면 고향에서 수시로 올라온 갈문은 한껏 너름
새를 놓았다.

"이왕 도장을 열었으면 제대로 해야지."

"내가 보아하니 장소가 좀 좁은 것 같다."

"그렇지 않아도 옆 건물로 옮겨 갈까 한다."

"주위에서 괜히 찔러보는 사람은 없냐?"

"생존경쟁의 사회에서 왜 없겠냐."

사현은 심드렁한 표정을 지었다. 처음 도장을 열었을 때, 무게
와 질량을 달아본답시고 뒷골목 패거리들이 어깨를 들이받았다.
고향 역전이었다면 술집이고 당구장이고 가릴 것 없이 내부셨을
것이나, 어머니의 신신당부의 말이 떠올라 한껏 몸을 낮추었다.
너는 뜰 앞의 잣나무이거니 여기거라. 톱과 도끼를 들고 사정없
이 내리찍으려 해도 어쨌든지 참고 인내해야 한다. 대처라는 곳
은 우물 안 개구리들이 아닌께. 어머니의 그 말을 귀감으로 새겨
들은 것은 아직은 낯선 곳인지라 상황 파악을 제대로 할 수 없었
다. 장비 같은 성깔을 내보일 수는 없었다. 손자병법에도 지리와
환경을 잘 숙지하는 자가 이길 수 있다고 하지 않았던가. 그러나
도장을 확장하고부터는 한없이 몸을 낮출 필요는 없었다. 주위
의 환경과 지리를 꿰뚫어 알았던 것이다. 뒷골목 날건달들은 눈
아래로 보였다.

"어이, 관장나리. 아직도 마빡에 솜털이 부성할 나이에 대단한
실력이구만. 어쩌? 대련 한판 해볼 텐가?"

수련생들을 내보내고 혼자 한숨 돌리고 있을라치면 뒷골목 패

거리들이 대문 없는 집 들어서듯 들어와 에먼 뺨을 툭툭 치며 시비를 걸어왔다. 만만한 먹잇감 정도로 생각하는 것 같았다. 은근히 부아를 돋우어 술잔이나 울궈먹겠다는 계산속이었다.

"정말 대련 한번 해볼랑가?"

"관장나리께서 드디어 용심을 써볼 작정인가 보네. 그냥은 심심하고 술내기라도 할까?"

"좋을 대로. 나도 자네들에게 거하게 술대접을 받아야 쓰겠네."

"음마, 정말 찜쪄 묵을 셈인가 보네."

한 녀석이 입가에 비릿한 웃음을 매달고 용기 있게 나섰다. 하지만 일 분도 채 지나지 않아 어이쿠, 비명소리를 지르며 나가떨어졌다.

"다음 차례는 누구시여? 떼거리로 덤벼도 상관 없응께."

사현은 녀석들이 품새도 잡기 전에 돌아가면서 휘둘러 쳤다. 기습공격. 상대보다 재빠른 일격. 그게 기본 아닌가.

"이 자식들아. 내가 그동안 숨죽어 지낸 것은 실력이 없어서 그런 줄 알아? 때를 기다린 거여."

오늘이야말로 이 몸이 너희들 위에 군림할 시기란 말이다. 사현은 코피를 내쏟으며 비실거리는 뒷골목 패거리들을 내려다보며 일갈하였다.

그 일이 있고 나서 사현의 위상은 달라졌다. 대하는 태도가 전 같지가 않았다. 그렇다고 우쭐거리며 위세를 내보이지는 않았다. 그들과 적당히 거리를 두었다. 수련생들의 모범이 되기 위해서는 스스로 정신수양을 쌓으며 불의를 내치고 타협을 불허해야 한다는 신조를 지닌 것이다.

"주먹질을 가르친다 해서 걱정이 태산이었는디 올곧은 정신으로 말썽 없이 잘한다고야? 반가운 일이다."

당골래는 고자질하듯 일러바치는 갈문의 말에 흡족한 표정을 지었다. 대처에 나가더니만 사람이 되려는가. 개과천선하댓기 사람이 달라진다면 무슨 근심걱정이 있겠는가.

"어무니요, 그 나이에 잘만 기반을 닦으면 그 세계에서 충분히 실력을 인정받을 것이요."

"그랬으면 얼마나 좋겠냐. 마음 같아서는 참한 아가씨라도 있어 일찍 장가라도 보냈으면 원도 한도 없겠다. 그래야 마음이 놓이지야."

"아따, 욕심도 많으시오. 아무 처녀나 데리고 살면 안 되지라이."

"대처에는 아가씨들도 많을 것인디 애인은 없다고 하디야?"

"주위에 여자들이야 쌨고 쌨지만 아직은 나이가 있응께요. 기다려보시게요. 살다 보면 참한 인연이 나타나겠지요."

"네놈 말이 맞다만, 어미 마음은 어디 그렇냐. 타관객지에 혼자 두자니 콩밭 가에 매놓은 염소새끼 마냥 마음이 놓이지 않는다. 니가 자주 들락거리며 속내를 한번 떠보거라."

"모래사장을 아우르는 잔잔한 파도처럼 물어볼라요."

갈문은 어깨를 들썩이며 내달아 희떠운 소리인 줄 알면서도 사현에게 당골래의 희망사항을 전하였다.

"장가야? 무엇이 그리 급하다고. 니도 알다시피 애인이 어디 있냐."

"어무니 마음은 그렇지 않다는 거다. 크게 신경 쓸 것 없다만 빨리 가정적으로 안정을 찾았으면 하는 소망 아니겠느냐."

"별것을 다 바란다. 때가 있기 마련인디."

사현은 건성으로 흘려들었다. 사세를 확장한 도장을 운영하기에도 벅찼다. 간혹 어머니가 건듯 바람결로 며느리 타령을 하면 못 들은 걸로 하였다.

"엄니요, 때가 되면 장가만 가겠어요. 그리 알고 계셔요."

"갈문이 말로는 애인이 가까이 있다고 하던디."

"그 자식, 뭘 얻어묵겠다고 그런 헛소리를 합디요."

사현은 당골래가 은근히 보챌 때마다 따북하게 마음을 돌려세웠다. 지금은 무엇보다 도장을 키워나가기에 심혈을 기우려야만 하였다. 잡생각은 금물이었다. 더러는 수련비도 못 내는 아이들을 야박하게 내보낼 수도 없었다. 열심히 수련하여 대회에 나가도록 하였다. 그 밖에도 승단심사야, 교류전이야 점점 머리가 복잡하였다.

"관장님, 네거리 상무관에서 수련대회를 한번 하자는데요. 우리를 좀 내려다보는가 봐요."

"그쪽 관장이 직접 찾아와 말할 것이지, 그건 예의가 아니잖어."

"그쪽에서 정식으로 도전장을 낼 모양입디다."

"내일 모레 승단대회 때 얼마든지 실력을 내보이면 될 것인데, 굳이 수련대회를 하자는 건 다른 속내가 있지 싶다."

사현은 대강 짐작이 갔다. 점점 도장을 넓혀오자 견제심리가 작용하는가 보았다. 그렇잖아도 어느 술자리에서 새파란 게 주제파악을 못 한다고 사현이 들으란 듯 거칠게 내뱉었다던가? 되도록 사이좋게 선의의 경쟁으로 활력을 불어넣자는 뜻에서 지난번 지부장 선거 때도 적극적으로 밀어주었다. 그런데도 라이벌 의식을 버리지 못하다니. 밴댕이 속이었다.

"그러게 말입니다. 자기가 관록이 있으면 얼마나 있다고 사사건건 관장님을 얕잡아봅니까. 솔직히 말해서 실력보다는 온갖 비린내 나고 부정한 처세술로 군림해 오면서 관장님을 눈엣가시처럼 여기다니요. 그쪽에서 운동하던 애들 몇이 이쪽으로 옮겨와 자존심이 뒤틀렸는지 모르지요."

"그런 데까지 신경 쓸 것 없다. 그쪽에 가서 승단대회 때 실력을 겨루어보는 것으로도 충분하다고 해라."

사현은 승단대회도 회의적이었다. 실력위주로 하는 게 아니라 도장의 실적을 올리기 위해 암암리에 부정행위가 자행될 때마다 곤혹스러웠다. 공정하지 못한 승단대회는 철저히 근절되어야 하는데, 그 같은 현실을 목격할 때마다 분노가 치밀었다. 결론적으로 말해 자신의 입지를 위해 실력 있는 자를 희생양으로 삼는 결과물이 아닌가. 불의를 보면서도 모른 체해야 하는 자책감이 마음을 불편하게 하였다. 이번 승단대회도 보나마나 십중팔구 요식행위에 지나지 않을까, 염려가 들면서 굳이 수련대회를 바라는 지부장의 저의가 의심스러웠다.

그뿐만 아니었다. 협회와의 소리 없는 마찰이었다. 순수한 운동단체가 보이지 않는 손에 의해 정치적인 색채를 드리우고 있었다. 스포츠정신이 정치물에 젖어 있거나 이용된다는 것은 도저히 이해할 수 없었다.

"문 사범. 뭘 그리 고지식한 거여. 젊은 혈기로 그러는 것은 이해가 되지만 세상이 그렇고 그런 것 아닌가. 국제적으로다 위상을 높여야 하고, 여러모로 좋은 게 좋다고 하잖던가."

"저는 무엇이 좋은지 모르겠습니다."

사현은 회유와 견제를 받을 때마다 회의적인 시선으로 물리쳤다. 눈앞의 목적의식과 이익을 위해 실력을 날조한다면 배우는 사람이나 가르치는 지도자나 손해라는 것은 자명한 일이었다. 하지만 승단심사 결과는 매번 실력위주의 결과물이 아니었다. 이번 승단대회도 예상한 대로였다. 몇 날 화를 삭이지 못하였다. 수련생들도 허탈해하였다.

"관장님, 이건 아닙니다. 쥐뿔도 실력이 없는 것들이 기고만장으스대다니요. 이런 수모를 당할 바에는 차라리 따로 독립해 나갑시다."

"그게 어디 쉬운 일이냐. 차차 개선책을 마련해야지. 양심이 있는 한 스포츠정신은 순수하게 살아 있는 법이다."

"관장님은 원론만 아신다니까요. 그러는 사이 등 뒤에서 무슨 꿍꿍이 야바위 노름을 꾸미는지 모릅니다."

그 말은 곧바로 현실로 돌아왔다. 협회장 선거와 지부장 선거가 돌아오자 정치판 선거와 맞물려 먹물판이었다. 정치 패거리와 운동단체가 한데 어울려 미꾸라지가 강물 흐리듯 혼란스러웠다.

"문 사범, 그렇게 고고한 척 방관자연하지 말고 이번 한 번만 밀어주어. 내 섭섭잖게 할 테니까. 내 뒤에는 여당 국회의원 입후

보자가 있으니께 협회 발전에도 지대한 영향을 줄 것이여."

"저는 알량한 정치판과 어울려 돌아가는 게 싫습니다. 이게 뭡니까?"

"이 사람이 몰라도 너무 모르는구만. 다 살자고 하는 일이야."

"살고 죽고는 손바닥 뒤집기 아니요. 양심이 썩어 문드러졌다면 살찐 돼지밖에 더 되겠어요? 혼탁한 세상에 정화가 필요하다고요."

"두고 보면 알겠지. 그 양심이 어떤 낯짝을 할지⋯⋯."

선거판은 진흙탕물이었다. 사현은 흙탕물이 튀길까 저어하며 냉정하게 소신을 굽히지 않았다. 온갖 술수와 인신공격과 부정행위를 까발리지 못하는 현실이 가슴 아팠다. 좀 더 신중을 기하자는 나름대로의 계산속이었지만 결과적으로 스스로 용기 없음을 질책하지 않을 수 없었다. 자연 그들과 소원할 수밖에 없었다.

그러자 정치 패거리와 협회로부터 보이지 않는 압력과 불이익이 돌아왔다. 더욱 분통이 터지는 것은 어떻게 부모들을 회유하고 꼬드겼는지 수련생들이 하나둘 다른 도장으로 옮겨간 것이다. 새삼 인간의 사악함과 자신의 한계를 절감하였다. 수련생이 없는 도장. 생각할 수 없는 일이었다.

"이러다가는 문 닫게 생겼네. 무슨 방법을 강구해야 되지 않겠어?"

"세상이 이렇게 비열한지 몰랐다. 그렇다고 충만한 감정으로 왕창 때려부술 수도 없고⋯⋯."

사현은 모처럼 올라온 갈문의 말에 한숨을 내쉬었다. 더러운 놈의 세상. 악의 무리가 따로 없었다. 순수한 스포츠정신을 오염시키는 더러운 놈들. 모두가 썩은 작자들이었다.

사현의 자존심을 여지없이 짓뭉개버린 것은 건물 주인으로부터 도장을 비워달라는 일방적인 통보였다. 그동안 건물주인과는 돈독한 사이였다. 계약기간도 아직 멀었는데 난데없이 비워달라니? 선뜻 이해가 되지 않았다.

"문 사범, 더는 깊이 묻지 말게나. 사정이 난처하게 되었응께."

"무슨 사정인데요? 전후 사정이나 명쾌하게 들어보고 비워주든지 말든지 하지요. 계약기간도 아직 멀었는데 갑자기 비워달라니 말이나 됩니까."

"보아하니 수련생들도 전만 같지 않고, 저 뭐시냐. 건설회사 하는 친척이 사무실이 필요하다고 해서 말이네. 여기가 목이 좋다는구만. 그러니께 문 사범이 알맞은 장소로 옮겨갔으면 좋겠어. 말은 하지 않지만 아래층에서도 기합 소리, 쿵쾅거리는 소음이 귀에 거슬린다 하고 말이여."

"제가 듣기에는 어느 누군가의 압력이나 사주에 의해 마지못해 둘러대는 변명만 같은데요."

"뭐, 그렇게까지야……. 내 입장도 생각해주게나."

"알겠습니다. 미련 없이 시원스럽게 비워드리지요. 구차한 변명 따윈 필요 없습니다."

사현은 기가 막혔다. 분명 누군가의 협박 아니면 사주를 받은 게 틀림없었다. 사현을 아주 이곳에서 몰아내자는 계산속 아닌가? 그게 누군가? 떠오르는 얼굴이 눈앞에서 비리척하게 웃음을 흘리고 있었다. 사현은 불끈 분노가 치밀었다. 그 길로 지부장이 운영하는 도장으로 뛰어들었다. 지부장은 젊은 여자와 반나체로 사무실 한구석에서 오붓이 술잔을 나누고 있었다. 여기는 무슨 일로? 벌레를 씹은 듯한 놀란 얼굴에 냅다 발길질을 하였다. 젊은 여자의 비명소리와 함께 육중한 체구가 나가떨어졌다.

"이건 양심과 정의의 발길질이여."

사현은 사정없이 내리밟았다. 사현은 분통을 터뜨리고 나서 허허로운 마음으로 도장 문을 닫았다. 발길 닿는 대로 여행이나 떠나자고 열차를 탔다. 그러나 마음과는 달리 고향으로 내려가고 있었다.

그런데 뜻밖에도 열차 안에서 동백꽃 같은 처녀를 만난 것이다. 운명의 장난인가. 불현듯 까마득히 잊고 있었던 저 어린 시절 오일 장터목 돼지국밥집 눈 새까만 여자애의 눈망울이 겹쳐졌다. 전생의 인연인 듯 한눈에 다가서는 그녀를 발견한 순간 세상이 새롭게 열리는 듯하였다. 그녀에게 막무가내로 내닫는 사현의 마음은 막다른 골목에서 마지막 주사위를 던지는 절실한 심정인지도 몰랐다.

동백꽃 처녀

꽃은 종족본능의
아름답고 향기로운 모태(母胎)의 원형이다.
눈 속에서 피어난 동백꽃은
순결하고 강인한 여성의 이미지다.

시리디시린 눈이 서럽게 내린다. 사현의 마음이 그래서일까, 눈보라가 귓불을 후려칠 때마다 서러운 감정이 울큰하게 차올랐다. 그 순간, 어머니가 찾아 나섰던 깊은 산 바위동굴이 신기루처럼 눈앞에 다가왔다. 이건 또 무슨 요상한 착시현상인가? 눈보라, 매서운 윤무 속에서 산이 벌거벗는다. 비단자락 결 고운 옷자락을, 봄날의 목련이나, 핏빛 진달래나, 이팝꽃처럼 한 겹 한 겹 벗는다. 살랑이는 봄바람에 벚꽃이 흰 눈송이와도 같이 흩날리는 그 화사한 모습과는 전혀 다른, 수줍은 미태를 드러낸다. 처음에는 떨리는 손길로 부드러움을 머금으며, 아주 먼 전설의 바람무늬 수줍은 숨결로 발가벗는가 싶었는데, 어느 사이에 노을빛으로 알몸을 드러낸다. 땅위에 수북이 쌓인 흰눈이 눈부신 나신을 더욱 선명하게 각인(刻印)시킨다.

그리고 이내 어린 시절 기억 속에 묻혔던 어머니의 모습으로 다가왔다. 이제는 기억에도 희미한 어머니의 매차분한 모습. 하늘빛 하얀 소복을 벗어던지며 부끄러운 숨결로 산신님께 내보였던 그날이, 망각의 저 너머에 묻히어 꺼져가는 불씨처럼 잦아졌는데, 불현듯 시리디시린 시선으로 기억 너머 아슴한 산을 바라보노라니 알싸한 추억의 향기로 배어났다.

　어머니는 아무 말 없이 창백한 초승달 아래에서, 떨어지는 폭포수, 그 맑고 차가운 용소(龍沼)에서 선녀처럼 다가왔다. 산신님의 부름을 받은 어머니는 눈보라와 하나가 되어 춤을 춘다. 어여쁜 날갯짓을 떨치며 이 꽃에서 저 꽃으로 사뿐사뿐 넘나드는 흰나비와도 같이, 흰눈 속에서 붉게 피어난 한 떨기 동백꽃처럼 고결한 미태로 이어지는 춤사위. 어머니의 춤사위는 푸른 바다에서 유영하는 은갈치처럼, 맑은 호수에서 수련 한 송이가 비련의 화신마냥 피어나듯, 눈앞에 다가오며 아직도 시들지 않은 젖가슴 사이로 폭포수가 떨어지듯, 한줄기 애잔한 추억의 향수를 베어 물게 한다. 그러매 어머니는 산신님의 화신이요, 산의 정령임에랴!

　에이, 참. 지랄 같은 날씨구만. 사현은 환몽처럼 다가온 어머니의 영상을 머리 위에 내려앉은 눈을 털어내듯 손사래를 쳤다. 곱다시 몸을 웅크리며 열차를 기다리는 시간이 마냥 짜증스러웠다. 눈보라는 더욱 기승을 부리고, 그 눈보라를 헤치고 거대한 이무기처럼 열차가 다가왔다. 삼십여 분 연착한 주제에 우렁차게 기적소리를 내지르며 당당한 모습으로 역사에 들어섰다. 갈지자 걸음으로 느릿하게 들어서는 완행열차. 보나 마나 우선권을 지닌 특급열차를 먼저 보냈을 것이다. 세상은 말 없는 가운데 낮은 자에게 희생과 양보를 강요한다. 지친 듯 크게 한숨을 토해내는 완행열차는 때 묻고 헐벗은 서러운 군상들의 형상만 같아 사현의 마음을 뒤틀리게 하였다.

열차 안은 그런대로 훈훈하였다. 사현은 둘레둘레 지정된 좌석을 찾았다. 사현의 좌석 옆자리에 앳된 처녀가 차창을 휘때리는 눈보라를 바라보고 있었다. 조금은 처연하다고나 할까, 새초롬한 그 모습이 밉상은 아니었다. 어딘지 모르게 찬바람이 눈썹 위에 어리는 것은 눈보라 치는 날씨 때문만은 아닐 터였다. 사현은 차창에 비치는 그녀의 얼굴에서 불현듯 꼬맹이 여자애의 새까만 눈망울이 떠올랐다. 참으로 생각지도 못한 기이하고도 어처구니없는 환영이었다. 어린 시절 산신님의 계시를 받은 바위동굴에서 어머니와 함께 산 소년으로 지낼 때, 어머니의 치맛자락을 붙잡고 이십여 리 오일장에 내려갈 때마다 돼지국밥집에 들러 허기진 배를 채울라치면 초롱한 눈망울로 말없이 반기던 여자애.

여자애는 들꽃 향기로 야릇한 미소를 입가에 머금었다. 먼저 입을 열기라도 할라치면 샐쭉 토라져버리지나 않을까, 저어감이 들면서도 여자애의 미소는 아침햇살이 수평선을 물들이듯 사현의 가슴에 번져났다. 하지만 어딘지 모르게 쓸쓸함을 베어 물게 하여 미묘한 그늘을 드리우게 하였다. 오일장터목을 돌아서는 발길에 채이는 스산한 바람이 더욱 마음을 허전하게 하였다.

그렇게 기억에도 아슴한 여자애의 눈망울이 차창에 비치는 처녀의 얼굴 위에 구름을 헤치고 나타나는 초승달처럼 떠오르다니!

"함께 앉아 갑시다."

사현은 지정된 좌석에 엉덩이를 내려놓았다. 그녀는 여전히 새초롬한 자태로 넋을 잃은 듯 차창 밖을 바라보았다. 사현은 지그시 눈을 감았다. 오일장터목 돼지국밥집 여자애의 눈망울을 떠올리게 한 그녀의 모습이 마음을 혼란스럽게 하였다.

"어이, 형씨?"

누군가 시비조로 사현의 어깨를 누질렀다. 새파란 날건달 같은 세 녀석이 먹잇감을 노려보듯 감때사납게 내려다보았다.

"나보고 형씨라고 했나?"

"그럼, 누구겠어? 그 자리는 우리 좌석이란 말이여."

"우리 좌석? 여기는 분명 내 자린디."

"말이 많기는. 그렇게 째려보면 어쩔 건데?"

"이런 쓰레기 같은 자식들이 있나."

사현은 자리를 박차고 일어남과 동시에 한 녀석의 목덜미를 수도(手刀)로 내려치고, 두 녀석의 멱살을 거머잡고 억, 소리 나게 두 녀석의 이마를 박치기시켰다. 때맞추어 열차가 간이역에 들어섰다. 세 녀석은 삼십육계 줄행랑을 치듯 이마를 싸짊어지고 열차에서 뛰어내렸다.

"어따. 속이 시원하요. 아까부터 불량기를 내보이며 안하무인 열차간을 들쑤시고 댕기면서 순진한 처녀에게 겁을 주드구만. 구세주가 따로 없구랴."

건너편 좌석에 앉은 중년 여인네가 한마디 하였다.

겁에 잔뜩 질려 웅크리고 있던 처녀가 겨우 말문을 열었다.

"고맙구만요. 지난 역에서 내려야 하는데 저것들 땜새 무서워 내리지 못해서……."

처녀는 떨리는 가슴으로 어찌할 바를 몰랐다.

"마음 놓으시오. 다음 역에 나와 같이 내립시다."

사현은 그녀를 안심시켰다. 그녀는 까닭 모를 한숨을 내쉬며 차창 밖으로 시선을 던졌다. 사현은 여전히 차창에 어리는 그녀의 얼굴에서 오일장터목 돼지국밥집 여자애의 눈망울을 다시금 떠올리며 혼란스러운 마음을 진정시켰다. 그러는 사이 열차는 다음 역에 들어섰다.

"내립시다."

처녀는 불안과 두려운 마음을 얼굴 한편에 드리우며 사현을 따라 내렸다. 역사를 나오자 면소재지답게 제법 집들이 반듯하였다. 눈보라치는 겨울인데도 다방과 음식점들이 훈기 있어 보였다. 일제강점기 때 이곳에서 나는 곡물을 수탈해 갈 목적으로 놓은 철로. 그러한 잔영들이 발밑에 밟혔다.

"내려온단 소식도 없이 이게 무슨 일이여? 오라, 총각 딱지를 떼셨구만. 어무니 입이 흐벅지게 벌어지겠어. 축하할 일이네 축하할 일."

당구장에서 죽치고 있던 갈문이패들이 역사를 바라보다 말고 사현을 발견하고 내달았다.

"고작 한다는 인사가 그거냐?"

"아이구, 주둥이를 잘못 놀렸는가 보네. 따끈한 차라도 한잔 들자고."

"지금 그럴 상황이 아니다. 갈문이 니하고는 나중에 따로 만나자. 눈보라치는 동토에서 그래도 니가 제일 먼저 보고 싶었다."

사현은 그들을 일별하고 집으로 향하였다. 열차를 타기 전에는 고향친구들이 눈에 밟혔는데, 일진이 엉뚱한 방향으로 내딛게 하였다.

"이모 집에 갈 교통편 좀 가르쳐 주시게요?"

그녀는 어렵사리 물었다. 아직도 잔뜩 웅크리듯 긴장을 떨쳐버리지 못하였다.

"먼저 우리 엄니께 인사부터 드리고요. 이름이 어떻게 되시요?"

"하수련이요."

"향긋한 이름이오. 나는 문사현이오."

사현은 푹푹 빠지는 눈길을 십여 분 걸어 들어갔다. 그녀도 도리 없이 사현을 따라 걸었다. 눈발은 다소 성기었다.

"눈보라를 부르는 저 춤사위를 보시오. 앙상한 나뭇가지에 서럽게 맺혀난 눈꽃과 어울려 참으로 괴이쩍고 신비스러운 광경이지요? 저게 우리 엄니의 진면목이오."

사현은 휑하게 열린 굿마당을 들어서며 심통 사납게 한마디 하였다. 사현의 목소리 너머로 이제 한참 신명이 오른 살풀이 한마당은 수련으로서는 처음 맛보는 구경거리였다. 무당굿은 처음 구경하는지라 오싹한 기운이 옷깃에 파고들었으나, 한편으로는 경이로웠다. 동백꽃보다 더 붉고 고운 태깔에 넋을 잃을 만도 하였다. 그렇다고 시간을 마냥 놓아버릴 수는 없었다. 굿은 시리고 차가운 정경 속에 끝났다.

"엄니요. 절 받으시오."

"오냐. 무슨 귀한 손님이라냐?"

"영험하신 엄니께서 척 보면 모르겠소?"

"그 말이 나와서 하는 말이다만, 며칠 전 신명을 받았느니라. 그래서 오늘을 예감하였다."

당골래는 잠시 말을 끊더니 지그시 눈을 내리감았다. 눈가에 피로가 역력한데 귓불에 생기가 발그레 피어났다. 범접할 수 없는 기운을 안고 있었다.

"……이왕지사 내 집에 발을 들여놓았으니 참하고 어여쁜 마음으로 내 아들을 올바로 여미어주거라. 이 어미로 하여 마음 상하고 비뚤어졌다만, 본시 성정 좋은 아들이었느니라. 그리고 니를 마음에 들어 하는 아들의 마음자리를 알 것도 같다. 그때가 언제 일끄나……?"

살풀이 가락으로 하소연하듯 하는 그 말에 수련은 한동안 할 말을 잃고 듣고만 있었다. 미묘한 기운에 짓눌린 것이다.

"……그 말씀은 너무 앞질러 하시는 것 같은디요. 우연찮게 열차간에서 만난 것뿐이에요."

수련은 마음을 가다듬고 상황을 간략하게 설명하였다.

"그것도 전생의 인연이라면 인연이랄 수 있다. 한 치 앞을 내다볼 수 없는 게 세상사니라. 늦었다만 여기까지 왔으니 어디 가서 저녁이라도 따뜻하게 묵도록 해라."

두 사람은 물러나와 역전 소머리국밥집에서 저녁을 들었다. 수련은 목이 까칠하여 음식이 잘 넘어가지 않았다.

"따북하게 드시오. 그리고 우리 엄니 말을 너무 깊이 새겨듣지 마시고요."

"서울에서 내려온 이종사촌 오빠가 기다리고 있을 텐디……."

수련은 여전히 마음을 놓을 수 없었다. 열차간에서의 사현의 행동을 보건대 어느 정도 신뢰와 믿음이 자리하였으나, 경계를 늦출 수는 없었다. 수련의 그 마음을 알아서였을까, 사현은 갈문이를 불렀다. 갈문은 곧바로 내달려 왔다.

"오토바이 좀 구할 수 없겠냐?"

"바닷가 데이트라도 할라고야?"

"그건 니 상상에 맡기고."

"학교 앞 중화요리 집에 가면 있을 것이다."

갈문은 앞장을 섰다. 중화요리 집 만화루 주인은 늦은 시간인지라 하릴 없이 앉아 있었다. 사현은 꾸벅 인사를 하였다.

"고향에 내려왔냐? 신색이 훤하다."

만화루 주인은 사현을 무던하게 반기며 수련을 의식하였다.

"오토바이 좀 잠깐 빌렸으면 한디요이."

"저기 있다만, 내가 곧 집에 들어갈 건디."

만화루 주인은 갈문의 말에 디룩한 표정을 지었다.

"사현이가 필요하다 한께 잠깐이면 될 것이요. 그동안 저하고 술이나 한잔 걸치면 안 되겠소?"

"그야, 어려울 게 있겠느냐만……."

"그럼, 갈문이하고 술 한잔 하고 계셔요. 휭하니 갔다 올 텐께요."

사현은 오토바이를 끌어냈다. 사현이 알기로는 만화루 주인은 직업상 유일하게 오토바이 문화를 누리는 사람이었다.

"어서 타시오. 바닷가로 가자면 눈도 내리고, 길도 상그러울 텐께 사현이 허리를 바싹 껴안으시오. 그래야 사랑의 질량이 가슴에 새겨지지요."

갈문은 흐벅지게 웃으며 손을 흔들었다. 사현은 바닷가와는 달리 철로를 따라 냅다 속력을 올렸다. 눈 쌓인 비포장도로는 엉망진창이었다. 굴곡진 곳을 건너뛸 때면 자지러졌다. 눈길에 미끄러져 곤두박이나 치지 않을까, 눈 구덩이에 처박히지 않을까 가슴 졸였다. 수련은 새파랗게 겁에 질린 나머지 자신도 모르게 사현의 허리를 꼭 끌어안았다. 사내 등 뒤에 매미처럼 달라붙어 오토바이를 타보는 것도 처음이었고, 사내 허리를 붙잡아 본 것도 처음이었지만 성질대로 내달리는 속력 앞에 속수무책이었다.

"이모 집이 어디요?"

"저기, 소슬 대문 보이지요?"

수련은 안도의 한숨을 내쉬었다. 사현은 수련이 가리키는 집 앞에 이르러 경적을 울렸다. 고요한 밤공기를 불시에 뒤흔들었다. 수련은 속으로 낭패감을 짓씹었다. 사현은 아랑곳하지 않고 대문을 두드렸다. 신발 끄는 소리가 들리더니 대문이 열렸다.

"수련이냐? 안 그래도 열차 시간이 한참 지났는데도 오지 않아 어머니와 걱정했다."

수련의 이종사촌 오빠는 사현과 수련을 번갈아 보며 영문을 몰라 하였다.

"정 선배, 나 몰라보겠소?"

"아니, 자네가 어떻게······? 오랜만이다. 듣자니 태권도 도장을 운영한다는 소식은 들었다만······."

"정 선배도 잘나간다고 들었어요. 정 선배와 이종사촌인 줄은 몰랐소. 어쨌거나 반갑소."

수련은 두 사람의 허우대 소리를 들으며 이모에게 인사를 드렸다. 이모는 사현과 수련의 관계를 더욱 생경한 눈으로 바라보았다.

"니가 우리 집에 오고 싶어 하는 것도 다 이유가 있었구나."

"이모님, 그게 아니고요. 저기······."

"굳이 날선 변명은 나중에 들어도 된다."

"어머니도 아시겠지만 이 친구와는 고등학교 시절 패싸움이 벌어졌어요. 그때 이 친구가 한가락 날렸지요. 그리고 이 친구 어머니가 나서서 사건 수습을 해주셨구요."

정 선배는 사현을 어머니에게 인사시켰다.

"그 사건은 인근이 떠들썩했지야. 당골래, 영험도 하고 돈도 쓰임새 있게 잘 벌고 가난한 사람들에게 선행(善行)도 많이 한다고 들었다. 우리 수련이와는 어떻고롬 알게 됐다냐? 어여 느그 둘은 느그들끼리 이야기를 나누거라. 나는 수련이와 할 말이 있다."

두 사람은 떠밀리듯 밖으로 나와 술집에 들러 가볍게 술잔을 나누었다. 패싸움이 있고 나서 한동안 두 사람은 마음을 헐어놓고 지냈다. 그러다가 정 선배는 서울생활을 하게 되었고, 자연 소식이 뜸하였다.

"그간 풍문으로 소식은 들어 알고 있었다만, 적조하였다. 어떻게 우리 수련이와는 그런 사이가 되었나?"

"오늘 열차 안에서 우연찮게 옆자리에 앉게 되었는데, 솔직히 말해서 내 마음을 여지없이 흔들어놓았어요. 정 선배 동생인 줄 알았더라면 마음 다스리기가 훨씬 좋았을 것인데. 어쨌거나 우리 엄니 말씀대로 전생의 인연인지도 모르겠소. 정 선배께서 시원하게 길라잡이를 해주시오. 한번 목표를 정하면 앞으로 내닫는 내 성질머리를 잘 알지요?"

"알겠다. 자네, 한눈에 들어온 여자가 내 동생이라……."

"그렇게 알고 이만 가볼라요. 내일이라도 다시 만나 화끈하게 한잔 나눕시다."

사현은 오토바이에 몸을 실었다. 이건 또 무슨 인연의 고리냐? 사현은 휘파람이라도 불고 싶었다. 그녀와의 사랑을 일구어낼 수 있다는 자신감이 차올랐다. 난생처음으로 느껴보는 열정이 가슴을 벅차게 하였다.

사현은 한 이틀 갈문이패들과 고향의 향수를 만끽하다가 졸급한 마음을 이기지 못하고 수련의 이모 집을 찾았다. 수련의 이모가 맞았다.

"수련은 방금 떠났네. 즈그 오빠가 배웅해주려고 함께 나갔어."

사현은 기차역으로 내달렸다. 붙잡아야 해. 오직 그 열정으로 가득하였다. 만화루 오토바이를 빌리지 않고 열차편으로 왔더라면 열차에서 오르고 내리고 할 때 딱 마주쳤을 것인데, 간발 차이로 열차를 놓쳤다. 정 선배가 느슨한 걸음으로 역사를 나오고 있었다. 사현은 그 앞에 거칠게 오토바이를 세웠다.

"한발 늦었네."

"뭘 그리 빨리 보냈어요. 정 선배만 믿고 있었는데……."

마음 같아서는 오토바이로 열차를 따라잡고 싶었다.

"그걸 내 탓으로 돌리는 거야? 어디 가서 술이라도 한잔 하자."

사현은 정 선배가 이끄는 대로 허름한 술집에 들었다. 주문한 술과 안주가 나오자 사현은 갈증을 풀어헤치듯 술잔을 들이켰다.

"정말 우리 수련이를 가슴 속에 각인시킨 거야?"

"정 선배, 내 성질을 몰라서 방죽논에 모포기 꽂듯 다짐해 물으시오?"

"이거, 어쩌다 하필이면 내 이종사촌누이 동생이냐, 그래."

"근께 말이오. 전생의 인연인가도 싶고, 나도 잘 모르겠소."

"난처한 정도가 아니다. 목숨을 걸 만한 사랑 같으면 우선 편지라도 해보거라. 수련이도 첫 만남을 인상 깊게 가슴에 새기었더구나."

"알았응께 얼른 주소나 적어주시오. 지금 물불 가릴 때가 아니오."

집으로 돌아온 사현은 그날로 바닷가 허름하게 버려진 그물창고 빈방에 들었다. 바다에 나와 물때를 기다리는 동안 잠시 몸이나 녹이자고 그물창고 한쪽에 구들장을 놓고 기거하였던 어부의 방이었는데, 갈문의 손을 빌려 대충 수리를 하고 보니 그런대로 운치가 있었다. 파도소리와 동트는 새벽하늘, 그리고 저녁노

을과 밤바다에 쏟아져 내리는 밤하늘의 별들이 가슴을 충만하게
하였다.

사현은 두문불출, 수련에게 사랑의 편지를 보내기 시작하였다.
생각을 굴리고 머리를 쥐어짜며 고뇌에 찬 편지를 사흘이 멀다
하고 보냈다. 반송을 하지 않는 걸 보면 분명 받은 듯한데 답신
이 없었다. 처음에는 개의치 않고 편지 쓰기에 골몰하였는데, 어
느 정도 시간이 흐르자 미사여구도 바닥이 나고, 은근히 부아가
치밀었다. 사나이 자존심을 망가뜨려도 유분수지. 홧김에 디립다
깡소주를 들이켰다. 그렇다고 해결될 문제가 아니었다.

"요즘 니 꼬락서니가 그게 뭐냐? 시원한 바닷물로 몸이라도 헹
구고 정신 좀 차리거라. 태권도 도장을 말아묵었다고 그렇게 자
학할 필요는 없느니라. 또 다른 길을 얼마든지 찾을 수 있다."

"그냥 세상이 희뿌옇소."

당골래가 지청구 비슷하게 아들의 몰골을 염려할라치면 퉁명
스레 내쳤다. 정말이지 어떻게 사랑의 길을 열어야 할지 답답하
기만 하였다. 성질 같아서는 우지끈 밟아버리기라도 하겠는데 이
건 영 차원이 달랐다.

"야, 그렇게 머리 싸매지 말고 정 선배 바짓가랑이를 움켜쥐어.
그러면 실타래가 풀릴지 모른께."

"달리 그 방법밖에는 없지 싶다."

사현은 갈문의 조언을 따르기로 하였다. 정 선배를 불러 내리
기로 하였다. 진달래축제를 빌미로 정 선배를 초청하였다. 정 선
배는 사현이 바라는 대로 수련과 함께 가겠노라고 선선히 승낙

하였다. 사현은 전의를 다졌다. 시간은 느리게 흘러갔다. 드디어 기다리던 날이 다가왔다. 사현은 갈문이패들과 먼저 산에 올라 주변을 정리하였다. 시간이 되자 하나 둘 사람들이 모여들었다. 정 선배와 수련이 땀 배인 얼굴로 나타났다.

"정 선배 하늘같이 고맙소."

사현은 정 선배와 악수를 나눈 뒤 수련을 대하자 마음과는 달리 쑥스러워 인삿말도 제대로 안 나왔다. 자신이 생각해도 한심할 지경이었다. 진달래축제는 갈문의 넉살 좋은 사회로 흥겹게 진행되었다. 사현은 기회를 보아 수련과 마주 앉았다.

"저기, 따로 할 말이 있어요."

수련은 선명하고 분명하게 말하였다. 사현은 수련이 먼저 제안을 하지 않더라도 단둘이 오붓한 시간을 얼마나 바랐던가. 밤새도록 비단실로 수를 놓듯 계획을 짜고 또 짰었다. 축제가 끝나고 산을 내려온 사현은 따로 일행에서 떨어져 나와 갈문과 정 선배, 그리고 수련과 사현이 기거하고 있는 바닷가 그물창고로 향하였다. 갈문은 눈치껏 술과 안주를 챙겼다.

"호젓한 분위기가 제법 운치 있구나."

정 선배는 모래사장을 아우르는 파도소리를 가슴 깊이 새기며 마음을 내려놓았다. 수련은 그저 말이 없었다.

"선배님, 한잔 드십시다. 몇 년 만에 뵙습니까."

"산에서 마시는 술맛도 좋았지만 이곳도 은근한 멋이 감도는구만."

"그래서 이 친구가 고향에 내려오자마자 파도에 묻혀 지내지 않습니까."

사현은 정 선배와 갈문의 대화를 건듯바람으로 들어 넘기며, 갈문이 언제 정 선배를 일으켜 세우려나, 조급한 마음으로 기다렸다. 아니나 다를까, 술잔이 서너 순배 돌아가자 갈문이 정 선배와 자리에서 일어났다.

"선배님, 바닷바람을 제대로 누립시다. 제가 따로 할 이야기도 있고요. 고향에서 백수건달처럼 지내자니 울적하고 답답합니다."

"그럴까? 수련이 너는 잠깐 앉아 있거라."

정 선배는 소탈하게 웃으며 갈문의 뒤를 따라 나섰다. 갑자기 방 안 공기가 무겁게 가라앉았다. 막상 단둘이 마주하고 보니 어릿하고 멋쩍었다.

"할 말이 있다고 했잖소."

"……이게 무슨 유치찬란한 짓거리요."

수련은 작심한 듯 등산백을 열더니 편지뭉치를 사현의 면전에 내던졌다. 사현은 도전적인 그 모습에서 오히려 여유를 찾으며 객쩍은 미소를 머금었다.

"불쏘시개를 한 줄 알았더니 고이 접어 지니고 있었군요."

"말 같잖은 소리는 그만해요. 우리 아버지가 아시고 집안 공기가 말이 아니라고요."

"모든 책임은 내가 짊어질 텐께 너무 걱정하지 마시오."

"뭘 책임져요? 정말 왜 이렇게 혼란스럽게 하는지 모르겠어요."

수련은 세운 무릎 위에 얼굴을 묻었다. 자신이 생각해도 어떻게 정리해야 좋을지 해답이 나오지 않았다. 사현은 느긋한 눈길로 수련을 바라보았다. 볼수록 풋풋한 태깔이 봄빛으로 물들게 하였다. 그 사이 마냥 시간이 흘렀다. 갈문과 정 선배는 기척이 없었다. 하룻밤을 꼬박 지새우게 할 심산인가? 야속하고 원망스러운 수련의 마음을 헤아리지 못하였다. 수련은 곱다시 날밤을 지새웠다. 밤새 불안과 두려움 속에서 잔뜩 몸을 웅크리면서도 사현에 대한 실오라기 같은 믿음이 가슴 한구석에 똬리를 틀기 시작하였다. 그보다 한밤을 지새우게 한 오빠의 행위가 야속하게 느껴졌다. 어느덧 먼동이 터왔다.

"일어납시다. 해맑은 아침햇살을 품 안으면 가슴이 푸릇하게 열릴 것이오."

수련은 사현의 재우침에 부스스 자리를 떨치고 일어났다. 봄 햇살이 파도에 부서지는 아침바다는 신선하였다. 삼라만상이 마음작용이라고 하였던가? 순간, 수련은 발목을 할퀴는 바닷물로 징겅징겅 걸어 들어갔다. 사현은 놀란 가슴으로 바닷물에 뛰어들어 수련을 모래 위로 끌어올렸다. 수련은 모래 위에 널브러졌다. 아침햇살이 눈부셨다. 이대로 깊이 잠들고 싶었다. 사현은 수련의 돌발적인 행동에 마음이 착잡하게 뒤엉켰다.

사현을 더욱 당황하게 한 것은 전혀 예상하지 못한 수련의 행동이었다. 수련은 모둠으로 일어나 내달리기 시작하였다. 모래 사장을 뒤로하고, 들판을 가로질러 기차역에 도착하였다. 열차표를 끊으려는데 돈이 한 푼도 없었다. 배낭과 소지품을 두고 온 것이다.

"여기, 차표 두 장요."

어느 틈에 뒤따라 왔는지 사현은 창구에 돈을 내밀었다. 두 장이라니?

"열차 들어오니께 어서 탑시다."

열차에 오른 사현은 수련의 손을 꼬옥 잡은 채 말없이 차창 밖을 바라보았다. 수련은 사현의 손아귀에서 벗어나려 하였으나 더욱 옥죄들었다. 흘깃한 눈으로 사현의 옆얼굴을 바라보니 결전의 빛이 단단하게 내비쳤다. 무언가 끝장을 보고야 말겠다는 무서운 기운이 느껴졌다. 말 없는 침묵. 그게 무서운 법이다. 이 사람은 나의 어디가 좋아서 이렇게 막무가내로 집요할까? 정말 사랑을 알기나 하고, 사랑하기나 하는 건가? 아니면 일시적인 충동으로 사회적인 질서와 자기 이상을 뛰어넘은 행동반경인가? 주위로부터 받아온 보이지 않는 냉대와 모멸감을 떨치기 위해서인가? 당골래 말처럼 본디 선한 바탕의 본래면목을 내가 거울이 되어 비춰줄 것이라고 생각하는 건가? 알다가도 모를 일이었다. 이렇게 저돌적으로 부모님 앞에 나아가 당당하게 서겠다? 울어야 할지, 웃어야 할지…….

수련은 머리가 무지근하고 어지러웠다. 이건 아니야. 머리를 도리질하다가도 열차간에서의 첫 만남, 그리고 깊은 밤 눈보라 속에서 오토바이에 몸을 의지하고 내달린 숨 막혔던 순간. 그 뜨거운 열정은 거부할 수 없는 믿음작용으로 자리하였다. 사흘이 멀다 하고 보내온 편지도 온갖 미사여구로 가득 찼지만 한편으로는 가슴을 울렁이게 하는 묘한 여운을 심어주었다. 아버지에게 된통 혼이 났을 때도 무언가 모를 아지랑이 감도는 훈기를 지

118

니었다.

"다 왔어요."

수련은 줄곧 생각에 잠겨 있다가 자리에서 일어났다. 역사를
나왔다.

"이만 돌아가시게요."

"말썽의 소지를 일으킨 장본인이 나 아니요? 문제를 해결하고
가겠소."

수련은 사현의 거부할 수 없는 눈빛에 압도되어 떨어지지 않는
걸음으로 집 앞에 이르렀다. 세마치장단으로 가슴이 뛰고 울렁
거렸다. 죄인마냥 대문을 들어서니 우멍한 누렁이가 먼저 알아보
고 꼬리치며 내달려왔다. 방문이 열리며 어머니가 밖을 내다보았
다. 낮잠이라도 한숨 잤는지 잠시 눈을 껌벅이더니 딸이라는 걸
알아보았다.

"이모 집에 있는 줄 알았더니 그새 오냐?"

"그건 제가 말씀드리겠습니다."

무추룸하게 수련의 뒤에 서 있던 사현이 무엇 불거지듯 앞으로
나섰다.

"이 사람은 누구여?"

총망중에 미처 사현의 존재를 의식하지 못한 수련의 어머니는
비로소 뜨막한 얼굴로 올려다보았다.

"어무니 근께요. ……아부지는 어디 가셨는가요?"

"마실 나갔다 곧 돌아오실 것인께, 그전에 알아들을 만큼 내게
자초지종을 말하거라."

수련의 어머니는 딸을 잡아끌듯 정지방으로 들게 하였다. 사현도 뒤따랐다. 그때 발자국 소리가 들리며 수련의 아버지가 들어섰다. 수련의 어머니는 한숨을 길게 내쉬며 맞았다.

"누가 왔는가?"

수련의 아버지는 토방마루에 놓인 신발을 일별하며 물었다.

"딸애가 돌아왔소."

"빨리도 왔네, 그랴."

"심기 고르시오. 혼자가 아니요."

"그게 무슨 말이여?"

"금메, 생판 낯선 사내를 달고 왔단 말이요. 이 일을 어쩌면 좋소."

"점점 해괴망측한 소리를 하는구먼. 딸애는 어디 있소?"

안방에 들어 좌정한 수련의 아버지는 노기를 띤 채 담배를 찾았다. 정지방으로 건너간 수련의 어머니는 아득한 정신으로 딸을 일으켜 세웠다. 사현도 준비해 간 술병을 안고 뒤를 따랐다. 방 안 공기가 무겁고 싸늘하였다. 수련은 안방에 들어서기가 무섭게 머리를 숙였다.

"네가 무슨 일을 저질렀는지 아느냐?"

추상같은 불호령이 떨어졌다. 사현이 무릎걸음으로 한발 다가갔다.

"이 모든 사달은 저로 인하여 저질러진 일이니 저를 나무라십시오."

"자네가 우리 딸을 꼬드겨 이 지경으로 만들었단 말이지?"

"전생의 인연으로 따님을 사랑한 죄입니다."

"허어, 기가 막히는구먼. 누구 앞에서 희떠운 소리를 하는 게야?"

수련의 아버지는 버럭 화를 냈다. 어디서 돼먹지 못한 녀석이 망둥이처럼 기어오르는 건지 어안이 없었다.

"노여움을 푸십시오. 따님을 행복하게 해줄 자신이 있습니다."

"이런 고얀 일이 있나. 술상 좀 봐 오게나. 속에서 열불이 치밀어 목부터 축여야겠다. 어허, 별일이로고, 별일."

수련의 어머니는 부엌으로 내달아 술상을 봐 왔다. 사현은 무릎을 꿇고 정중하게 술잔을 쳐올렸다. 수련의 어머니는 그 모습을 지켜보며 서발 길이로 눈을 흘겼다.

"흐음, 술잔을 쳐올리는 걸 보니 순 불상놈은 아니구나."

아부지요. 지 어미가 당골래입디다. 수련은 그 말이 목구멍까지 차올랐다.

"그리 봐주시어 고맙습니다. 저의 집안도 윗대로 거슬러 올라가면 비루먹은 집안은 아닙니다. 저의 할아버지는 동학혁명군에 가담하였다가 일본군에 의해 일망타진되자 그 의분을 참지 못하고 의병으로 일제에 항거하였습니다."

"우리 집안에도 그런 분이 계시느니. 헌디, 자네가 내 딸을 사랑하는 질량이 얼만큼 되는가?"

수련의 아버지의 목소리가 다소 누그러졌다. 하이구메나, 저영감이 술 한 잔에 봄눈 녹듯 하다니. 수련의 어머니는 못마땅하다는 듯 외면하였다.

"어떻게 사랑의 질량을 저울로 달 수 있습니까. 순금으로 대비

될 수 없는 게 사랑의 질량 아니겠습니까."

"보아하니 조삼모사 할 상은 아닌 듯도 하고……. 그만한 배짱과 용기라면 마누라 궁색하게 내몰지는 않을 것도 같고……."

"저의 간절한 마음을 헤아려주시어 감사합니다."

"헌디, 사흘이 멀다 하고 세상의 온갖 미사여구는 다 뽑아다 쓴 연애편지를 써 보낸 게 자넨가?"

"부끄럽습니다."

사현은 머쓱한 기분으로 술잔을 쳐올렸다. 수련의 어머니는 분위기가 얄궂게 돌아가자 끙, 모심을 주며 가당치도 않다는 듯 방문을 나섰다.

"며칠 전에 딸애의 이종사촌 오래비로부터 전화를 받았네. 그래서 대충 상황을 짐작은 하고 있었네만, 이렇게 빨리 어사또 출두하댓기 용기 있게 내달을 줄은 몰랐네."

그 모습을 고개 숙여 지켜보던 수련은 시부저기 일어나 방을 나섰다. 뒤울안으로 돌아가 감나무 아래 퍼질러 앉았다. 왠지 모르게 까닭 모를 눈물이 배어났다. 만물을 움 솟게 하는 봄비를 맞는 기분이었다.

천화
遷化

길은 황혼이라 어둡고,
달은 높아 나무에 그림자 없고,
온세상 새벽을 맞으면
춤추는 금빛 난새(鸞鳥)였네라.

수련 어머니의 반대에 부딪쳐 멈칫하다가 정 선배의 어머니까지 가세하여 설득한 끝에 결혼한 사현은 한동안 백수로 건들거리며 어머니 눈치만 바라보았다. 하릴없이 역전 근처를 어슬렁거리며 갈문이패들과 어울렸다. 총각시절과는 달리 장비의 성깔로 시시비비를 가리거나 주먹질은 하지 않았다. 주위에서는 대처 물을 먹고 그만큼 성장한 때문이라고 말하였지만, 다들 사현의 성깔을 아는지라 되도록 마주치기를 꺼렸다.

"장가를 들더니만 한풀 꺾인 장닭맨치러 숙지근하게 지내는구랴."

"지놈도 철들 때가 되었잖은가비여. 또 모르제. 언제 그놈의 성질이 폭발할지. 지금은 휴화산이여."

"싸움도 상대가 있어야 하는 법이여. 주위에 똘망한 녀석들은 다들 도시로 나가지 않았는가. 하루가 다르게 시절이 변하네."

나이 지긋한 유지들은 다방에 모여 앉아 맨숭한 커피나 들며 시절의 변화를 실감하였다. 좋은 시절은 다 갔는가. 이곳도 썰물이 지듯 썰렁한 기운이 감돌았다. 다방과 술집도 눈에 띄게 줄었다.

사현은 백수로 나앉아 한 일 년 신혼생활을 하자니 지겨워지기 시작하였다. 탈출구는 없을까? 더 큰 도시로 나가 다시금 태권도 도장을 차리고도 싶었으나 어딘들 다르랴 싶어 마음을 접었다. 하룻밤에도 집을 몇 채 지었다 허물었다 하며 몸을 뒤척였으며, 마누라 치마폭을 들추며 젊음을 발산하였다. 뾰족한 돌파구가 나타나지 않았다. 에이, 군대나 가버려? 생각이 거기에 이르자 주저하지 않고 뒤늦게 군에 자원입대하였다. 아내가 입덧이 나기 시작할 때였다.

"니는 외아들이라 면제대상 아니냐. 보충역으로 지낼 것이제 새삼스럽게 자원입대라니? 딸린 식구도 있는디."

"고생도 해보고 세상을 두루 넓게 체험해봐야겠어요."

"정 니 맘이 그렇다면 하는 수 있냐. 군대라도 다녀와서 인도환생을 하듯 새사람이 될지 누가 아느냐. 씨알을 품은 며느리는 아무 걱정 말거라. 딸처럼 곁에 두고 찰지게 살 것인께."

당골래는 오히려 홀가분함을 느꼈다. 백수로 건들거리는 꼴이 보기 싫었고, 또 만에 하나 사고라도 칠까 항상 가슴 졸였다. 수련도 군대 밥이 어떤 것인가, 고생 좀 하고 오라는 마음으로 입대하는 남편을 보냈다. 사현이 입대하고 나자, 정말이지 시어머니와 며느리는 오순도순 지냈다. 당골래는 며느리의 심성이 고와

살갑게 마음을 써주었다. 집안 공기가 아늑하였다.

"아그야, 무리하지 말거라이. 홀몸이 아닌게."

"네. 이것만 해치우고 들어갈라요."

사현이 있을 때보다 집안 분위기하며 목소리가 훨씬 밝았다. 당골래는 점점 배가 불러오는 며느리를 바라볼 때마다 마음이 흡족하였다. 니가 우리 집 복덩이다. 산신님 점지를 받아 아들이라도 쑥 뽑아 낳거라. 지놈이사 이미 기대를 저버렸응께. 며느리녀와 손주를 바라보고 밝은 마음으로 내일을 가꾸자. 혹 군대 다녀와서 개과천선이라도 하댓기 딴사람으로 변해 오면 그보다 더 바랄 게 없겠다만…….

당골래는 뱃속의 손자와 며느리에게 한껏 기대를 걸었다. 마을 사람들도 날건달 같은 녀석에게 어찌 저런 참한 마음씨를 지닌 여자가 시집올 수 있느냐고 머리를 갸웃거렸다.

"거, 참. 가장네와 아들 복은 없어도 며느리 복은 있는 갑네. 어디서 저런 며느리가 굴러왔나."

"아, 며느리 복이라도 있어야 당골래 노릇을 할 게 아닌가. 신명이 나야 굿판이 제대로 익제."

"사현이 그놈도 군대 밥을 묵으면 온전한 사람이 될랑가 모르겠네."

"내일 모레 애비가 될 것인디 마냥 분수없이 날뛸라든가."

"하여간 당골래 잠시나마 아들 땜새 마음고생 덜게 되어 살 만할 거네."

사실 그랬다. 소원대로 며느리가 손자를 쑥 뽑아 낳자 당골래는 더욱 신명이 났다. 크고 작은 굿판을 가리지 않고 영험하게 굿을 해주었다. 저절로 산신님이 머리 위에 강림하였다. 따라서 당골래가 굿판을 벌였다 하면 인근에서 왁자하게 모여들었다.

노정기, 신탁, 오신으로 이어지는 열두거리굿이 육자배기목으로 굿판을 휘어잡았다. 지전춤, 넋춤, 정주춤, 신칼춤, 매듭띠춤, 짐배춤, 복개춤, 손대춤이 횃불 아래 너울거리면 구경꾼들 또한 당골래의 가락진 춤사위에 무아지경으로 빠져들었다.

　　가자서라 가자서라 영산내끼를 가자서라
　　노양신산 넋이든가 청태산 깊은 곳에
　　부모양친 이별하든 순낭자 넋이론가
　　장화산 봉산 위에 부부양친 이 비운에 넋이런가
　　내매초당 풍설우에 제갈선생 넋이든가
　　소상강의 반죽선이 이적선이가 넋이든가
　　오르소사 오르소사 넋이라도 오르소사
　　혼이라도 오르소사 어여씨든 망제님은
　　약이 없어 죽었든가 명이 잘라서 죽었는가
　　저건네라 저건네라
　　두리둥실 뜨는 배는 널실었냐 석실었냐
　　널도석도 아니 싣고 은쾌옥쾌 실었도다
　　은쾌옥쾌 헤쳐보니 만고백관 약이 들어
　　그 약 많이 묵고 약독 올라서 죽었는가
　　넋이 청근이야

어여씨든 망제님은 불쌍하신 망제님은

오르소사 오르소사 넋이 되어 오르소사

혼이 되야 오르소사 어제그제 살었드니

넋이란 말이 웬말이며 혼이란 말이 웬말이요

나간 흔적을 누가 알며 나간 길초를 누가 알까

불쌍하신 망제님은 넋이 불러 청근이야

꽃도 졌다 다시 피고 잎도 졌다 다시 움 솟을 때

어여씨든 망제씨는 한번 아차 죽어지니

다시 보기 어렵도다 오르소사 오르소사

넋이 되어 오르소사 왕아신아

어여신 망제님은 확신이정 혼을 맞아

오리정 넋을 맞아 밤새도록 낮새도록

염불로 질을 닦아 왕생극락으로 세왕세왕

셈세왕에 들어가고서 넋이여 청근이로구나

청근이여 아~하히어

어~허어 이오 어허어 청근이여

넋이야 넋이야 넋이야

넋인 줄 몰랐더니 오늘 보니 넋이로세

혼인 줄 몰랐더니 오늘 보니 혼이로세

"어쩌면 저렇게도 청성이 좋을끄나. 애절한 저 대목을 듣노라
니 애간장을 도려낼 듯 하는구랴."

"누가 아닌가. 참말로 가슴을 울리네."

구경꾼들은 연신 소맷자락으로 눈물을 훔치며 당골래와 일심
동체가 되어 밤을 지새웠다. 굿의 성격에 따라 생략하기도 하고
몇 밤을 지새우기도 하였는데, 구경꾼들은 넋을 놓고서 시간을
망각하였다. 성주굿, 영화굿, 도신굿, 축원굿, 성주맞이, 병굿, 환
자굿, 중천굿, 명두굿, 곽머리, 씨끔굿, 혼굿, 연신굿, 신굿이, 지
앙맞이, 삼신맞이, 근원손, 고사, 액맥이, 사제맥이 등 종류도 다
양한데도 구경꾼들은 아무래도 좋았다. 명두굿이면 어떻고 씨끔
굿, 지앙맞이면 어떠냐.

"이번 굿은 징상맞게 영험하네."

"그러게 말이네. 저 나이에 넘치는 기운으로 밤샘을 하다니, 진
짜 신이 들리긴 들렸어."

"더군다나 팔도 굿판을 치맛자락 거머쥐댓기 익히고 닦아 똑
부러지게 일가(一家)를 이루었어. 전국의 애기무당들이 높이 우러
러보고 따른다면서?"

"그런께로 작두날 위에서 사뿐거리며 춤추는 것 보소. 나는 어
찌나 조마조마하던지 가슴이 떨리데."

"그 말이 나와서 하는 말인디, 나도 모르게 저릿한 기분이 들면
서 아랫도리가 축축하게 젖었드란 말시."

"신대를 잡힐 때는 어떻고. 생판 젊은 며느리가 시아부지 목소
리로 당부의 말을 할 때는 영판 살아생전 시아부지가 아니던가."

"며느리가 혼절할 만도 하든마는. 시어무니가 뒤늦게 나타나서
시시콜콜 생전에 못다 한 말을 꾸짖댓기 할 때는 내 심장도 서늘
하데."

"자네하고는 살아생전 이웃하며 소소한 일로 감정 상한 일이 더러 있었제. 자네, 간이 조마조마했을 것이네."

"자네라고 빈정 상한 일이 없었는가"

"어쨌거나 한바탕 정화가 된 느낌이여."

"긍께 말이여. 저렇게 영험한께 옛날 구중궁궐에서도 무수리를 불러들였겠제. 당골래를 천민으로 내리굴린 서슬 푸른 사대부들도 눈치 보아가면서 굿판을 벌이고 말이여."

구경꾼들은 제정신을 차리고 나서도 당골래를 외경스러워하였다. 평소 가슴속에 지녔던 한 자락 낮추어 무시하는 마음은 수증기처럼 증발하였다.

"어무니요, 그러다 건강이라도 해치면 어쩌려고 그렇게 무리를 하시오?"

수련은 굿판이 끝나고 나면 탈진한 상태로 몇 날을 신당에 들어 있는 당골래의 건강이 염려되었다. 산신님이 한 번 강림하면 허공에 뜬 것 같다는 그 말이 예사로 들리지 않았다.

"오냐. 내 걱정은 말거라. 영험하신 산신님께서 내 몸을 빌려 세상을 정화시키는디, 어쩌롬 내 몸 건사하겠다고 도리질할 수가 있냐. 내 마음대로 되는 게 아니다. 니 몸이나 잘 챙기고 손주놈 건강하게 잘 키워야 한다. 그게 유일한 내 바램인께."

당골래는 며느리가 염려할 때마다 따북하게 어루었다. 연륜이 쌓이고 이름이 알려지자 여기저기에서 굿청이 들어와 집안 살림은 며느리에게 내맡기다시피 하였다. 굿청이 들어오면 돈의 단위를 떠나서 내치지 않았다. 어쩔 때는 가난스러운 전경이 눈물겨

위 한 푼도 받지 않고 해원굿을 해주었다. 가난한 사람을 위하는 굿판은 미래를 열어주는 애잔한 기원이 서려 있어 즐거움을 주었다. 사정이 그렇게 돌아가자 인심이 훈훈하였고 몸피가 늘었다. 인심은 조석변이라 하지 않던가.

"어야, 당골래가 마을회관 상량식 때 걸판지게 굿만 해준 줄 알았던마는 돈 봉투까지 따북하게 내놓았다지 않는가."

"긍께. 윗마을 고린부자는 돈 자랑만 하고 다니제 복날 닭백숙 한 그릇 내놓을 줄 알던가."

"새마을운동으로 미신을 타파한다면서 감실이며 서낭당도 없애고, 심지어는 마을을 수호해준 당산나무까지 베어내는 시상이지만 속내는 그렇지가 않아. 있는 집에서 굿판을 더 크게 벌인다니께. 그 덕분에 당골래 치맛자락 여미며 바삐바삐 돌아댕기고."

"가난한 집 비손이도 흔감스레 해주고, 가난한 학생들을 위해 장학금도 내주고, 남들은 뭐니 뭐니 해싸도 좋은 일 많이 한다고."

"아들놈도 제대하고 나면 온전히 사람이 되어야 할 텐디 어쩔랑가 모르겠네. 설마 지 에미가 쌓은 공덕을 무너뜨리기야 하겠는가마는."

당골래의 보이지 않은 선행에 지금까지 냉소의 눈길로 내려다보던 사람들의 마음이 변화를 가져왔다. 하긴, 아직도 잠재된 관습을 버리지 못한 비리척한 부류들이 없는 것도 아니었다.

"젠장칠, 사람의 혼을 뒤흔들어 돈 좀 벌어들인다고 위세여? 그래봤자 흑두루미가 백조 될 수는 없응께."

시속말로 사촌이 논을 사면 배가 아프다고 하였던가? 끙 소리를 내며 모심을 박았다.

"옳은 말이네. 영험한 산신님이 들었다지만 죽은 자의 혼백을 불러낸다는 것은 과학적으로다 불가능하다고. 그야말로 미신을 고무 찬양하는 광기가 아니겠는가."

"예수도 물위를 걷고 앉은뱅이를 일어서게 하고 문둥병을 고쳤다고 하들 않던가. 그걸 과학적으로 해명할 수는 없는 거여."

"동학농민혁명봉기 때 부적을 지니고 있으면 총알이 비껴간다고 했는디 어쨌는가? 허황한 소문으로 판명되지 않았는가. 예수교의 기적이니 불교의 신이(神異)한 이적(異蹟)이니 하는 것도 당골래와 마찬가지로 따지고 보면 허황된 면이 없지 않아 있다고."

"자네는 향교에서 공자와 맹자 좀 읽었다고 우물 안 깨구락지 식으로 꼬장함을 내보이는구만. 그럴 때는 고루한 유식이 문제여. 무당도 역사를 한참 거슬러 올라가면 나라님과 동일시했다고 하지 않던가."

"허어, 씨나락 까먹는 소리는 혼자 다하고 자빠졌구만……."

노인네들은 심심풀이 주전부리하듯 유식함을 내보이며 당골래를 여전히 눈 아래로 내려다보았다. 당골래는 그런저런 입방아질을 마음에 두지 않았다. 바람결에 흩날리는 진눈깨비 맞듯 귓결로 흘려들으며 보이지 않는 선행을 하였다. 문제는 자신과의 싸움이었다. 몸피 말이 나와서 하는 말인데, 칼날 위에서 춤을 추는 무당으로서는 제일로 고민스러운 일이었다. 공중에 나는 물찬제비처럼 날렵하게 사뿐 즈려밟을 수 있는데, 아무리 영험한 신이 내렸을지라도 몸피가 늘어나면 숨이 가쁘고 매초롬한 추임새를 내보일 수 없을 터였다. 며느리가 힘겨워하였다.

"어무니요, 이제 그만 뒷전에 물러서시게요. 힘 버거운 장면은 매차분한 신딸에게 맡기고요."

"오냐, 오냐. 니 맘 알겠다. 나도 말은 하지 않지만 어느 정도 한계를 느끼고 있어야. 참말로 그네를 타댓기 사뿐하던 추임새 며 춤사위가 점점 물에 젖은 솜뭉치맨치러 내려앉는다."

당골래는 자신의 한계랄까, 서산머리에 지는 해를 바라보듯 자 신의 늙음을 끌어안았다. 그렇다고 늙음을 탓하지는 않았다. 모 든 생명 있는 것들은 자연의 순리를 거스를 수 없을 터였다. 자 신의 연륜을 실감할 때마다 재단장을 하듯 신당에 나앉아 마음 을 정화시키고 가다듬었다.

수련의 말대로 차츰 일거리를 줄여나가고 수양을 게을리하지 않았다. 가끔씩 순례하듯 찾아오는 신출내기 신딸들에게 무업을 전수시켰다. 그렇다고 그들에게 큰 기대는 걸지 않았다. 당골래 가 걸어왔던 고난의 길을 젊은 애들은 비껴가려고 하였다. 지름 길로 쉽고 약삭빠르게 성취하려고 하였다.

삼월삼짇날 산신제를 한판 크게 지내고 돌아온 당골래는 신당 에 들어앉았다. 몹시 지친 모습이었는데, 그도 그럴 것이 내리 보 름 동안 산에서 지새웠던 것이다.

"피곤하실 텐디 보약이라도 한 재 지어 올릴까요?"

"어여, 내 걱정은 말고 니 할 일이나 매시랍게 하거라."

당골래는 그 말을 끝으로 신당에 좌정하였다. 그렇게 사흘을 침묵 속에서 지새우더니 정갈하게 목욕재계를 하고 나서 흰 비단 치마저고리로 갈아입었다. 몸피는 불었지만 눈이 부실 정도로 태깔이 고왔다. 수련은 그 모습을 바라보며 의아해하였다. 무슨 계시라도 받은 걸까?

"그래 차려입고 어디 가시게요?"

"오냐. 산신님께서 부르신다. 더 나이 들어 추레하기 전에 산신님 곁으로 오라는구나. 나 없는 동안 집안 살림 갈무리 잘하거라. 열쇠는 니가 간직하고. 문갑 안에 든 집문서와 땅문서는 아들 몫과 니 몫을 따로 구분해놓았응께 잘 다독여 간수하거라. 행여 아들에게는 입도 뻥긋하지 말고."

"그런 것을 제가 어떻게 지닐 수 있남요."

"아니다. 인자 니가 집안 살림을 머리에 이고 가야 한다. 오고가는 시상 이치가 그러니라."

당골래는 귀여운 손자를 꼬옥 안아보고 나서 그날로 신당의 문을 안으로 걸어 잠갔다. 닷새가 지나도 도무지 인기척이 없자 수련은 와락 무섬증이 들면서 불길한 예감이 덮쳐 눌렀다. 예전에도 좌선삼매경으로 치성을 드렸으나 문을 걸어 닫지 않았다. 말하자면 소통의 길을 열어놓았던 것이다.

"어무니요, 어무니요. 문 좀 열어주시오. 전에 없이 물 한 모금 마시지 않고 철벽을 두르듯 치성을 드리다니요."

수련은 애가 달은 나머지 통사정을 하여도 안에서는 아무 기척이 없었다. 이레가 되던 날, 아무래도 안 되겠다 싶어 이웃집 노인장을 불러 조심스럽게 문을 땄다. 더 이상 참고 견딜 수가 없었던 것이다.

"아, 어무니요!"

신당 안의 전경을 본 순간 수련은 무릎을 꿇으며 울음을 터뜨렸다. 당골래는 매차분하고 조용한 자태로 피안의 세계에 도달해 있었다. 천년 세월을 이고서 좌탈(坐脫)한 것이다. 이렇게 돌아가실 줄이야. 수련은 믿기지가 않았다. 소문은 금방 퍼졌다. 마을사람들이 몰려왔다.

"저리도 곱게 숨을 거두다니. 아직 나이도 있는디 자신의 죽음을 스스로 가늠할 줄이야!"

"영험한 신녀(神女)였네. 도통한 선사(禪師)들의 열반 못지않게 숙연하고 장엄하네. 정갈한 저 태깔 좀 보소."

마을사람들은 두 손을 모으며 당골래의 존재를 새삼스럽게 인식하였다. 졸지에 무언가를 잃은 듯한 오스스한 바람이 그들의 가슴속을 헤집고 들어섰다. 우수수 낙엽을 떨구는 가을바람 같기도 하였고, 싸늘하게 가슴을 여미게 하는 첫눈 내리는 겨울밤 같기도 한 야릇한 기운이 온몸을 에워쌌다.

급기야 사현이 어머니의 사망 소식을 듣고 특별 휴가를 얻어 내려왔다. 제대를 눈앞에 두고서였다. 그때까지 당골래는 숨을 거둔 그 자태로 모셔져 있었다.

"엄니요!"

사현은 예상하지 못한 전경에 꿇어 엎드리며 난생처음 슬픔을 쏟아냈다. 외경스러울 정도로 엄숙하고 형언하기 어려운 어머니의 마지막 자태가 북풍한설처럼 슬픔을 자아냈다. 처음 사망 소식을 들었을 때는 굿을 하다가 작두날 위 아니면 공수를 받다가 신이 강림한 그 모습으로 쓰러졌는가 짐작하였다.

"우리 엄니는 당골래요. 진짜 신과 인간의 가교 역할을 제대로 한 무당이란께요! 이 자식은 엄니 손에 이끌려 산천기도의 고난을 겪었으면서도 어긋지게 나갔으니 천하의 불효자라니께요."

사현은 뒤늦게 청개구리 마냥 목이 메도록 북받쳐 울었다.

"서럽게 운다고 죽은 사람이 살아 돌아오지 않는 법이네. 그만 울고 상주로서 의무를 다해야 할 것이여."

마을사람들은 당골래를 마지막 자태 그대로 장례를 치르기로 하였다. 신라시대, 중국으로 건너간 구화산 지장스님도 앉은 채 열반한 그대로 땅속에 묻었는데, 몇 년 뒤에 파보니 여전히 생전의 그 모습으로 전신사리가 되어 지장보살의 화신으로 추앙받고 있다는 것이었다.

"그것도 생각해볼 일이구만. 신들린 당골래라고 육신불이 되지 말라는 법은 없응께. 아, 그렇게 되면 유별난 성지가 될 수도 있지 않겠는가."

"군수도 조문을 오고, 학교장을 비롯하여 깨묵정 유지들도 고인의 명복을 빌고, 사람은 어쨌거나 죽어봐야 진면목을 알 수 있는 거여. 어여, 꽃상여를 만들어."

중론은 거기에 이르러 마지막 자태 그대로 장례를 치르기로 하였다. 장례식은 엄숙하고 성대하게 치러졌다. 평소 당골래를 따르던 무속들이 내달아 걸판지게 마지막 가는 길을 애도하여 더욱 장엄하게 볼거리를 제공하였다.

여보시오 다우리 망자님이
이 질로 가실 적에 어찌 생애소리가 없어 가겠소
상여소리나 한번 내고 갑시다.
관음보살 가네 가네
나는 가네 밤새도록 낮새도록
씻김염불 받어갖고 진옷 벗어 만수수산에 벗어놓고
마른 옷 갈아입고
이 극락길 찾어서 시왕을 들어가네

~관음보살 어넘 어넘차 얼가리 넘자 너화넘~

명정 공포를 앞을 세우고 황천길을 찾어를 가네

~어넘 어넘자 얼가리넘자 너화넘~

오늘날 밤새도록 낮새도록
염불 받어 목에 걸고 불법 받어 가슴에 품고
꽃은 따서 머리에 꽂고 잎을 따서 추경 물고
일로 이제 가면 언제 우리 집에 다시 찾어 올끄나
올 날이 점점 조만이 없어
인제 가면 언제 와요……

꽃상여는 진달래 꽃잎처럼 여리면서도 화사하였고, 상여소리는 쑥꾹새 울음소리보다 더 애절하여 듣는 사람들로 하여금 눈물을 훔치게 하였다. 그때 꽃상여 위에 무동을 태우듯 올라간 무녀 하나가 한 서린 단장성으로 백발가를 뽑았다.

어화 청춘들아 백발 보고 웃지 말소
뜻 없이 가는 세월 낸들 어찌 늙지 않을손가
소문 없이 오는 백발 귀밑에 늬막하고
청자 없이 오는 백발 딛글마당 점고하네
칠팔십을 살더라도 일장춘몽 꿈이로다
꽃 같이 곱던 얼굴 검버섯은 웬일이여
꽃이라도 떨어지면 오던 나비 돌아가고
나무라도 늙어지면 눈 먼 새도 아니 온다
비단옷도 헐어지면 물걸레로 돌아가고
좋은 음식 쉬어지면 수채구멍 찾아가네
빈대삼천 맹산군도 죽어지면 허사로다
백자청송 곽분장도 죽어지면 자취 없고
영웅호걸이라고 죽지 아니한가
속절없이 지내다가 황천에 돌아간들
무엇을 저항하리 이 세월을 몰랐구나

"암만해도 설익은 당골래 같은디 듣고 본께로 무언가 시큼한 무언가가 가슴 저리도록 다가오네."

"지질한 상여소리보다 낫구만. 요즘 상여소리 을러매기는 사람이 어디 제대로 있든가."

"오랜만에 꽃상여 구경을 한 셈이네. 금상첨화라면 초라니패들이 한바탕 놀아주면 더할 나위 없겠는디."

"자네는 자다가 콩 까묵는 소리만 찾아서 하는구라. 요즘 시상에 남사당패가 어디 있는가."

"사십구제는 제법 볼 만하겠네. 당골래들이 그냥 넘기지는 않을 것인께."

꽃상여 뒤를 따라 장지까지 따라나선 사람들은 잔잔한 애도 속에서도 한 가닥 흥겨움을 베어 물었다. 하기야, 저승 가는 길이 꼭 슬픈 것만은 아닐 터였다. 이승의 번뇌와 고통을 다 여의지 않는가.

"어머님이 돌아가시기 전 코흘리개 당신을 앞세우고 산천기도처를 찾아간 산을 먼산바라기로 바라보며 산신님이 부른다 합디다. 아무래도 어머님의 혼백이 그곳에 이르렀지 싶으요."

수련의 말에 사현은 삼우제를 지내고 나서 어머니가 평소 즐겨 입던 옷가지와 간단한 제물을 들고 어머니의 기도처인 바위동굴을 찾아갔다. 까마득한 세월이었는지라 낯설었다. 더구나 몰라보게 어우러진 소나무와 잡목과 수풀을 헤쳐 나가기란 예삿일이 아니었다. 치막한 안개를 헤치고 나가는 기분이었다. 사바세계와 신의 경계. 산은 신전이다. 봄날 안개비라도 내리거나, 여름날 밤하늘의 별들을 따 담거나, 가을날 단풍으로 불든 산노을을 가슴에 채색하거나, 겨울날 눈보라 속에서 산이 울부짖을 때면 지척

간의 세속을 벗어난 정령의 세계였다. 산을 오를수록 어린 날의 진한 추억의 잔해가 물큰 생명력을 불러일으키며 가슴을 뛰놀게 하였다.

바위동굴에 이르렀다. 살아생전 어머니가 한 번씩 다녀갔는지 바위동굴은 정갈하였다. 금방이라도 어머니의 체취가 묻어날 것 같았다. 니가 올 줄 알았다. 새침한 새악시의 아미(蛾眉)를 닮아 쌀쌀맞은 듯하면서도 살풋한 기운을 드리운 어머니의 모습이 눈앞에 나타났다. 목욕재계를 한 자태는 옛날 그대로였으며, 목소리는 그지없이 차분하였다. 사현은 향을 피워 올리고 어머니의 옷가지를 제단 앞에 바쳤다. 산을 오를 때와는 달리 쉬엄하게 산을 내려오며 어린 시절로 돌아갔다. 그러자 이십여 리 밖 오일장이 떠오르고, 돼지국밥집 눈 새까만 여자애가 생각났다. 무연스레 수련을 열차간에서 처음 만났을 때 수련의 눈매와 겹쳐지던 그 눈망울…….

사현은 오일장터목으로 향하였다. 돼지국밥 냄새가 벌써부터 코를 자극하는데 장날이 아니어서인지 장터는 초라하게 버려진 듯 스산한 바람만 술래를 하였다. 돼지국밥집 간판도 보이지 않았다. 어디로 갔을까? 새삼 세월의 간극을 느끼며 돌아섰다. 그리고 곧바로 귀대길에 올랐다. 제대 날짜가 멀지 않았기에 수련에게 사십구제를 부탁하고 슬픔을 안은 채 부대로 돌아갔다. 수련은 신당과 집 안을 말끔히 청소하고 정리한 다음 사십구제를 정성스레 모셨다. 마을사람들이 지켜보는 가운데 무당들이 번차례로 돌아가면서 고인의 넋을 위로하고 천도하였다.

"사십구제도 저렇게 진중하게 드리니 보나 마나 점지해주신 산신님 곁으로 갔지 싶네. 당골래일망정 원도 한도 없겠어. 자식들이 어느 누가 저렇듯 정성을 모아 천도해주겠는가."

"그나저나 영험한 신당을 그대로 버려두기는 아깝구랴."

"신딸로 지정한 당골래를 모셔오면 될 게 아닌가."

"그보다는 참한 스님이 좋을 성싶은디. 원래 절터가 아니었는가? 신당은 산신님 탱화를 모셨응께 산신각 정도로 생각하고, 그 아래에 자그마한 암자를 소담하게 지어 당골래 넋을 기리고 관리하도록 할 것 같으면 훨씬 모양새가 있을 거여. 돈맛이나 아는 어설픈 무당을 들여놓아 봤자 오히려 당골래 명성에 누가 될지도 모른다고."

"그것도 괜찮은 제안이네만 당골래의 혼이 깃든 신당과 부처를 모신 법당과는 잘 어울릴 것 같지 않은디."

"뭔, 소리여? 절 안에 있는 산신각이야, 칠성각은 불교와 무관한 우리 전래 민간신앙의 유물이라고 하지 않던가. 우리 어렸을 때만 해도 아들 점지해달라고 산신각이나 칠성각에서 비손이를 하지 않았는가."

"맞는 말이시. 부석사에 가면 의상조사와 애틋한 사연을 지닌 선묘낭자의 사당이 있지 않던가. 그렇게 구색을 갖추면 명소가 될지 모르제."

"명소까지는 바랄 게 없고, 아들놈이 지 에미의 정신을 받들라치면 먼지야 뒤집어쓰겠는가."

여론이 그렇게 돌아가자 수련은 마을 노인네들의 의견을 좇아 산신님 탱화 앞에 시어머니의 영정(影幀)을 모시고 신당 아래 시어머니의 넋을 기릴 아담한 암자를 따로 지어 적당한 스님을 물색하였다. 시어머니를 따르던 젊은 무당 몇 사람에게 의중을 타진해보았으나, 마을 노인네들의 예견대로 시골 당골래 되기를 꺼려하였다. 수련도 어줍잖은 무업으로 시어머니의 정신을 흐릴까 싶어 마음을 접었다. 때마침 소문을 듣고 스님 한 분이 찾아들었다. 풍채가 넉넉하고 훤칠하였다. 행색은 그럴듯해 보였으나 사정을 들어보니 운수납자로 자처하며 전국을 떠도는 스님이었다.

"천기를 보고 인연 따라 이곳에 왔습니다. 얼마를 머물지 모르겠으나 있는 동안 신심을 다하겠습니다. 그리고 고려를 일으켜 세운 왕건을 도우신 풍수지리에 능통한 도선선사와 비교할 수는 없지만, 조상의 묘를 잘못 쓴 주위의 봉분들을 좋은 자리로 이장시켜 고통받는 자손들을 편안하게 해주는 것이 저의 사명이고요. 말하자면 요즘 대세를 이루는 가족장이라 할까요."

수련은 말은 번드레 잘한다고 속으로 마뜩잖아 하면서도 오래 비워둘 수도 없고 하여 한번 믿어보기로 하였다.

"아무것도 바라지 않읍께 우리 어무니 영정 앞에 올릴 사시(巳時)마지나마 책임져주었으면 합니다요."

"그거야, 어렵지 않지요. 부처님께 사시마지를 올릴 때 산신님을 비롯하여 지성으로 챙겨 올리겠습니다."

스님은 선선히 받아들였다. 그리고 그날로 걸망을 내려놓았다. 수련은 스님이 불편하지 않게 쌀이며, 반찬새며, 수시로 공양하였다.

"당골래 암자에 든 스님이 지금까지 말썽 없이 잠들어 있는 조상 묘들을 들쑤시고 다니면서 흰소리를 해싼다면서?"

"스님 본분을 망각하고 돌팔이 지관 노릇을 한다니, 볼 것 없이 땡중이여. 똘만네는 생전 가보지도 못한 산꼭대기에다 암매장하다시피 부모님을 모셨다는구먼."

"사월네는 옹챙이 밭에다 가족묘를 조성한다제? 그 위에 한술 더 떠서 뭔 달마상인가 하는 부적 같은 그림을 찍어 바른다며? 스님을 잘못 들어앉힌 게 아니여?"

수련은 그런 말을 들을 때마다 삼가고 조심스럽게 결정해야 하는데 너무 성급하게 암자에 들게 한 것을 후회하였다. 그런데 사현이 제대하고 돌아왔을 때, 스님은 젊은 공양주를 곁에 두고 있었다.

"바깥처사님도 제대를 하고 돌아왔고 하여 보살님께서 눈치도 보일 것 같고 불편도 할 것 같아 공양주를 모셔왔습니다."

스님은 천연덕스럽게 양해를 구하였다.

"어따, 잘 생각하셨구만이라우. 마땅히 그래야지요."

수련은 겉으론 흔연하게 받아들였다. 당연히 공양주가 있어야 기도하러 온 사람들도 불편을 모를 것이다. 하지만 입맛이 씁쓸하였다.

"헌디, 말이여. 스님과 공양주가 보통 사이가 아닌 것 같던디?"

사현은 제대를 하고 돌아온 길로 어머니의 영정을 뵙고 스님과 통성명을 하고 나서 껄쩍지근한 표정을 지었다. 신성한 신당에 무언가 비리척한 냄새를 풍겼던 것이다. 비구니보다 더 청결하고 정갈하였던 어머니의 영정을 모시고 있지 않은가.

"그거야, 자기네들 사정이고 소관이지라이. 대처승도 가는 곳마다 널려 있지 않습디요. 정 뭣하면 내보내면 될 테고. 그도 아니면 따로 요사채를 지어주면 되잖은가요."

"그건 그렇지만 왠지 사람들 보기가 그렇구만. 지하에 계신 엄니도 달가워하지 않을 것 같고……."

사현은 찝찝한 구석을 담으면서도 관심을 접었다. 무엇보다 제대를 하고 나서 사회일선에 나섰으니 가장으로서 똑부러지게 한판 벌이고 싶었다. 이곳저곳을 기웃거리며 적성에 맞는 사업을 물색하였다. 이것저것 따지고 저울질하자니 그것도 만만찮았다. 무엇보다 밑천이 문제였다. 크면 큰 대로, 작으면 작은 대로 사업 밑천이 필요하였다. 그렇다고 살림을 뭉떵그려 싸짊어지고 도시로 나가는 모험은 삼가하고 싶었다. 태권도 도장의 실패가 그림자로 다가왔고, 군대에서 두루 세상 넓은 줄을 알았던 것이다.

"역전 근처에다 그럴듯한 점포 하나 차렸으면 하는디, 좋은 생각 없냐?"

사현은 역전을 배회하며 옛 시절 향수를 마시는 갈문이 패들에게 의논 삼아 물었다. 다들 도시로 나가고 늘푼수 없는 녀석들만 남아 있었다.

"역전도 보다시피 호시절은 다가고 해먹을 게 있어야 말이제. 오일장도 옛날 같잖아 점점 활기를 잃어가고. 그러지 말고 도시로 나가거라. 노루맨치러 깡충거리며 잽싸게 뛰쳐나간 녀석들은 벌써들 한 밑천 잡았다지 않던가."

"나는 도시의 생리가 맞지 않아. 고향에서 보란 듯이 사업을 일굴 거여."

"그게 되느냔 말이여. 시골 환경이 글러먹었는디."

친구들은 하나같이 손사래를 쳤다. 그들 말대로 할 게 없었다. 슈퍼마켓, 철물점, 음식점 따위는 전을 벌여 놓은 사람들도 거두어들일 형편이었다. 하지만 사현은 고향에서 뿌리를 내리고 싶었다.

---

* 이 장에 인용한 무가(巫歌)는 보성 지방의 무가이다.

첫 단주

곤이라는 물고기가
봉이라는 새가 되어
남해천지를 가려 한다.

"자네가 오토바이 대리점을 하겠다고?"

"네. 어르신. 그래서 점포를 얻자는 겁니다."

"그게 잘될까 몰라."

"도로며 농로가 훤히 뚫리고, 다리 부실한 노인 분들에게도 편리할 것 같고, 시대가 그렇지 않습니까?"

"허긴, 나도 문 밖 출입을 하자면 다리품이 여간 고역이 아니드만."

"그러니께 건물을 세내어 주십시오. 월세든 전세든 저야 상관없습니다."

"비어 있는 점포라 나로서는 좋지만 세든 사람이 장사가 잘되어야 기분이 좋지 않겠나. 이층 다방도 시절이 시절인지라 파리만 날리고 있지 않는가. 자네가 원하는 일층 식육점도 문을 닫고 말이여."

"염려 마십시오. 젊은 기분으로 신바람을 일으켜보겠습니다. 새로운 시대를 여는 사명감으로……."

"내 말은 첫 단추를 잘 꿰야 한다, 그 말이네. 사업이란 의욕만 가지고 되는 게 아니란 말시. 운도 따라야 하고……."

"시대가 요구하는 것이어서 운은 저절로 따를 것입니다."

"자신이 꽉 차 있구만. 그럼, 그렇게 해보시게."

"고맙습니다요. 당장 계약을 마무리 짓지요."

사현은 건물주인과 도장을 꾹꾹 눌러가며 전세 계약을 하였다. 사현이 오토바이대리점을 생각한 것은 우연찮은 계기에서였다. 그날도 날씨는 덥고 지악스럽게 귀청을 때리는 매미소리는 더욱 더위를 부채질하여 선풍기 바람을 밀어내고 집을 나섰다. 그렇지 않아도 무슨 사업을 할까 머리를 싸매고 있는데 찜통더위마저 짜증을 불러일으켰다.

마침 역전거리 중국집 만화루 앞을 지나는데 낡아빠진 중고 오토바이가 눈에 들어왔다. 말복이 가까워 보신탕 아니면 삼계탕으로 여름을 나는지라 자장면이나 우동 따위는 배달이 뜸할 수밖에 없을 터였다. 안을 들여다보니 역시나 파리를 날리고 있었다. 주방장 겸 주인장도 맨숭하게 손님을 기다리고 있기가 무엇하였는지 자작으로 소주잔을 홀짝이고 있었다.

"어서 오시게. 소주나 한잔 빨세나. 이열치열이라고 하지 않던가."

"그보다 오토바이 좀 빌려주시오."

"급한 일이라도 있는개비여. 그리하게나. 키는 거기 꽂혀 있웅께."

주인장은 심드렁한 낯빛으로 선선히 대답하였다. 사현은 오토바이를 타고 바닷가로 나갔다. 바닷가 나드리목은 파도에 실려 오는 시원한 바람이 더위를 식혀주었다. 오토바이가 일으키는 머리카락 흩날리는 바람과는 또 다른 질량을 안겨주었다.

"어따, 살 것 같으다."

사현은 시원한 나무 그늘 아래 앉아 허옇게 부서지는 파도말을 내려다보았다. 바다는 언제 보아도 살아 숨 쉬는 영혼이었다. 천년의 바다. 인간도 저렇듯 살아 숨 쉴 수는 없을까? 어머니는 살풀이 가락으로 바다는 고해라고 하였는데, 그것은 인간의 마음을 빗대어 하는 말일 것이다. 하늘을 품 안은 늘푸른 바다 빛깔 속에 구름 한 점 떠 있듯이 고뇌라는 놈이 사람의 가슴에 자리 잡고 있음이라. 파도치는 그 자체가 무한한 생명력으로 뒤채는데 무슨 갈등과 고뇌가 있겠는가.

불현듯 수련을 만나 사랑을 얻어냈던 추억이 물큰 파도에 실려 왔다. 그때 그 해조음. 목울음으로 잠기던 밤바다. 수련은 바다를 닮은 여인이었다. 그 가슴을 안고 물장구를 치고, 저 멀리 수평선 너머로 헤엄쳐 나가 미지의 세계를 발견하고도 싶었다.

"어야, 자네 당골래 아들 아니여?"

허리 구부정한 노인네가 흐느적거리며 밀물에 쫓기듯 개펄에서 나오다 말고 눈썰미 있게 사현을 알아보았다. 사현은 어릿한 눈길로 한참 바라보다가 머리를 주억거렸다. 낙지를 잡아 생계를 이어온 강골 할머니였다. 젊어서부터 갯벌을 뒤집어쓰고 살아

온 억척스러운 할머니였다. 자식들이 그만 바다에 나가지 말라고 하여도 몸에 배인 습성을 버리지 못하였다. 내가 이적지 갯벌을 뒤집어쓰고 살았기에 느그들이 공부하여 도시에 나가 등 따습게 살지 않느냐. 강골 할머니는 허리를 콩콩 두드리며 설핏 지는 해처럼 안겨드는 세월의 무상함을 잘근 깨물곤 하였다.

"오늘도 바다에 나오셨는개비요. 대단하십니다. 뭐 좀 잡았는가요?"

"바다도 점점 메말라가는구만. 뻘덕게 몇 마리와 낙지 대여섯 마리여."

"그거라도 어딥니까. 노는 것보다 낫지요."

"찜통더위에 방구석에 늘어져 있으면 삭신이 더욱 아프고 해서 바다에 나왔든마는 오늘은 일진이 사나웠네."

"왜요. 무슨 일이 있었어요?"

"장화를 신고 나서면 발은 발대로 장화는 장화대로 헛돌아 맨발로 나갔더니만 그놈의 꿀쩍이 된통 회를 쳐놨네."

"조심하시지. 많이 다쳤는가요?"

"뻘 속에 지뢰처럼 숨어 있는 꿀쩍바위를 조심한다 해도 어디 그런가. 아무래도 걷기가 불편하네. 자네가 오토바이로 데려다줘야겠네. 용왕님이 도왔는지 자네가 마침 눈에 들어와 천만다행이네."

"그럼, 타십시오. 모셔다 드릴게요."

사현은 강골 할머니를 오토바이 뒤에 태웠다. 아닌 게 아니라 발바닥이 엉망으로 상처를 입었다.

"아따, 가래 끓는 소리를 해도 제법 빠르네. 오늘 같은 날은 나도 오토바이라도 한 대 있으면 다리품을 팔지 않고 편리하게 왔다 갔다 하겠는디."

"아드님더러 한 대 사서 보내라고 하시오."

"갯벌 출입하겠다고 오토바이 타령을 해보게. 난리가 날 걸세."

"시골에 살면서 연세가 많으실수록 이런 게 필요하지 않겠어요?"

"그려. 너나없이 다리가 부실하니께 논두렁 밭두렁 마실을 가더라도 편리하고 좋을 거여."

그렇다! 사현은 강골 할머니를 모셔다 드리고 나서 무릎을 쳤다. 부득부득 낙지 두어 마리를 답례로 안겨주는 온정을 내치지 못하고 돌아서는 길로 만화루에서 낙지를 탕탕 쪼아 만화루 사장과 술안주를 하면서 결론을 내렸다. 오토바이대리점을 하자고. 그리고 그 결심이 식기 전에 점포를 물색하고 계약을 성사시켰다.

"오토바이대리점이요? 날벼락 같은 소리를 하네요. 시골구석에서 그게 될 성싶으요?"

수련은 점포계약서를 내보이는 사현을 멀뚱히 바라보며 어안이 없어 하였다. 너무 앞지른 듯싶었다. 농사짓는 사람들에게는 사치품에 지나지 않다는 인식이 지배적이지 않는가.

"걱정 붙들어 매소. 세상의 인식을 한꺼번에 바꾸어놓을 텐께."

"금메요. 나는 통 확신이 서지 않네요."

"어쨌거나, 주사위를 던졌응께 그리 아소."

사현은 아내의 염려를 뒷전으로 밀어냈다. 점포를 수리하고 개장을 서둘렀다. 식육점을 하였던 자리였는지라 지저분하고 더께더께 기름기가 묻어나 이래저래 손볼 데가 많았다.

"깨끗이 단장해 놓고 본께로 훤하다야. 인자 간판만 내걸면 되겠다."

"나도 간판 땜새 머리 싸매고 있다."

사현은 갈문의 말에 그렇잖아도 여러 간판 이름을 떠들렸으나, 썩 마음에 와닿는 게 없었다. 가만 우리 엄니 혼백을 새겨 넣으면 어떨까? 단골 오토바이대리점. 그게 좋겠어. 어머니에 대한 이미지도 내포되어 있어 정해놓고 보니 그럴듯해 보였다. 간판을 내건 사현은 본격적으로 영업을 시작하였다. 시골인지라 값비싼 것은 주문제로 하였다.

"상호가 촌스러운 것 같으면서도 정감이 가는구만."

"우리 엄니 혼백이 깃들어 있어야."

"오 참, 그렇구나이. 단골, 당골래, 니가 제법 효성을 드러냈구나."

갈문은 흐흐흐, 웃어넘겼다. 개업 날 축하 화분을 들고 찾아온 손님들은 우려와 기대 반으로 의견이 갈라졌다. 개업술이 들어가자 불콰한 얼굴로 앞으로의 전망을 예단하였다.

"촌구석에서 몇 사람이나 사 갈지……."

"이 사람아, 시골이라고 무시하는 건가? 농로가 훤히 뚫린 마당에 언제 행똥거리며 논밭을 돌아볼 것이여. 우리도 한껏 문명의 이기를 누리고 살아야제. 보소마는 머지않아 볏가마니 실어

나르는 소형트럭 아니면 트랙터까지 등장할지 누가 아는가. 시대가 그렇게 앞서가네."

"하지만 신바람 내고 거리를 누비는 젊은이들과는 본질적으로 다르단 말시. 그만큼 위험하기도 하고."

"고리타분한 염려랑 집어치우게. 나라도 당장 한 대 구입해야 겠네. 이 나이에 살면 얼마를 산다고 다리 아프게 살 것인가. 쌈박하게 누릴 건 누리고 살아야제."

"옳거니. 어이, 문사장. 월부나 외상도 되는겨?"

"월부뿐이겠습니까. 다들 통장 안고 사는데요. 오밤중에 오토바이 타고 도망갈 건 아니잖아요."

사현은 신바람이 났다. 무엇보다 군대 가기 전에는 개망나니 취급을 하던 인심이 금방 문 사장으로 호칭이 바뀌었다. 판매량도 차츰 인식이 달라지면서 처음 염려하였던 불안감을 불식시켰다. 가장 미더운 것은 개업하기 전부터 회의적인 눈으로 바라보던 사람들이 하나둘 구매를 하였다.

"제법 쏠쏠한 재미가 나는구랴."

"자네들 덕분 아니겠는가. 외상도 더러 나간다만 떼어먹기야 하겠는가."

"물건값 못 받으면 오토바이를 회수하면 될 것 아닌가. 중고값은 지니고 있으니께. 그건 그렇고, 어쩌? 오토바이 고장수리센터를 차렸으면 하는디, 자네가 밀어주어. 나도 빈둥거리다 보니 부모님 눈치가 보여서 말이여."

"자네가 그런다면 쌍수 들고 환영하제. 아직은 고장 났다는 소리는 없지만 마냥 신제품으로 굴러다닐 수는 없지 않겠는가."

사현은 갈문의 의견을 받아들였다. 욕심 같아서는 고장수리도 전문으로 겸업하고 싶었지만 친구의 의리를 저버릴 수 없었다.

"고맙네. 대처에 나가 기술을 좀 배워와야겠네."

"그렇지. 힘에 버거운 것은 읍내 큰 곳에다 의뢰하면 될 것이고."

사현은 오로지 판매에 전념하였다. 가끔 머리가 지근거리면 아무 오토바이나 타고 횡하니 들판을 가로질러 바닷가를 질주하였다. 오토바이 성능도 점검할 겸.

사업상 술자리도 여러 갈래로 많았다. 시골이다 보니 전부가 낯이 익은 터라 애경사는 말할 것도 없고, 싫은 자리도 딱 거절하고 돌아서기가 무엇하였다. 그 가운데 가장 들척지근한 자리는 정치 이야기로 시종일관하는 무리들이었다. 순박한 노인네들도 어쩌다 그 물에 휩쓸려들면 자신을 자제할 줄 몰랐다. 그걸 보면 정치는 이상한 마력을 지니고 있었다. 그런가 하면 어떤 부류들은 지난 시절 추억담을 몇 번이고 되감으며 분위기를 띄웠다. 농촌의 현재와 미래를 분석하고 내다보는 건전하고 실다운 이야기는 가뭄에 콩 나듯 하였다.

"당신, 사장이 됐다고 술자리가 너무 잦은 게 아니오?"

수련은 밤늦게 들어오는 사현의 취기 어린 모습을 볼 때마다 걱정이 앞섰다. 불뚝한 그 성질에 비윗장이라도 뒤틀리는 소리를 듣기라고 할라치면 가만있지 않을 터였다.

"그렇긴 하네. 나도 어쩔 때는 술자리가 싫네만 어쩌겠는가. 자네가 바다 같은 마음으로 이해하소."

"내가 염려스러운 것은 당신의 성질머리요. 술자리에서 앞뒤 가리지 않고 내부실까 봐 마음이 놓이지 않으요."

"사장님 소리를 듣는 마당에 주먹을 앞세울 수 있겠는가. 품위를 지켜야제. 그리고 저들도 내 성질을 알기에 비윗장 뒤틀리는 소리는 하지 않네."

"어쨌거나, 어무니 이름에 먹칠은 하지 마시오."

"알겠네. 영험하신 당골래의 혼백을 대리점 간판으로 새겨 넣었는디, 함부로 경거망동이야 하겠는가."

"그 말에도 모심이 박혀 있는디요?"

"아따, 뭘 그리 곱씹어 따져쌌는가. 오늘밤은 정열적으로다 쌈박하게 잠자리에 들세나."

사현은 잔소리를 부시는 아내가 사랑스럽기만 하였다. 농사일이 수월찮은데 혼자 알아서 부지런히 갈무리하였다. 놉을 델 때대라도 매사가 여일하였다. 술자리가 잦다고 생쿵하게 눈 흘김을 주어도 탈 없이 성공적으로 오토바이대리점을 이끌어나가는 남편을 흔감해하였다.

"이불 속에서 당신의 술 냄새를 안 맡았으면 얼마나 좋을지……."

"그래도 등 돌리지 않고 받아주는 이불 속 사랑이 갈수록 뜨겁는디."

"그것이사 당신이 보채쌌게 그러는 것 아니요. 술은 마시고 다녀도 다방 지집년들 홀림목에 빠지지 않아 곱다시 받아주지요."

"당신은 내 첫사랑이나 다름없는디 어이 부정 탄 소리를 하

156

는가?"

"첫사랑이면 첫사랑이제 다름없다니요?"

"아따, 시시콜콜하게 잡도리하기는. 이렇게 사랑을 나눌 때면 처음으로 초야를 치를 때가 가슴에 와닿는단 말이여."

"부끄럽게시리 뱀 허물 벗기댓기 한 그 일을 떠올리다니요. 에구머니나, 당신은 갈수록 홍두깨요."

수련은 그때만 생각하면 부끄러움으로 가득 차며 자신도 모르게 사현의 가슴을 파고들었다. 사현은 뱀장어처럼 안겨드는 수련을 넉심 좋게 받아 안으며 질펀하게 사랑을 나누었다. 시계의 초침이 멈춰버린 무아의 경지. 이제는 잘 길들여진 백마를 타고 천리를 달리는 기분이었다. 한 차례 거센 풍랑이 잔잔한 소용돌이로 잦아지고 뒤이어 아늑한 이명 속으로 가라앉는 잔여울…….

"헌디 말이여. 나더러 라이온스클럽 회장을 하라는디 어째 좀 그렇네."

"아직은 이르요. 그런 곳에 명함을 내밀지 않아도 얼마든지 사회봉사를 할 수 있어요. 되도록 빛 좋은 개살구 같은 허명은 삼가시요."

"그래도 사업상 얀정머리 없이 거절하기도 그렇고……."

"그런 자리는 사회적으로 신망이 있는 사람이 앉아야지요. 사업도 이제 시작이나 다름없는디 무슨 감투부터 챙길라 하시오. 세월이 가면 자연스레 얼마든지 그런 감투는 뒤집어쓸 것이오."

"여러모로 사업에 보탬이 될 거라고 하네만, 어디까지나 자네 말을 받들어 귀담아 듣겠네."

사현은 아내의 만류가 아니더라도 어떤 단체, 어느 모임 따위는 되도록 거리를 두었다. 그것은 모름지기 어렸을 때 따돌림을 당한 열등감이 잠재적으로 작용하는지도 몰랐다. 오토바이대리점 간판을 내걸고부터는 각개전투식으로 손님을 맞았고, 판매를 하였다. 어디까지나 소비자가 필요에 의한 거래였다. 그게 뒤끝이 깨끗하였다. 괜히 연줄연줄로 판매량을 늘리다 보면 그에 대한 인사성 교분이 마음을 번거롭게 하지 싶었다. 어떤 사람은 월부로 사 가기도 하였고, 비윗살 좋고 배짱 좋은 사람은 외상으로 들여놓기도 하였다. 사현은 타박하지 않았다. 야박하게 거절하지도 않았다. 시골살림을 짊어지고 야반도주하지 않는 한, 가을 추수철이나 특수작물 판매량이 가슴에 들어차면 신바람 나게 오토바이를 타고 와서 파릇한 배추이파리를 내놓을 것이다. 월부로 사가는 사람들은 도시에 사는 자식들이 꼬박꼬박 매달 갚아나갔다.

라이온스클럽 회장이라든가, 시시콜콜한 단체장은 다음 기회로 미루었다. 개중에는 당골래 아들이 무슨녀러 회장 감투냐고 흰소리를 하는 사람도 있었다. 사현은 거기에 대해서도 일언반구 반응을 보이지 않았다. 옛날 같음사 한달음에 내달아 한주먹에 내부셨을 것이다.

그런데 한 가지 난감한 것은 탈탈거리는 오토바이를 끌고 와 고장수리를 부탁하는 것이었다. 망가진 부속품을 갈아달라, 어디가 고장 났는지 모르겠다, 볼멘소리를 하였다.

"갈문이 좀 찾아봐라. 이 친구가 도시로 나가 기술을 배워온 지

제법 되었는디 어째서 코빼기도 보이지 않는다냐."

사현은 갈문을 찾았다. 갈문은 사현이 애가 타든지 말든지 뒤뚱한 모습으로 한참 만에 나타났다.

"나를 찾은겨?"

"말이라고 하냐. 우선 이 오토바이부터 어떻게 고쳐봐라."

"이것은 브레이크 고장이고, 요놈은 엔진에 무리가 갔구만."

"그렇게 잘 알면서 무슨 일로 코빼기도 안 비쳤냐? 빨리빨리 고장수리센터 간판을 내걸지 않고."

"누가 그러고 싶어 그러겠냐. 요는 돈 땜새 고민을 한 거다. 아부지가 논밭 잡히고는 자금을 대줄 수 없다는 거여."

"내가 점포 얻을 자금을 빌려주랴?"

"그것보다 너와 내가 합자로 하는 게 어떻겠냐. 궁리 끝에 얻은 결론이다만, 이윤분배는 육대 사, 아니면 칠대 삼으로 하고 말이다."

"내가 어느 쪽이냐?"

"니는 점포를 세내고 나는 가술자인께 당연히 내 쪽이 우선권이 있지야. 어쩌? 육대 사로 할까?"

"친구 의리가 있는디 야박하게 굴어서야 되겠냐. 그냥 점포세를 빌려줄 텐께 쉬엄쉬엄 형편 닿는 대로 갚거라. 친구 하나 구제하는 셈 치지, 뭐."

"이제야 살맛난다. 이렇게 쉬운 걸 그동안 니가 어떻게 나올지 몰라 혼자 온갖 궁상을 떨었다. 오토바이 고장수리센터 사장. 오갈문. 햐, 나도 사장님 소리를 듣게 됐다야. 한번 멋지게 해보자."

"그거야, 니 맘 묵기에 달렸제. 살살 애기 다루듯 오토바이를 타고 다니면 좋으련만 논이고 밭이고 조심성 없이 몰고 다니는 까닭에 고장이 날 수밖에. 애먼 내 탓만 한다."

"인자, 그런 근심걱정은 붙들어 매드라고. 고장이 날수록 내 수입이 짭짤하지 않겠어?"

"그래도 고장이 날 때 나더라도 제대로 타야 할 게 아니여."

"기계란 시간이 지나면 망가지기 마련이다. 어쨌거나, 의욕적으로 한번 해보자. 그리고 저녁참에 축하주라도 한잔하자고. 저기 길 건너 동동주집이 새로 간판을 내걸었잖어. 야리야리한 생김새와는 달리 돼지수육이 걸판지고 한잔 술이 들어가면 제법 육자배기가 나오더구만."

"그런 소문이 돌더라만 난 동동주 체질이 아니어서 가보지 못했다."

"너야, 화끈한 소주파지만 계절 따라 손수 빚은 동동주도 잇속에 안기거든. 너도 한잔 들어가면 생각이 달라질 거여. 이 바닥에서 술장사 하자면 너를 몰라봐서야 되겠냐. 오늘은 내가 쏠 테니께 군말 없이 가자고. 사람이 살려면 몇백 년이나 살끄나……."

갈문은 그저 신이 났다. 그날로 오토바이 고장수리센터 간판을 내걸고 기름때를 묻혔다. 오토바이 고장수리라야 별것 아니었다. 부속품을 갈아 끼워주고, 쉽게 구할 수 없는 부품은 본사나 대처의 큰 부속품상에 주문하면 될 것이었다. 다들 아는 얼굴에 바가지를 씌울 수는 없는 노릇이었고, 양심껏 수리해주어도 수고비는 나올 것이었다.

사현도 한숨 돌리기는 마찬가지였다. 고장수리 같은 너저분한 뒷감당을 신경 쓰지 않아도 되었다. 기술자를 따로 불러 고쳐주자니 출장비야, 뭐야 골치깨나 아팠다. 쬐그만 부품 하나 갈아끼우는디 뭔녀러 수리비가 그렇게 많은 거여? 된통맞은 소리를 들을라치면 기분이 젬병이었다.

"어이, 인자 슬슬 술시가 된 성싶은디."

갈문은 손에 묻은 기름때를 씻으며 시간을 일깨웠다.

"쫌만 기다리라고. 아무래도 경리를 한 사람 두어야 하는디, 아직은 그럴 형편도 아니고, 월말만 되면 흰머리가 나올려고 하는구만."

"마나님더러 도와달라고 하면 될 게 아니여."

"농사일이야, 아들놈들 뒷감당이야, 가정 돌보기도 힘겹다고 야단이다."

두 사람은 한가한 마음으로 동동주집을 찾아들었다. 벌써 낯익은 얼굴들이 앉아 있었다. 반한량들이 이른 시각부터 진을 치고 앉아 있는 걸 보니 갈문이 말마따나 보통내기가 아닌 듯싶었다.

"산노을이라? 술집 상호 한번 속 깊은 뜻이 배어난다."

"너도 그렇게 생각하냐? 석양노을 산 빛에 고이 익은 여인의 모습이 저절로 연상되지 않냐?"

"산노을 주모를 은근히 마음에 두는 것 아니여? 그 덕분에 늙은 총각 딱지를 뗐으면 좋겠다만."

"아직까지 인연을 못 만났는디 무얼 바라고 넘보겠냐."

갈문의 말이 끝나기도 전에 주모가 사뿐히 걸어와 주문을 받왔다. 벌써 귓불이 발그레 익었다.

"문 사장님이시라지요? 간판 내건 지가 얼마인데 너무 섭섭했어요."

"뭐가?"

사현은 다짜고짜 시비조의 말에 빤히 쳐다보았다. 가만있자, 주모의 눈빛이 기억 저 너머의 반딧불처럼 어딘지 모르게 아슴하게 익었다.

"개업술도 마시러 오지 않고, 오가며 지나치면서도 소 닭 보듯 무심하기 짝이 없더군요."

"이 친구는 소주파라서 그래요. 오늘은 내가 억지로 끌고 왔어요."

"그래도 그렇지요. 당골래 아들이 설마 산내물 오일장 돼지국밥집을 모르지는 않겠지요?"

"그러고 본께 그 눈빛을 알겠네!"

사현은 반신반의 아슴한 기억 저 너머 치막한 안개 속을 떠들렸다.

"나는 당골래 아들이라고 해서 대번에 알아보았는데, 새벽안개 같은 눈으로 기억을 더듬다니요. 어린 시절, 엄씨께서 산천기도를 드릴 때 비쩍 마른 모습으로 오일장 날이면 엄씨 치마말기를 붙잡고 따라와 우리 집에서 돼지국밥을 게 눈 감추듯 먹었잖아요."

"맞네. 그때 나를 새까만 눈으로 바라보던 꼬맹이! 허어, 코흘리개 시절 그 추억이 눈물겹게 다가오네."

162

사현은 시큰한 감회에 젖었다. 다 잊고 지냈는데, 이런 곳에서 뜬금없이 눈물겨웠던 어린 시절을 일깨워줄 줄이야. 물큰 반가움이 북받쳤다.

"꿈속에서나 있을 법한 만남이네이."

갈문은 실감이 나지 않는다는 듯 영문을 몰라 하였다.

"울컥 비릿한 감회가 솟구치네. 우리 엄니 돌아가셨을 적에 혼백을 모시고 바위동굴을 찾았다가 내려오는 길에 오일장터목 돼지국밥집을 찾았더니 오일장도 예전 같지 않고 돼지국밥 간판도 보이지 않더구만. 어떻게 이곳까지 온 거여?"

"팔자가 기구한가 봐요. 알다시피 오일장터목에서 돼지국밥집을 할망정 어무니 손에서 곱게 자랐는데, 이쁘장하게 커갈수록 돼지국밥집 딸년이라는 소리가 귀에 거슬리고 자존심이 상하지 뭐예요. 거울을 볼 때마다 억울하다는 생각도 들었고요. 이성에 눈을 떴을 때 분별없이 반기를 들었지요."

"자네하고 비슷한 성질머리였네."

갈문이 입꼬리에 웃음을 매달며 술잔을 건넸다.

"나보다 곡절이 더 많은 성싶은디."

"사춘기를 막 넘어섰을 때 남자를 만났어요. 어찌하다 보니 사랑하게 되었고, 집을 뛰쳐나와 동거생활을 하였어요. 그런데 알고 보니 알량한 우리 집 재산을 마음에 두었더라고요. 여자가 사랑하는 사람에게 지순한 사랑을 바쳤는데도 다른 곳에 마음이 있다는 것을 알았을 때, 그 황당함과 배신감과 분노를 아세요?"

"사랑을 너무 일찍 알았구만. 혹시 그때 말이시. 이 친구를 가슴에 담고 있었던 게 아니여?"

"오 사장님 상상은 어디까지나 자유니께요. 그렇게 헤어지고 나서 무작정 방황하였어요. 다시는 사랑 따위는 가슴에 담지 않겠다고 입술을 깨물고서 세상을 떠돌았어요. 어무니는 병마로 돌아가시고요. 그러다 우연찮게 오일장을 떠도는 각설이로부터 무심결로 어느 당골래가 드물게 선객(禪客)처럼 가부좌 틀고 천화하였다는 이야기를 들었지요. 문득 어린 시절 보았던 문 사장님 엄씨가 생각나지 않겠어요. 긴가민가하고 찾아와 봤더니만 사실이더군요. 아릿한 마음으로 돌아서는데 마침 빈 점포가 눈에 들어와 이곳으로 자리를 옮기기로 했어요. 문 사장님 눈빛을 보니 아직도 가슴 깊은 자리에 꼬맹이 시절의 내 눈망울이 자리한 성싶으네요."

"어린 날의 추억은 평생 가기 마련이제. 하여지간 자네를 만날라고 족신통이 이곳으로 온 것 같네."

갈문이 주모에게 술잔을 안기며 추임새를 놓았다.

"농담도 감칠맛 나게 하시네요. 영험하신 당골래께서 손짓해 불렀는지도 모르겠어요."

산노을은 갈문의 시덥잖은 추임새에 또르르 눈 흘기듯 갈문에게 술잔을 건넸다.

"허헛, 술맛 한번 죽여주네."

갈문은 허걸차게 웃으며 술잔을 들이켰다. 두 사람의 만남이 아무리 곱씹어도 우연만은 아닌 성싶었다. 당골래 소식을 바람결로 들었다 한들 그 인연으로 동동주집 간판을 내걸다니…….

사현은 적잖은 감회가 파도말로 뒤채였다. 수련과 부부의 인연으로 맺어진 것도 산노을의 꼬맹이 시절 새까만 눈망울이 불현듯 수련의 눈빛 속에 어리었기 때문이었다. 그걸 무엇이라고 정의해야 하나? 말로는 설명할 수 없는 참으로 얄궂은 운명의 고리였다.

"문 사장님께서도 당골래 아들이라고 서러움을 많이 받았지요?"

"그 땜새 한때는 울분을 삭이지 못했다고. 지금도 알게 모르게 그 같은 열등의식이 얼음장 밑의 실개천처럼 흐르고. 안 그런가?"

"오 사장님의 말씀에 이해가 가네요. 세상이 평등하다지만 그래서 한 서린 사람들은 고향을 떠나 살지요. 도시라는 울안이 가장 좋은 피안처 아니겠어요? 문 사장님은 고집스레 고향에 눌러 사는 게 의외지만."

"나도 한때는 고향을 벗어나고 싶었어요. 그런데 우리 엄니의 죽음을 당하여 그 같은 허접한 생각을 접었제. 고향에서 당당하게 살자, 그런 오기 비슷한 신념이 자리한 거여."

"그러자면 뿌리가 튼실해야지요. 비루먹은 망아지처럼 살게 되면 그보다 더한 천덕꾸러기가 없으니께요."

"옳은 말이여. 고향에 누질러 살수록 가진 게 있어야 한다고."

갈문은 이번 오토바이 고장수리센터 간판을 내걸면서 무엇보다 돈의 위력을 절실히 실감하였다. 돈 없으면 친척들도 무시하는 세상이었다.

"나는 아직도 풀리지 않는 의문을 가슴에 담고 있네. 하나는 자네 말처럼 돈의 위력이여. 왕후장상도 돈 가지고 벼슬을 주고 팔았잖았는가."

"매관매직이제."

"가까이는 동학농민혁명봉기가 그걸 말해주지 않았는가."

"역사를 제법 꿰뚫고 있소이."

산노을은 따북하게 술잔을 쳐올렸다. 태깔이 더욱 고왔다.

"저, 친구 할아부지가 동학농민혁명에 참여하였고, 일제 때는 의병으로 활약하고, 항일농민운동도 하셨어요. 알고 보면 충절의 후손이제."

"충절은 무슨. 해방되고 나서 좌익으로 뭇가름하고 한반도 허리가 잘리고부터는 감시의 눈초리 속에 한세상 살았는디."

"억울하게 불이익을 당한 그런 집안이 얼마나 많아요. 또 한 가지는 무엇인가요?"

"그것은 뭐시냐. 크고 넓게 말해서 흑백의 개념이여. 흑인에 대한 백인의 우월감, 흑인에 대한 비하, 이런 것들이 지배개념에서 비롯된 것 아닌가. 이게 좁은 공간에서도 알게 모르게 잠재적으로 지배한다는 것이네. 더구나 지역 간의 갈등은 순전히 정치패거리들이 조성한 것 아닌가."

"그런 입바른 소리 어디 가서 함부로 하지 말어. 아직도 민주화가 요원한 암울한 시절이 아닌가. 쪼끔 있으면 선거철이 돌아오고."

"나는 누가 뭐라 해도 할 말은 하고 살 것이여."

사현은 의외로 동동주를 마실수록 감칠맛이 났다. 산노을과의 뜻밖의 해후에서인가? 성격상 단칼에 무 베듯 쭈욱 들이켜는 소주가 제일이었는데 그게 아니었다. 동동주를 마시면 뒷골이 친다, 요상한 비빔밥식으로 첨가물을 넣는다는 항간의 떠도는 말들이 가슴을 비질한 탓인지는 몰라도 구미가 당기지 않았었다.

그날 이후로 사현은 퇴근길에 갈문과 산노을을 찾았다. 은근히 차오르는 취기처럼 가락지어 나오는 정담은 소담스러웠다. 그러자 소문이 이상하게 나돌기 시작하였다. 그 옛날 눈을 맞춘 첫사랑이다, 어디 눈만 마주쳤겠느냐, 여기까지 찾아와 동동주집 간판을 내걸었을 때는 무언가 깊은 사연이 있을 것이라는 등 알싸한 술안주로 오르내렸다. 좁은 바닥이라 문쥐처럼 꼬리에 꼬리를 물고 말들이 오갔다.

"산노을만 찾을 게 아니라 다른 술집도 가주자. 갑자기 산노을만 찾고 다른 술집들은 발길을 끊다시피 하니께 요상한 소문만 무성하다."

"개들이 짖으면 얼마나 짖을라디야."

사현은 전혀 괘념치 않았다. 산노을과 마음 주고 몸담지 않는 이상 거리낄 게 없었다.

"암만해도 문 사장, 산노을과 그렇고 그런 사이 아니여?"

"본인들은 펄쩍 뛰던디. 그리고 불륜관계라면 은밀히 하는 법이제 저렇게 드러내놓고 할라든가. 갈문이도 천부당만부당한 소리라고 하고."

"그거야 모르제. 산노을이 매초롬한 태깔로 갑자기 나타난 것도 요상하지 않는가. 듣자니 가슴에 맺힌 첫사랑이라고도 하고……."

여자들은 미용실에 모여 앉으면 두 사람을 찰지게 껌을 씹어 대듯 하였다. 술집에서도 마찬가지였다. 늙으나 젊으나 비리척한 입심으로 두 사람을 술안주로 씹어 삼켰다. 드디어 그 소문은 수련의 귀에 들어갔다.

"당신, 요새 황홀한 소문이 들립디다."

"산노을을 두고 하는 말인가?"

"산노을인지, 산노루인지 모르지만 품행이 방정하지 못하면 사회의 지탄을 받는 법이에요. 여자 때문에 망신살이 들면 사업도 망가진다는 사례를 알고도 남을 것이고요."

"자네가 모처럼 눈꼬리를 치켜뜨는구랴. 하긴, 돌부처도 시앗을 보면 돌아앉는다고 하던가."

"더듬수 놓지 말고 솔직하게 바른대로 이실직고해요. 나는 간도 쓸개도 없는 줄 알아요?"

"질투심 없는 여자는 여자가 아니제. 헌디, 그 점에 대해서는 안심하게나. 갈문이가 잘 알 것이네만 나는 오직 당신뿐이네. 일편단심이여."

"아주 유행가 가락으로 읊으시네요. 옛날 첫사랑이라고 하던디."

"무슨 케케묵은 소리인가? 자네한테 바른대로 말하겠네. 어린 시절 어무니가 신이 들려 바위동굴에서 산천기도를 드릴 때 어쩌다 어무니 치마말기를 붙잡고 이십여 리 오일장을 갈 때면 돼지국밥집을 들어섰지. 그때마다 눈망울 새까만 꼬맹이 여자애가 말없이 반겨하였네."

"볼 것 없이 첫사랑이네요."

"첫사랑이랄 것도 없고, 참으로 요상하게도 그 새까만 눈망울이 열차간에서 자네를 처음 보았을 때, 차창에 어리는 자네의 눈빛 속에 반사되더란 말시."

"언젠가 당신이 입에 발랐던 말이 떠오르네요. 그럼, 내가 그녀의 화신이었단 말이요?"

"바꾸어 생각하면 안 되겠는가? 자네야말로 전생의 인연으로 다가왔응께. 자네도 알다시피 내 성질 알지 않는가."

"그 성질을 몰라서 그러는 것은 아니요만, 남녀의 정이란 가까이 다가서면 묻어나는 법이요. 옛말에 먹물 가까이는 가지 말라고 하지 않던가요. 오 사장도 한통속으로 추임새를 놓을 것이고……."

"그 말 귀담아 새기겠네. 더 이상은 신경 쓰지 말게나."

"아무튼, 어무니 혼백을 생각해서라도 조신하게 행동하시오. 이후로 더한 소문이 내 귀에 들어오면 가만 놔두지 않을 것이오."

"엇따, 무서워라."

사현은 속으로 혀를 낼름 하며 수련을 으스러지게 껴안았다.

사업은 그런대로 순항이었다. 경쟁이 있는 것도 아니었고, 애달복달 설레발을 치며 판촉을 하지 않아도 필요한 사람은 사 가기 마련이었다. 더구나 갈문이 뜯들이지 않고 고장수리를 해주어 언제나 손님들로 북적거렸다.

"이 정도 가지고 무슨 수리비를 받겠어요. 그 대신 오토바이 외상대금이나 문 사장에게 똑 부러지게 갚으시게요."

"그거야 가을 수매가 끝나면 갚을 것이네. 이렇게 편리하게 타고 다니는디 외상대금을 머무적거리겠는가."

"모두가 아제 마음 같으면야 얼마나 좋겠소."

갈문은 부르릉 소리를 내며 멀어져 가는 노인네의 뒷모습을 바라보며 해를 가늠하였다. 술시가 된 성싶었다.

"그렇게 서비스 개념을 남발하면 어쩔 것이여? 손 큰 며느리 인심 후하게 쌀 되박 내다 보면 곳간이 빈다고 하였네."

"염려 놓게나. 그보다 머지않아 소형트럭이 오토바이를 대신하겠는디 그에 대한 대책은 세워놓았는가?"

"그게 심각한 문제네만 소형트럭 판매는 아무래도 어려움이 많을 것 같아. 인근 도시대리점에서 손쉽게 장악하지 싶네. 시대의 흐름을 막을 수는 없고 상황을 보아가면서 대책을 세워야겠제."

사현은 갈문의 염려가 아니더라도 갈수록 빠르게 변해가는 세태의 흐름을 방관할 수만은 없었다. 위기가 닥치면 슬기롭게 변신을 꾀하고 변화를 모색해야 한다. 그렇다고 당장 뾰족한 수가 있는 것도 아니었다. 자가용을 타는 시대라고 해서 자전거가 소용에 닿지 않겠는가. 사현은 그렇게 마음을 다지며 더욱 판매에 열을 올렸다. 오토바이도 거듭거듭 변신을 꾀하며 고급화되고, 한껏 쾌적한 속도감을 주었다.

그런 가운데 세월은 성큼성큼 흘러갔다. 경리 직원도 한 사람 채용하여 남들이 보기에도 잘나가는 편이었다.

"자네가 오토바이대리점을 시작할 때만 해도 모두가 반신반의하였는디 선견지명이 있었어. 이런 시골에서 빠른 기간 제대로 자리를 굳건히 한 사람은 자네밖에 없지 싶으네."

"뭘요. 큰길 네거리와 고갯마루에 자리 잡은 주유소도 저를 능가하지요. 어디 그뿐입니까. 건너 채석장을 하는 친구도 한소리 하고요."

"말이 나와서 하는 말이네만, 산을 훼손시키는 채석장은 마을 사람들의 원성이 만만치가 않고, 무슨 이권다툼으로 송사에 휘말려 별 볼일 없다고 하더구만. 내가 보기에도 산을 깎아낸 자국이 흉측혀. 산신이 노할 것이여. 주유소도 그렇제. 서로 아는 낯에 지근거리에서 경쟁적으로 하다니. 보면 봐도 한 사람은 크게 타격을 받을 것이여."

갈문에게 오토바이 고장 수리를 맡긴 사람들은 시간을 죽이기 위해 노닥거리며 이 사람 저 사람 잣대를 들이대고 저울질하고 품평을 하였다. 커피 한잔 대접하며 시골 인심의 추이를 나름대로 얻어들을 수 있었다.

"고장 수리를 끝냈으면 곰삭거리지 말고 갈 일이제, 아부성 흰소리는. 오늘 달도 밝을 것이고 산노을과 동동주나 안고 바닷가에 나갈까?"

갈문은 벽시계를 훔쳐보며 마음을 움직이게 하였다. 그러고 보니 산노을을 찾은 지도 며칠 되었다. 수련의 웅짜가 있고 나서 발길을 듬성듬성 내딛었다. 애달애달하는 쪽은 갈문이었다.

"전화 한번 해봐. 시간이 나는지."

"늦게라도 좋다는구만."

"산노을, 자네 가슴을 움직이는 첫사랑 아닐까? 내가 알기로는 자네 연애 한번 변변히 해보지 않았잖았는가."

"싱거운 소리 그만혀. 오늘은 자네가 기분을 잡아줘야겠어."

갈문은 그렇게 말은 하면서도 벌써부터 흥이 난 모양이었다. 어둠이 내리자 산노을을 대동하고 바닷가로 나갔다. 두둥실 떠오른 둥근달은 이제 막 바다에서 건저 올린 달항아리였다.

"바람도 선선하고 파도소리도 전설을 불러와 신선놀이가 따로 없지 싶네. 이럴 때 풍류남아의 기질을 타고 났으면 얼마나 좋겠나."

"우리 마음도 동동주 한잔 술에 이미 하늘의 달님을 품안은 바다와 하나가 되지 않았는가. 무식하면 무식한 대로 감정이 둔하고 얕으면 또 그런 대로 즐기면 되는 것 아닌가. 아, 좋다!"

"그러게요. 저도 모처럼 바닷가에 나와 달구경하니 파도를 타는 기분이네요. 여름바다와는 또 다른 매력이 있어요. 새침한 처녀 마음이에요."

세 사람은 주거니 받거니 밤이 깊어가는 줄도 모르고 술잔을 나누었다. 급기야 갈문은 돼지 멱따는 소리로 가락도 헝클어지고 높낮이도 엉망으로 육자배기 한 대목을 내리뽑고, 산노을도 애수에 젖은 노래를 불렀다.

"문 사장님은 어무니가 즐겨 부르던 무가(巫歌) 한 곡조 읊어보세요."

"난, 당골래 그 자체에 반기를 든 사람이오."

"아니에요. 그럴수록 어무니에 대한 효심이 깃들기 마련이에요. 저도 우리 어무니께서 만들어주신 돼지국밥을 제일 싫어했어

요. 그런데 그게 아니었어요. 문득 어무니 생각이 나면 돼지국밥
을 해 먹어요."

"동동주도 어무니에 대한 향수로 빚고 말이지요?"

"맞는 말이에요."

"자네, 구김살 짓지 말고 한 대목 부시어 버려. 바닷가에 나왔
으니께 수중고혼이 된 넋을 위로하댓기 말이여."

인생이 백 년을 산다 해도 풀숲에 이슬 같고
일 년 삼백육십 일이
수타한 인명이
다 살아도 초조하거늘 죽고 사는 것을 정할소냐……

"되지도 않는 소리여. 그만 술이나 마저 들고 모래밭이나 사분
하게 거니세."

사현은 토심스러운 목소리로 중동무이하고 자리에서 일어났
다. 당골래 아들. 이제는 박제되어 사장되었는데, 어째서 울큰한
감정이 치솟는 걸까? 왕후장상의 씨가 따로 없다고 하였지만 저
가슴 깊이로 흐르는 퇴색하고 빛바랜 해조음……

"이곳만큼 호젓하고 정감어린 곳은 드물 거예요."

산노을은 보조를 맞추며 밤바다에 잠긴 별들을 다독였다. 갈
문은 저만큼 뒤처져 파도말을 발로 차고 있었다.

"여기서 아주 닻을 내리고 정착하실 거지요? 마음에 맞는 사람
과 오붓하게 가정도 이루고……"

"제가 그런 복이 있는가요. 새 출발을 하재도 저 같은 여자를 맞이할 사람도 없을 거구요."

"내려놓는 뒷말이 어쩐지 정반대로 와닿는데요. 눈독 들인 사람이 있다고 들었는데요."

"좁은 바닥에서 무슨 소문인들 입에 오르내리지 않겠어요. 이 나이에 가정을 꾸린다는 것이 두렵기도 하고, 자신이 없어요."

"내가 건실한 사람을 소개해도 되겠소?"

"건듯 바람처럼 들리네요."

"구름 속에 숨어드는 달처럼 받아들이지 마시오. 산노을을 위해서 진심으로 말하는 거요."

"그런 사람이 있을까요?"

"아주 가까이 있지 않소."

"오 사장님 말인가요?"

"사람이 다소 껄렁해 보이지만 알고 보면 진국이오. 부모님께도 효성이 지극하고요. 지난날에는 나맨치러 날건달 비슷하게 지냈지만 마음 다잡고 열심히 살지 않소."

"내 마음이 가지 않아서요. 어느 누구에게도 마음 모두어 정을 주고 싶지 않아요. 가을바람이 비질하듯 들릴지 몰라도."

"그 점은 이해하오만, 아직까지 노총각으로 지내는 외로운 심사를 헤아려주시구려. 서로가 의지가 되지 싶소."

"저는 아니에요. 아직은 손님 이상도 이하도 아니에요."

산노을은 완강하게 걸어 잠근 마음의 빗장을 열려고 하지 않았다. 갈문이뿐만 아니라 세상을 떠돌면서 더러는 넉살 좋은 부류들이 부딪쳐 왔을 때도 끄떡하지 않았다. 첫 단추를 잘못 꿰었는데 무얼 더 바랄 것인가. 세태는 나날이 변하여 잘못 꿴 단추를 곧바로 고쳐 꿰던데 산노을은 그게 허락되지 않았다. 그때마다 망신스러운 년이라고 파르르 떨던 어머니의 모습이 떠오르고 돼지국밥 냄새가 옷깃에 배어들었다.

"정다운 한 쌍처럼 보이는구랴."

갈문이 뒤따라와 나란히 걸으며 실없는 농담을 하였다. 갈문이 이야기를 하였는지라 분위기가 다소 어색하였다. 세 사람은 잠자코 파도말을 발로 차며 걸었다. 모래밭이 끝나는 지점에 이르러 각자 집으로 돌아갔다.

그날 이후로 세 사람은 가끔씩 동동주를 안고 바닷가며 갈대밭을 찾았다. 그러는 사이 한 해가 가고 또 한 해가 흘렀다. 세월은 나이가 들수록 속절없이 간다고 하였던가. 시절은 선거철이었다. 공천을 받기도 전에 벌써부터 선거 분위기가 달아올랐다. 좁은 시골바닥이라 더하였다. 문중 따지고 초등학교, 중학교, 고등학교 동문 찾고, 사돈에 팔촌까지 분류하였다. 먼 일가붙이가 문중을 외면하고 다른 후보를 지지하기라도 할라치면 그날로 적으로 돌려세웠다. 선거 날짜가 다가올수록 분위기는 험악하였다.

"그 자식, 뭣 불거지듯 불거져 나갔다는구만."

"사실이여? 그런 호로망칙한 놈이 있나. 세상에 그럴 수가 있느냐 말이여. 철저히 뒷조사를 하고 감시를 하라고."

"이번에는 저쪽의 물량공세가 만만치 않다고 하던디. 이러다가는 돈판 선거가 되겠어."

"뭐가 그리 걱정이여? 돈은 저쪽에서 받아묵고 표는 이쪽에 찍으면 되는 거제. 옛날이나 지금이나 별 다른 시상이었는가?"

"물량공세 앞에서는 판세를 장담할 수 없을걸."

"암만 그래싸도 양심 있는 정의로운 표는 있기 마련이네."

"솔직허니 말해서 어느 놈을 찍어주면 뭣할 것인가. 기껏 당선시켜주면 언제 보았느냐는 듯이 누구네 집 닭 보댓기 하고, 그 일가붙이들 거드름 피우는 꼴을 한두 번 겪었는가?"

사람들은 모여 앉으면 선거열기에 휩싸여 침을 튀겼다. 진흙탕 싸움이었다. 사현이라고 예외는 아니었다. 하루에도 몇 번씩 찾아오는 선거운동원들로 골머리를 앓았다. 애걸복걸하듯 이쪽 선거운동원이 다녀가면 뒤질세라 저쪽 선거운동원이 찾아와 사뭇 협박 비슷한 자세로 한 표를 내리박으려 하였다. 흑색선전도 갈수록 치열하였다. 돈 몇 푼으로 양심을 팔아먹듯 저쪽으로 넘어갔다느니, 누구는 포대쌈하듯 지조를 잃었다느니, 이쪽저쪽 가리지 않고 융단폭격으로 무차별 난사하였다. 그런가 하면 삼대 조상을 파뒤집으며 날을 세웠다. 이전투구, 체면이고 뭐고 없었다.

"이게 무슨 민의를 대변하는 총선이냐. 초등학교 반장선거만도 못하잖냐. 온갖 부정과 권모술수와 패악질이 판을 치고, 무식한 내가 보기에도 이 나라 장래가 걱정이다."

갈문은 분통을 터뜨리듯 대갈일성으로 성토하였다. 그렇다고 먹장구름이 온통 하늘을 뒤덮었는데 밝은 햇살이 세상을 비칠리는 없었다.

"오늘만의 선거판이냐. 나라가 생긴 이래로 반복되는 행사나 다름없지 않냐. 민주화를 갈망하는 민중의 열망을 총칼로 무자비하게 피바다를 만들어놓고 체육관선거로 국민을 기만하고 우롱하지 않냐. 거수기, 나팔수로 전락한 선거 자체가 엉망진창이다. 거기다 이건 또 뭐냐? 되먹지도 않은 호구조사까지 하지 않냐."

사현도 울화통이 치밀기는 마찬가지였다. 일찍이 태권도 도장을 운영하였을 때도 닭대가리만도 못한 지부장 자리를 놓고 진흙탕물을 튀기는 꼴을 보았는데 그건 새발에 피였다. 그야말로 난장트기였다.

"문 사장, 이번 선거에 누구를 찍을 것인가? 자네 한 표가 절실한 만큼 그에 대한 보상이 주어질 걸세. 오 사장을 비롯하여 자네 단골이 얼마인가. 자, 자, 이건 술값 정도 하시고……."

"드러내놓고 물량공세인가요? 물량공세에 먹히지 않으면 그 반대급부가 작용한다, 그 말인가요?"

"뭔, 소린가. 어디까지나 자네를 찰떡같이 믿어 의심치 않는디."

"허어, 위세도 당당하게 술값 싸 들고 들쑤시고 다니는구랴. 삼백육십오일 흥청망청 선거판이면 좋겠다."

비아냥치는 갈문의 말이 떨어지기도 전에 또 한패거리가 들이닥쳤다. 그러다 보니 매일같이 흥청거렸다. 더럭 짜증이 나고 배알이 뒤틀렸다.

"이런 좆같은 선거는 왜 하는지 모르겠다. 아무리 세상이 썩어 문드러졌기로서니 이건 아니지 않냐."

"언놈을 지지하고 찍어주면 뭘 하나. 투표하기 전까지는 갖은 알랑방귀 뀌듯 하며 상전 모시듯 하다가 당선이 되고 나면 그날부터 언제 보았느냐는 듯 태도가 돌변하여 하인 내려다보듯 하지 않는가 말이여."

"이 나라 민주주의는 어디로 갔는지 모르겠다. 이럴수록 한마음으로 일어나 선거혁명을 이루어야 하는디 민의(民意)가 실종된 지 오랜 이 현실이 마냥 자괴감으로 들어차게 한다. 회의와 무기력감은 말할 것도 없고."

사현은 끝내 분통을 터뜨렸다. 이쪽저쪽 선거운동원들을 아예 상종을 하지 않았다. 양쪽 진영은 사현을 곱지 않은 시선으로 바라보았다. 선거 당일 날도 헛개바람이라도 쏘이자고 아내와 갈문을 비롯하여 산노을, 그리고 몇몇 친구들과 어울려 철쭉꽃을 바라보며 산행길에 올랐다.

당락이 갈리고, 공기가 미묘하게 흘렀다. 당락의 희비교차가 뚜렷하였다. 당선자의 지지자들은 희희낙락 승리감에 도취하였고, 낙선자의 지지자들은 무슨 죄인들 마냥 풀기가 없었다. 명암이 뚜렷한 분위기 속에서 보이지 않는 적대감이 공존하였다. 마주치면 친인척 간인데도 백년원수나 되는 듯 서먹하고 불편한 얼굴로 외면하였다. 개중에는 한잔 술이 들어가면 노골적으로 적의를 드러내는 사람도 있었다. 사현은 그런 분위기 속에서 이쪽저쪽 따가운 시선을 받았다. 당선자 쪽에서는 지가 무슨 민주투사나 된 듯 타락과 부정을 질타하며 떼거리로 기권을 하였다고 적대감을 드러냈으며, 낙선자 쪽에서는 마치 사현이 주동이 되어 낙선의 고배를 마신 것처럼 원망어린 얼굴로 대하였다. 영심기가 불편하였다.

"이거, 살벌해서 쓰겠냐. 비유가 좀 무엇하다만, 육이오전쟁이 끝나고 나서도 좌와 우로 뭇가름하여 반목과 갈등으로 점철된 가슴 아픈 현실이 오늘날까지 이어져 왔다는 것을 실감하겠구랴. 자네도 만에 하나 불이익을 당할까 염려되네. 벤뎅이 속들이라서……"

"저야, 불이익을 당하면 얼마나 당할랍디요."

"그건 알 수 없는 일이네. 육이오전쟁 말이 나왔으니께 말이네만, 의병활동을 한 자네 할아부지도 좌익 쪽으로 뭇가름하여 아직까지 제대로 대접을 받지 못하고, 갈문이 집안을 보게. 즈그 삼촌이 좌익을 했다고 오늘날까지 알게 모르게 불이익을 당하지 않았는가. 갈문이가 장가를 못 가는 이유도 그런 연유가 작용한 거네."

"갈문이 장가야 못 가는 게 아니라 안 가는 것 아닙니까?"

사현은 귀꿈스럽게 케케묵은 역사적 사실까지 들추어내며 비틀어대는 데서 마음이 상하였다. 역사적 진실, 그 잠재적 비극이 아픈 만큼 상처의 골이 깊은 건가. 이번 선거도 가만히 들여다보면 좌우이념대립의 잔재가 냉기류처럼 가름하였다. 그 점을 생각하면 오싹한 한기가 들었다. 쏩쓸함을 베어 물고서 서로의 적대의식이 묻히어지고 잊혀지기를 바랬다.

그런데 뜻밖에도 사현에게 불똥이 튀었다. 전혀 예상하지 못하였던 비수날이 꽂혀든 것이다. 무방비 상태에서 뒤통수를 얻어맞은 꼴이었다.

"너도 소문 들었지야? 이번에 당선된 국회의원 사촌동생이 학교 앞에다가 오토바이대리점을 개장한다는 거여."

"그러게. 무슨 속셈인지 모르겠다."

"몰라서 그러냐? 너를 완전히 물 먹이자는 계산속 아니겠냐. 일종의 괘씸죄에 걸린 거여."

"하여간 기분이 영 젬병이다."

사현은 갈문의 말을 액면 그대로 받아들이지 않았지만 심상한 기류가 흐른다는 것만은 감지할 수 있었다. 소문은 곧바로 현실로 나타났다. 단골오토바이대리점보다 더 크게 전을 펼친 것이다. 더구나 소형트럭도 판매를 한다는 것이었다.

놀라운 사실은 개장 첫날부터 북새통을 이루더니 사람들의 발길이 어느 사이에 그쪽으로 쏠렸다. 사현은 졸지에 파리를 날렸다. 경리까지도 졸음만 오는 사무실에 앉아 있을 수 없다는 듯 시부저기 그만두었다.

"이러다 문 닫는 게 아니여? 이런 개판이 어디 있냐, 그래. 상도덕도, 일말의 양심도 없는 막돼먹은 놈들 아니여."

갈문은 사현이 이상으로 흥분하였다. 세상의 인심이 권력 앞에 이렇게 약하다니.

"너는 피해가 없을 것이다."

"막무가내로 내 점포마저 아작 낼지 누가 아냐. 우리 한번 본때를 보여줄끄나? 옛날 주먹이 운다야."

"그렇다고 해결될 문제냐. 니 말대로 머지않아 소형트럭이 대세를 이룰 것인디 차라리 잘되었는지도 모르겠다. 저쪽에서는 그 점을 이미 계산에 넣었고. 술이나 한잔 하자. 파리 날리는 점포에 앉아 있기도 볼썽사납고…….”

두 사람은 산노을로 향하였다. 문이 잠겨 있었다. 외출이라도 한 건가? 머리를 갸웃하며 문을 두드렸다. 한참 만에 산노을이 부석한 얼굴로 방문객을 확인하였다.

“장사 안 할 거여? 술시가 되어가는디.”

“당분간 영업정지예요. 들어오세요.”

두 사람은 썰렁한 술청에 나앉았다. 산노을이 술과 안주를 내왔다.

“갑자기 영업정지라니?”

“뜬금없이 밀주단속이라나요. 무슨 영문인지 모르겠어요. 한 번도 이런 일이 없었는데…….”

“가만, 여기도 패씸죄로 올가미를 씌운 것 아닌가?”

“그렇게 잣대를 들이대면 그럴 수도 있겠네. 한 그물에 걸린 물고기라니. 이러다가는 여러 사람 길거리에 나앉게 생겼네.”

“문 사장께서 제일로 타격이 크지 않겠어요?”

“주저앉아서는 안 되겠지. 언제까지 영업정지요?”

“이참에 그만 정리할까 해요. 산수 좋고, 호수 같은 바다며 들판 풍요롭고, 인심 또한 좋다 싶어 뿌리를 내리려고 하였는데 이건 아니네요.”

“우리가 무지하게 아쉽고 섭섭한디. 무엇하면 마음 돌려 묵소.”

“저도 고향에 내려갈까 봐요. 고향 오일장터목에서 어머니가 했던 것처럼 돼지국밥에 동동주를 빚어가며 고향의 훈김을 되살릴까 봐요.”

“마음을 정리하였구만. 그것도 좋은 생각이오.”

사현은 통증과도 같은 아릿함이 차올랐다.

“동동주도 마지막인가 싶네요. 흥겨운 기분으로 드세요.”

두 사람은 산노을의 말과는 달리 추연한 빛으로 술을 들었다. 술이 들어갈수록 마음은 겨울밤처럼 깊이 모를 어둠 속으로 가라앉았다.

사현에게 거센 파도가 몰아쳐 온 것은 외상대금 독촉이었다. 외상으로 팔려나간 오토바이 대금은 수금이 제대로 되지 않는데, 위쪽에서는 신용거래불량자로 낙인찍듯 외상대금 독촉이었다. 공급해준 물량도 회수해 갔다. 이래저래 문을 닫을 수밖에 없었다. 겨우 빚 정산을 하고 났을 때는 외상장부만 남아 있었다. 두고 보자는 사람 별 볼일 없다지만 나는 쓰러지지 않는다. 나는 새도 떨어지기 마련이라고 저들도 언젠가는 그런 날이 올 것이다. 사현은 어금니를 깨물었다.

“너도 집구석에 처박혀 두문불출하고 산노을도 떠나고, 사방을 둘러보아도 마음 누일 데가 없다.”

갈문은 술병을 들고 찾아와 울분을 쏟아냈다. 산노을이 술집을 정리하고 떠난 것은 사현이 오토바이대리점을 정리하고 난 며칠 뒤였다. 갈문이 가장 아쉬워하였고 섭섭해하였다.

“너라도 버티고 있거라. 그쪽에서도 너까지 잔인하게 살생부에 올리지는 않을 것이다. 여론이 좋지 않을 것이고, 오토바이 고장

수리센터는 저들도 필요로 할 것인께. 너까지 손을 대면 그때는 정말 왕창 부셔버릴 것이여. 내 예감이다만 다음 선거 때는 별 볼일 없을 것이다."

"벌써들 여론이 그렇게 돌아간다. 민주화 바람이 서서히 일지 않냐. 자식들, 이곳저곳 들쑤시고 다니며 이권 챙기기에 혈안이 되어 있다. 인심은 천심이라는 것을 알아야 하는디. 아무튼, 다시금 일어나거라. 궁즉통이라고 방법이 없을라디야."

"나는 죽어지내지 않을 것이다. 당골래 아들 아니냐. 해맞이굿을 한판 하고 나면 떠오르는 아침햇살이 이마를 부실 것이다."

사현은 갈문과 술잔을 부딪쳤다. 갈문의 끈적한 우정이 가슴에 똬리를 틀었다.

신바람

작은 낚싯대로
개울에서 붕어새끼나 낚는 자는
큰 고기를 잡을 생각도 못한다.

"여보야, 양계장을 하고 싶다."

어느 날, 사현은 심각한 얼굴과는 달리 약간은 아부성이 첨가된 애원 목소리로 수련의 의중을 떠보았다. 삼 년 남짓 하는 일 없이 빈둥거리며 이곳저곳 기웃거리던 끝에 내린 결론이었다.

"양계장을요?"

수련은 된통맞다는 눈빛으로 반문하지 않을 수 없었다. 양계장을 하는 사람들의 입소문을 들어봐도 녹록지 않은 사업이었다. 더구나 그 방면에는 젬병이지 않는가. 씨암탉 한 마리 길러보지 않은 사람이 무슨 일가견이 있으며 경험이 있단 말인가. 당치 않은 제안이었다.

"그게 괜찮지 싶더구만. 아들 녀석들 진학 문제도 신경 써야 하고, 시골에서 딱히 할 것도 마땅찮고……."

그동안 사현은 절치부심 혈로를 찾았다. 네까짓 놈들이 그래봐야 문사현을 어쩌지 못할 것이다. 오뚝이처럼 일어설 것이여.

사현은 이를 사려물고 이것저것 저울질하고 달아본 끝에 양계장으로 결론을 내렸다.

"그보다는 있는 농토나 제대로 가꾸는 게 나을 성싶으요. 특수작물이라든가, 묘목이라도 심으면 장래성이 있을 것 같은디요. 딸기재배야, 토마토재배야, 제법 쏠쏠하게 수익을 올리지 않습디요."

"글쎄, 그것도 생각해보긴 했는데……."

"마늘재배라든가, 감자, 시금치, 상추, 아니면 무화과, 석류, 매실, 그도 저도 아니다 싶으면 관상수나 꽃을 재배하든가요. 내 땅 가지고 욕심 없이 사는 것도 좋지 않겠어요."

"그런 것 다 잣대로 재어보고 실측도 해봤구만. 헌디, 인건비야, 비료대야, 무시 못 하겠고, 기술적인 바탕이 있어야 하는 거라. 영농기술 말이다."

"그거야, 배우면 될 것 아니요. 양계장이라고 어디 쉬울랍디요. 그 노동력도 만만치 않을 것이오."

수련은 양계장보다는 있는 농토를 기름지고 알차게 가꾸는 게 여러모로 좋을 듯싶었다. 주위의 양계장이나, 양돈장, 소 사육이 해거리하듯 기복이 심하였다.

"특수작물 재배만 하더라도 시일이 걸린단 말이다. 그리고 상추나 시금치, 배추, 감자 따위의 작물은 이미 가는 곳마다 널려 있어 별로고. 양계장은 부지런을 떨면 인건비를 절감할 수 있고, 단시일에 소기의 목적을 달성할 수 있단 말이여. 그리고 아들 녀석들만은 서울로 유학을 보내야 쓰겄네. 내 못 배운 한을 애들이 대신해줘야제."

"저는 선뜻 손을 들어줄 수 없네요."

수련은 회의적인 얼굴로 손사래를 쳤지만 대뜸 아내의 말을 귀담아 듣고 물러날 사람이 아니었다. 성질대로 밀고 갈 것이었다. 수련은 조마조마한 마음이 들면서 바삭 애가 달았다. 사현은 말이 떨어지기가 바쁘게 마을 뒤쪽 한갓진 밭에다 양계장을 짓기 시작하였다. 설비자금은 집이며, 논밭이며 사현의 앞으로 등기된 부동산을 담보로 융자를 받아냈다. 양계장은 일사천리로 진행되었다. 도깨비 방망이 휘두르듯 짓고 나서 병아리를 들여왔다. 삐약거리며 종종걸음치는 병아리를 본 순간 수련은 찌뿌드드한 마음을 접었다. 이왕 저지른 일, 그것도 사업인데 계속 시시비비를 가리는 것도 원망을 사지 싶었다. 그리고 하루가 다르게 자라는 닭들을 바라보며 기대감마저 부풀었다. 사현은 칸칸이 내지른 비좁은 칸막이식 양계장을 마다하고 드넓은 공간에 놓아 먹이듯 사육하였다. 그래서인지 닭들은 건강하고 활달하였다.

"어쩌? 될성부르제. 달걀도 유정란으로 출하 할 거여. 어디까지나 건강한 식탁을 위한다는 의무감으로 양계장을 일구어야제."

사현은 신바람을 내며 양계장에 매달렸다. 수련은 어찌됐던 남편이 딴사람이 된 듯 자기 일에 열심히 노력하는 것이 고마웠다. 저러다가는 모범 자산가로 거듭날지도 몰랐다.

"당신의 그런 모습을 보니 기특한 생각이 드네요."

"이 사람아, 내가 선거통에 어떤 수모와 좌절을 맛보았는가. 주먹을 앞세운 복수보다 사회적 위상과 돈의 힘을 안 것이네."

"어무니께서 살아생전 당신을 위해 땅을 장만한 보람이 있네요."

"엄니의 선견지명을 이제야 깨문 것이네."

사현은 좋아하는 술도 반주삼아 한두 잔 하는 외에는 일체 술꾼들과도 어울리지 않았다. 허접스레 시간 낭비였다.

"양계장을 하더니만 얼굴 구경도 못 하겠네. 그러다가는 몸 상한다고."

갈문은 이따금 술병을 들고 찾아와 사현의 변신을 신기해하였다.

"이익의 절반은 노력에서 얻는 거라고 하지 않던가.

"단단히 마음 잡았구만."

"자네는 시비곡절 없이 잘 꾸려 나가제?"

"뭔 소린가. 이렇게 나가다가는 중고 오토바이 매매점으로 간판을 갈아야 할까 보네. 자네가 팔았던 오토바이들이 중고 아니면 폐기처분 직전이여."

"중고나 폐기처분 직전이나 일감이 많으면 그만이제. 술맛이 시원하네."

"자주 들러야 하는디 고물상이나 다름없는 난전에 매어 살다 보니 어디 그런가. 헌디, 자네 오토바이 외상판매 대금은 다 거두어들였는가?"

"돌아가신 노인장들과 도시로 나간 사람들은 아예 포기해버렸고, 몇몇 사람들은 배째라는 식으로 아직도 얼굴에 철판을 깔고 있네."

"고얀작자들. 편리하게 타고댕김시러 인면수심이라니."

"나는 다 잊고 사네. 보시했다 생각하네."

사현은 갈문의 분개 어린 눈빛을 바라보며 야박한 세상 인심과는 무관한 얼굴로 술잔을 들었다. 사현의 변신을 갈문이만 신기한 눈으로 바라보는 게 아니었다.

"사람이 완전히 달라졌구만. 저렇게 나가면 마을 일도 맡길 만하겠어,"

마을사람들도 당상나무 그늘 아래 모여 앉아 노작거리면서 대놓고 칭찬을 하였다. 그렇지 않아도 화젯거리가 궁한 터여서 모여 앉으면 으레 사현의 일거수일투족이 입에 올랐다. 거기에 화답이라도 하듯 사현은 기분 좋게 술과 안주거리로 닭 마리를 안겨주었다.

"아니, 뭘 또 가져오는가? 자네가 부지런히 일하는 걸 보니 그저 남의 일 같지가 않네."

"저도 처자식을 거느리고 있는데 날건달로 빈둥거리며 마냥 허송세월 살아서야 되겠습니까."

사현은 겸손지심을 내보였다. 마을사람들을 잘 다독여놔야 말썽의 소지가 없을 것이었다. 어쨌거나, 양계장은 잘되었다. 유정란이란 이유로 가격도 높고 판로도 좋았다. 알음알음으로 주문량이 늘어갔다. 호기심 많은 손님들은 직접 눈으로 확인할 겸 현지답사를 하기도 하였다.

"자가용 손님들이 북적대고, 성공한 셈이여. 보기보다 사업수완이 좋구만."

사현의 변신을 회의적인 눈으로 바라보던 이웃들도 슈퍼마켓에서 파는 무정란보다 유정란을 선호하였다. 추억 어리게도 어린 시절 두엄더미나 텃밭 그늘진 곳에 낳은 달걀 맛이라는 것이었다. 사현은 점점 자신감이 차올랐다.

"기왕이면 양계장을 좀 더 늘릴까?"

"그런 말 마시오. 욕심을 부리면 화가 미쳐요."

수련은 단호하게 반대하였다. 사업하다 망하는 사람치고 과욕을 부리지 않은 사람이 없었다. 그 뭐시냐. 스스로 만족할 줄 아는 자만이 하늘이 돕는다고 하지 않던가. 그 말을 남편의 이마에 문신처럼 새겨주고 싶었다. 대체로 남자들이란 뭐가 좀 된다 싶으면 허욕을 부리려는 습성을 지니고 있었다. 하긴, 여자라고 예외일까마는. 여자의 허영심과 사치성 또한 집안을 좀먹게 하지 않는가. 같은 여자라도 그 점은 눈에 거슬렸다.

"자네 마음을 모르는 바 아니나 어쩐지 구멍가게 같은 생각이 든단 말이여. 사내대장부가 구질스럽게 현실에 마냥 안주해서야 쓰것는가. 새벽 수탉처럼 홰를 쳐봐야제. 그래야 날이 밝지 않겠는가."

"수탉이 홰를 치지 않는다고 새벽이 안 옵디요. 아무리 그래싸도 나는 반대요. 더구나 닭도 살아 있는 생물 아니요. 만사불여튼튼이라고, 이럴 때일수록 돌다리도 두들기듯 해야 한다고요."

"자네에게 실망은 주지 않을 것이네."

사현은 아내의 반대의사를 구름장 사이로 잠깐 비쳐 드는 햇살처럼 받아넘겼다. 계획대로 양계장을 늘렸다. 혼자 힘으로는 관리하기에 벅찼으나 부푼 기대감으로 감당하였다. 예상대로 수입은 배가되었다. 밖을 나서면 사장님 소리를 예사로 듣는 데서 다시금 사회적인 위상을 한껏 실감하였다. 오토바이대리점을 하던 시절보다 훨씬 위로 오른 기분이었다. 그 위에 검은 승용차까지 몰고 다니자 마음이 한없이 가파르게 상승하였다.

이래서 사업이 좋고 돈의 위세가 좋구나. 사현은 지그시 아랫배에 힘을 주며 당당히 군내 유지들과도 자리를 함께하였다. 엊그제까지만 해도 실세들이랍시고 거들먹거리던 사람들이 한 차례 선거열풍이 지나가고 민심의 향배에 의해 가을낙엽 신세가 되자 꼬리를 내렸다. 사현은 통쾌함을 느끼며 마을이장도 마다하지 않았고, 라이온스클럽 회장, 양계장협회 이사 등등 제법 알싸한 감투를 짊어졌다. 태권도로 단련한 왕년의 주먹을 아는지라 주위 사람들이 함부로 대하지 않았다.

"당신, 그러다 정계 쪽도 넘보겠소이."

수련은 남편의 행동반경을 바라보며 넌지시 모심을 박았다. 자신의 한계랄까, 위치설정을 잘 가늠해야 하는데 자신의 울타리를 타 넘고 있었다.

"뭔 소린가. 나는 어디까지나 양계장을 하는 사람이여. 부정부패로 얼룩진 난장트기나 다름없는 정치판은 쳐다보지도 않을 것이네."

사현은 선거철만 돌아오면 기다렸다는 듯이 인신공격은 말할 것도 없고, 시시콜콜 빛바랜 족보를 까발리며 아직도 배꼽 아래 묻어두었던 사적감정의 응어리를 들추어내는가 하면, 중상모략으로 난도질하는 진흙탕 싸움이 신물 났다. 보나 마나 어미가 당골래였다는 사실을 존재감으로 부각시키며 축구공 차듯 내둘릴 것이었다.

마을이장 감투를 어거지로 떠안기듯 둘러썼을 때도 한쪽에서는 비록 귓속말이었을지라도 당골래 아들에게 마을일을 맡겨서야 되겠느냐고 빗김을 쳤다. 그러자 그동안 망각 속에 묻히었던 어머니에 대한 스산한 관념이 마을사람들의 머릿속에 떠올랐다. 그 위에 타성바지라는 팻말을 내리꽂았다. 영 떨떠름한 기분이었다.

"어느 시대적 이야기입니까? 현실을 직시해야 합니다. 마을에 일할 만한 팔팔한 일꾼이 누가 있나요? 군내 출입도 잦고, 착실히 마음잡고 사업을 일구고 있지 않습니까. 케케묵은 선입관으로 더 이상 타 지역의 웃음거리가 되지 맙시다."

전임 이장의 질타에 모두가 칙칙한 마음을 접고 현실을 인식하였다. 당골래 자식. 사현에게 그 말은 돌멩이를 썹듯 자존심을 상하게 하였다. 아무리 헌신적이고 영험한 무당이었다 할지라도 당골래는 당골래인 것이다.

무당이야말로 신과의 가교 역할을 담당한 매개자라고 하였다. 천민으로 떨어진 것은 사대주의에 의해 우리의 고유한 정신세계가 폄하되고 훼손된 때문이라고 하였다.

더 나아가 일제의 민족말살정책에 의해 우리의 민족정기는 물론 문자와 언어까지 함몰시키려고 하였고, 그 가운데 토속신앙은 가장 피해를 입었다는 것이다. 그뿐만 아니라 새마을운동이라는 깃발을 앞세우고서 우리의 민속 문화재라 할 수 있는 마을의 서낭당, 당상나무를 고사시켜 가면서 미신을 타파한 근대화의 물결은 우매하고 고지식하게 우리의 고유 신앙을 내몰았다.

하여간 사현의 가슴속에 똬리를 틀고 있는 잠재된 피해의식은 외부의 바람에 의해 미세한 먼지에도 눈을 따갑게 하였다. 수련의 말처럼 위태롭게 날아오르는 연처럼 명예욕에 더는 턱걸이를 하지 말자고 다짐하였다. 결 고운 자태로 천화한 어머니를 생각해서라도 자정(自淨)의 길을 걸어야 하지 않겠는가. 좋다 이거야! 사현은 자신을 지그시 짓누르고 타일렀다.

사현은 이런저런 생각의 꼬투리를 마냥 붙들고 있을 수는 없었다. 양계장 돌보랴, 마을일 이끌어 나가랴, 무슨 무슨 모임에 참석하랴, 찾아오는 손님들을 접대하랴, 주문한 유정란을 우송하랴, 하루가 팽이처럼 돌아갔다. 따라서 수련 또한 두 아이의 엄마로서, 양계장이며, 농사일로 바쁘기 그지없었다. 바쁘다는 것은 그만큼 생활에 활력을 주기에 충만한 행복감이 차오르기 마련인데, 때로는 여가도 필요하였다. 하긴, 젊어서 자식농사도 지어야 하고, 돈도 모아야 노년을 근심걱정 없이 편안하게 산다고 하였다. 그러나 매사가 눈코 뜰 새 없이 빽적지근하게 돌아가는 가운데 남들 다 가는 외국 나들이도 나가고 싶었다.

"오늘은 둥근달이 기차게 밝네. 우리 밤바다 구경이나 갈까? 추억도 한줌 깨물고 말이여."

사현이 질펀하게 술에 취하여 밤늦게 돌아와 곤히 잠든 사람을 흔들어 깨울라치면 자신도 모르게 짜증이 났다.

"제발 잡시다요. 남은 피곤해 죽겠는디 귀꿈스럽게 달구경이라니요."

눈 흘기며 돌아누우면서도 남편이 새사람이 된 듯 공사다망한 모습에서 외국 나들이 생각이나 하는 자신의 한가한 상념을 버렸다. 시어머니가 살아생전 저 모습을 보았더라면 얼마나 흐뭇해하셨을까. 아들 장래 걱정으로 날밤을 지새운 시어머니를 생각하면 새삼 마음이 숙연하였다.

사현은 아내의 속 깊은 마음을 아는지 모르는지 마파람을 일으키듯 공사다망한 가운데 양계장을 더 늘릴 계획을 세웠다. 더는 욕심을 부리지 말자고 다짐하였는데도 수요가 늘어나자 마음이 허물어지기 시작하였다. 이왕지사 일꾼을 들여놓자면 그럴 수밖에 없었다. 지금 상황으로서는 아내와 둘이서 양계를 사육하기에는 너무 벅찼고, 일꾼을 들여놓기에는 무엇하였다.

"안 돼요. 더 확장했다간 십중팔구 민원이 들어갈 것이오. 안 그래도 마을에서 닭똥 냄새가 진동한다고 은근히 입 삐죽거리는 원성소리가 들리는디 가만있겠어요?"

수련은 이번만큼은 적극적으로 말렸다. 일할 사람을 들여놓자 해도 마땅한 사람이 없을뿐더러 욕심이 과하다 싶었다. 마을사람들이 말없이 닭똥냄새를 맡아온 것도 시어머니의 음덕과 남편의 헌신적인 마을일을 고맙게 생각한 덕분일 터였다. 그러나 양계장을 확장한다면 사정이 다를 것이다.

"내 땅 가지고 내 사업 하는디 누가 왈가불가 한단 말이여?"

사현은 아내의 적극적인 만류에 대뜸 이마에 내 천자를 그렸다.

"당신이 입장을 바꾸어 생각해보시오. 가만있것는가. 이장이라는 사람이 그런 사리분별도 모르시오? 그리고 일꾼을 쓴다지만 고되기는 마찬가지요. 좀 여유롭게 삽시다."

"아이들도 자라고, 기회가 왔을 때 내걷자는 거여."

"당신 마음을 왜 모르겠어요. 하지만 농사일이야, 잦아진 당신 외출을 생각해서라도 규모를 줄였으면 해요. 예감이 좋지 않아요."

"허헛, 자네도 우리 엄니 신기(神氣)를 이어받을 셈인가?"

사현은 아내의 반대를 뿌리치고 양계장을 확장한 다음 조선족 부부를 채용하였다. 바야흐로 대단지 양계장으로 변신하였다.

"어떤가? 인자 제대로 된 양계장 같제?"

사현은 퍽 만족스러워하였다. 양계장협회 이사 체면이 설 만도 하였다.

"금메요. 들어간 밑천을 생각하면 답답한 마음이 드네요. 마을 사람들도 곱지 않은 눈길로 바라보고요."

"그거야, 시샘 아니겠어? 내가 알아서 다독일 테니께 염려 놓게나."

"당신 계산대로 되지 않을 것이오."

아니나 다를까, 수련의 예감대로 마을사람들이 대놓고 불평불만을 쏟아냈다. 세상에나, 여름에 문을 맘대로 열어놓을 수 있나, 건듯 바람만 불어도 저놈의 닭똥냄새가 코를 찌르니, 원. 마을사람들이 코를 싸쥐며 눈을 흘겼다. 사람 골치 아프고 피곤하게 하였다.

"언놈이 민원을 넣은 거여?"

사현은 버럭 성질을 냈다. 숨죽이고 있던 옛날 성깔이 재발하려고 하였다. 스스로 짓는 대로 돌아온다는 사실을 망각하였다.

"내가 뭐라고 합디요. 욕심을 부려서는 안 된다고. 나도 닭똥냄새로 골머리를 앓는디, 마을사람들이야 오죽이나 속이 뒤집어지겠소. 참는 것도 한계가 있제."

수련은 당연하다는 듯 현실을 직시하였다. 받아들일 것은 받아들여야 한다는 점을 걷어차 버릴 수는 없었다.

"그래도 그렇지. 나한테 직접 말하면 될 것 아니여. 이장인 내가 그만한 경우를 헤아리지 못할 것 같어?"

"그러기 전에 현실을 인식했어야지요. 그리고 아직도 우리는 타성바지에다 당골래 자식이라는 고루한 관념이 노인네들 가슴속에 꼬장하게 자리 잡고 있지 않으요. 마누라 말도 콧방귀를 뀌었는디 남의 말을 잘도 듣것소."

수련은 고소금으로 된통 눈을 흘겼다. 일은 자기가 저질러놓고 에먼 사람에게 화풀이를 하려고 하다니. 사현은 이곳저곳 불려 다니고, 눈치껏 이 사람 저 사람 찾아다니며 사건무마에 진땀을 흘렸다.

"마을 이장을 상대로 민원을 넣었을 때는 보통 심각한 일이 아니었을 겁니다. 현지답사를 해보니 문제성이 많던데 개선책을 강구해야겠습니다."

"근께 말이요. 크게 인심을 잃지 않았는디 답답하고 울적한 심정이오. 다시는 민원이 들어가지 않도록 단단히 시정하겠소."

"그래야지요. 알다시피 제일 골치 아픈 게 민원 아닙니까. 더러는 사적인 감정을 앞세운 것도 있지만 담당자로서는 시부저기 덮어주거나 눈감아줄 수 없습니다. 잘 아시겠지만."

"잘 새겨들었으니 선처를 부탁합니다."

사현은 아무리 생각해도 입맛이 썼다. 민원을 넣기 전에 마을 공사라도 붙여 얼마든지 시정을 요구할 수 있는데 이런 면구가 없었다. 결국 비손이를 하듯 하여 벌금형으로 마무리 되었다.

"누가 민원을 넣었는지 짐작이 가니께 가만두지 않을 것이여. 몇 놈들이 무릎공사를 하여 나를 구석지로 몰아넣었겠다?"

사현은 벌금형보다 가슴에 똬리를 틀고 있는 자존심과 그동안 쌓아올린 공과가 손상된 데에 기분이 상하였다. 성깔대로 이장 감투도 내던졌다.

"이장을 못하겠다고? 이 사람아, 정 뭐시기 하면 얼마 남지 않은 임기라도 채우고 그만두든지 하게나."

"아니요. 자성하는 셈치고 그만둘라요."

"이거 낭패구만. 닭똥냄새를 코끝에 매달게 한 사람이나, 민원을 넣은 사람들이나 똑같구만. 자네가 백번 마음 가다듬고 숙지근하게 나앉게."

"마음이 영 내키지 않으요."

사현은 이웃 노인장의 만류를 뿌리쳤다. 아무리 곱씹어도 사적인 감정이 개입된 듯하였다.

"잊어뿌리시오. 감정은 감정을 낳는다고, 근신하는 마음으로 양계장도 예전대로 줄이고 속닥하니 욕심을 덜고 삽시다."

"뭔 소리여? 벌금은 벌금대로 물고 자존심과 명예는 실추될 대로 되었는디, 속죄양처럼 살잔 말이여? 보란 듯이 마음 놓고 양계장을 키워나갈 것이여. 이는 이로, 칼은 칼로 대한다고, 제깐놈들이 한 만큼 나도 일사불란하게 밀고 나갈 것이여."

"그러자면 개선책이라도 강구해야 될 것 아니오."

"당연히 잡도리해야제. 더 이상 왈가왈부 못하게 할 것이여."

사현은 두 팔을 걷어붙이고 나섰다. 닭똥냄새를 정제한 비용만큼이나 사업을 확장하였다. 한껏 배포를 내보였다.

"저 자식, 마을의 의견을 모아 민원을 넣은 것을 고깝게 여긴 나머지 한술 더 뜨는 꼴 좀 보아. 즈그 엄씨는 비록 당골래일지라도 가난한 사람 도울 줄도 알았고, 마을사람들에게 손톱만큼도 양심 없는 짓거리는 하지 않았는디, 하는 행동거지가 영 개차반이여."

"누가 아닌가. 어쩨 좀 사람이 된 듯싶더니만 마을사람 알기를 아주 우습게 안단 말이여."

"그려. 양심이 있으면 닥수근하게 자숙할 줄 알아야제. 지놈도 마을 구석구석 들어찬 닭똥냄새를 온몸으로 맡고 지내지 않는 가배."

"개선책을 마련했다는디."

"말이사. 이것이 한두 해 배어난 닭똥냄새인가? 그리고 마을 상수관이 새로 확장한 양계장 곁을 통과하지 않는가. 저렇게 맞대궁이를 하며 오기를 부리면 제 이차, 제 삼차 민원을 넣을 수밖에."

무릎맞춤을 하는 몇몇 사람들은 사현의 행동을 못마땅해하였다. 사현은 그럴수록 모르쇠 작전으로 나왔다. 그들 중간에서 가슴을 졸이는 사람은 수련이었다. 이러다가는 서로가 극한 대립으로 치달을 것 같았다. 그들과 등을 지고 적대시해봤자 결코 이익이 될 수 없을 터였다. 인심은 천심이라고, 시어머니께서 애써 닦아놓은 선행까지도 잃어가고 있었다.

"제발 부탁이요. 마을사람들과 유연하고 살가운 마음으로 지냅시다. 각을 세워봤자 우리만 손해잖아요."

"뾰족한 수라도 있는감?"

"여름철 복날뿐만 아니라 계절 따라 삼계탕이라도 해서 응어리진 마음들을 따뜻하게 풀어주기라도 합시다."

"명절 때면 연례행사처럼 가가호호 닭 마리씩이나 돌리지 않는가. 그리고 입이 고프다 싶으면 술병과 닭 마리를 헌사하고."

"그것만으로는 부족하요. 마음의 정이 가야지요."

"어이, 알았네. 나라고 원수지고 살 마음은 없네."

사현은 수련의 의견을 불퉁하게 내치지 않았다. 부락사를 짊어졌던 몸이었는지라 마을사람들과 반감을 사봐야 덕 될 게 없다고 판단하였다. 좋은 게 좋다고, 감정의 골을 잠시 덮어두고 유화정책으로 나가는 것도 괜찮지 싶었다. 못이긴 척 아내의 의견을 따랐다. 초복, 중복, 말복 날에는 마을 잔치를 벌이듯 삼계탕으로 여름을 나게 하였고, 봄가을 야유회, 대동계걸이 때는 두둑한 봉투를 내놓았다. 추석, 동지, 설 명절 때는 연례행사처럼 집집마다 닭 마리씩을 돌렸다. 그리고 마을노인네들의 팔순잔치나 길흉사에도 마음 넉넉하게 베풀었다. 그러자 마을사람들의 마음이 누그러졌다.

"이 사람이 작전을 한 단계 바꾸어 물량공세로 나오는디, 그런다고 그게 먹혀들 거라고 생각하면 큰 오산이여."

"자네들도 한 발짝 물러나 좀 더 지켜보아. 여러 가지로 마음을 쓰지 않는가. 너무 날을 세워도 좋을 게 없느니."

"그려. 한껏 조신하게 처신하고 개선책을 강구하지 않던가. 저렇게 나오는디, 자네들도 정도껏 해야 하느니."

"맞는 말이네. 잘못하면 동네 인심만 사납게 벙글어진다고."

마을노인네들은 어느 정도 관용을 베풀었다. 사람이 살려고 하다가 본의 아니게 물욕도 생겨나고, 정도를 벗어난 행동도 할 수 있지 않느냐고 사현과 각을 세운 사람들을 다독거렸다. 아직도 그에 대해 반감을 가지고 있는 마을 유지들과 몇몇 인사들은 실질적인 개선을 바랐다.

"당신도 이 기회에 뭔가를 보여주시오. 서푼어치 자존심과는 아무런 관계가 없응께요."

"자네야말로 제갈량의 지혜를 가졌는가 보네."

사현은 무릎공사를 예사로 하는 몇몇 마을 주동인물들과 거기에 부화뇌동하는 젊은이들의 개선책을 아내로부터 귀 따갑게 듣고서 정화시설이며, 양계장 위생처리며, 각별히 신경을 썼다. 더이상 왈가왈부 뒷공론을 펴기만 해봐라. 사현은 속으로 비수날을 세웠다.

"아주 반듯하고 정갈하게 잘해놓았구먼. 진즉 그렇게 마음을 쏠 것이제."

이웃 사람들은 마음을 눅눅하게 가졌다. 그래서 시골인심이었다. 제일로 수련의 마음이 홀가분하였다. 힘겨운 짐을 부린 듯한 기분이 들었다. 사현도 한 성깔 지니고 있었지만, 자칭 마을 유지라고 큰기침을 하고 다니는 몇몇 작자들도 따지고 보면 별 볼일 없는 위인들이었다. 여기 저기 들쑤시고 다니면서 잇속이나 챙기는 모리배들이었다. 사현이 이장을 할 때 맨 먼저 부딪친 사람들이 그 작자들이었다. 능구렁이 담 넘어가듯 하면서 만만한 사람 등쳐먹거나 쩜쩌먹는 위인들인지라, 사현과 사사건건 대립할 수밖에 없었다.

"당신들이 지금까지 처신해온 행동은 당신들 자신이 누구보다도 잘 알 것이요. 양심을 앞세워 생각해보시오. 마을 앞길을 확장 포장하는디, 당신네들 집 마당 주차장까지 포장해 달라니요. 나는 그 따위 비리척한 일은 눈감아줄 수 없어요. 공과 사를 분명히 가려야지요. 소위 유지라고 아랫배를 부풀리고 다니면서……."

사현과의 관계는 부락사를 맡은 첫날부터 그렇게 뒤틀리기 시작하였다. 이장으로 선임되었을 때, 그들이 한사코 반대를 한 것도 사현의 성질을 알기 때문이었다. 그런 관계여서 수련으로서는 마음이 놓였던 것이다.

"한 번의 고난을 전화위복으로 삼고 말썽 없이 자족하며 지냅시다. 인심을 거슬려서는 안 되는 법이요."

"자네를 봐서라도 그리 하겠네."

사현은 가슴속에 불씨처럼 남아 있는 마을사람들에 대한 서운함을 지그시 누지르며 아내의 말을 곱다시 새겨들었다. 겉으로는 흔연한 마을사람들과의 친화력 복원은 아내의 노력이 컸다. 옛말에 일은 가장네가 저지르고 수습은 안사람이 한다던가? 아버지도 그랬다. 마음씨 여리게 빚보증은 다 서주고 뒷감당은 어머니가 하지 않았던가.

하여간, 말썽 없이 양계장에서 올리는 수입은 만만찮았다. 유정란이 잘 먹혀들어 노력한 만큼 마음을 풍요롭게 하였다. 꿩도 사육혀? 아니여, 욕심은 금물인께. 사현은 수련을 의식할 때마다 불쑥불쑥 일어나는 확대생산을 발뒤꿈치로 방귀 누지르듯 가라앉혔다.

일장춘몽

방금 앉았더니 일어나고,
몸을 구부렸더니 곧바로 자빠지고,
지금까지 잘 가더니 곤두박이쳤다.
어쩐 일인가?

"볼 것 없이 망했구만, 망했어."

"뭘 이런 일이 있다요. 가슴이 폭삭 내려앉네요."

수련은 장탄식하는 사현을 바라보며 아연 실색하였다. 느닷없이 짓쳐들어온 고병원성AI는 하루아침에 닭들을 사지로 몰아넣었다. 닭들에게는 흑사병보다 더 무서운 전염병이었다. 닭들이 무더기로 죽어나가고 살처분되는 가운데 전국적으로 초비상이었다. 초상집이 따로 없었다.

"이런 날벼락이 어디 있나. 미친 광풍이 따로 없네."

사현은 목이 타들어 갔다. 죽어나가는 닭들을 바라보노라면 가슴이 미어졌다. 돈의 단위로 매김할 수 없는 비애와 절망이 가슴을 짓눌렀다. 사현뿐만 아니라 다른 양계장도 속수무책으로 넋을 놓았다. 사정이 그렇게 돌아가자 닭도리탕, 닭백숙, 닭발, 닭튀김 집은 파리를 날렸다. 계란 값도 하루가 다르게 곤두박이

쳤다. 이래저래 생산자와 소비자에 이르기까지 가슴을 앓았다.

"어쩌면 좋소?"

"미치고 환장하겠구만."

사현은 식욕을 잃었다. 공든 탑이 하루아침에 무너진다는 말을 새삼 실감하였다.

"어쩔 것이요. 사람의 힘으로는 도리가 없는디."

수련은 입술을 깨물었다. 꼭 자식을 잃은 듯하였다. 더욱 심란하고 야속한 것은 금융기관에서 날아오는 융자금 독촉장이었다. 사람이 이 지경을 당하였으면 사정을 보아가면서 매를 때려야 하는데, 피도 눈물도 없는 고리대금업자 이상이었다. 막무가내 다달이 불어가는 이자와 원금 상환의 독촉장이 날아들고 차압을 붙인다, 경매로 담보물이 넘어간다, 위협적으로 고자세를 취하였다. 그 위에 밀린 사료비야, 인건비야, 공공요금이야, 정부에서 보상해 주는 돈으로는 어림 반 푼어치도 되지 않았다.

"기아선상에 선 것이나 다름없는데 그냥 앉아서 죽으라는구만. 경매를 붙이든, 볶으고 지져 묵든 맘대로 하라지."

사현은 자포자기에 가까운 심정이었다.

"해도 해도 너무 하요. 즈그들도 닭들이 떼죽음으로 죽어나가는 참상을 보았으면서도 사람 피를 말리려고 하요."

수련은 사현 못지않게 심상하였다. 양계장 하는 사람들은 천재지변을 당한 것이나 다를 바 없는데 목을 졸라 붙이다니. 이래저래 애가 타 들어갔다. 처음부터 수련의 말대로 욕심 부리지 않았더라면 이 지경이 되지는 않았을지 모른다. 그렇다고 이제 와서 남편을 원망한들 무슨 소용이 있으랴. 담보로 잡힌 논밭들이 경매로 넘어갔다.

"언놈이든 내 땅 경매만 받아봐라. 가만 놔두는가."

사현은 벌컥벌컥 소주잔을 들이키며 기갈을 부렸다. 경매꾼들은 보다 싼값으로 낙찰받기 위해 이 눈치 저 눈치 보아가며 두세 번 유찰을 시켰다.

"아버님께서 살아생전 공들여 가꾼 수목원은 어무니께서 웃돈 얹어주고 사들였는디, 다른 사람의 손으로 넘어가다니요. 가슴이 미어지고 죄송스럽기만 하요."

"노름하다 탕진한 것도 아니고 살자고 하다가 회오리 광풍에 휩쓸려 날아간 걸 어쩌겠나."

사현은 아내의 코맹맹이 소리에 더욱 가슴이 무너져 내렸다. 소나무 한 그루만 팔아도 그 돈이 얼마인데 생각할수록 억울하고 쓰라렸다.

"저기, 둠벙 끼고 있는 노른자위 땅 말이여. 이번에는 누가 경매를 받을게? 아무래도 외지사람이 받을 성싶은디."

"가까운 사람이 경매를 받아보소. 저 성질머리에 가만있겠는가."

"암만. 저번 즈그 아부지가 가꾸었던 수목원이 경매로 넘어갔을 때도 난리를 치지 않았는가."

"그 수목원은 억울할 만도 하제. 즈그 아부지가 노름빚 보증 선 죄로 잃은 것을 당골래가 되찾은 것 아닌가."

"그걸 보면 재물이란 것은 있다가도 없는 법이여. 어디 사현이만 그런가. 도시로 나간 사람들 거개가 사업이라고 한답시고 융

자금 빌려 쓰고 조상대대로 물려받은 농토를 홀라당 탕진하지
않는가.”

주위 사람들은 은근히 경매 추이를 관망하였다. 입맛에 닿는
목좋은 땅은 투기꾼들의 농간으로 희비가 엇갈리기도 하였다.
그 가운데 갈문이가 찾아와 떨어지지 않는 입으로 어렵게 말문
을 열었다.

“어이, 친구. 저기 바닷가 밭 있잖은가. 내가 경매를 받았으면
하네.”

“자네가?”

“그 땅에다 반듯하게 집을 짓고 아부지 어무니를 모시고 싶어
서네. 부모님도 그걸 원하시고. 자네도 알다시피 부모님께서 어
려운 환경 속에서 얼마나 고생하셨는가. 그 점을 생각하여 뒤늦
게나마 효도를 하고 싶으이.”

“자네 효성이야 알고도 남지.”

“자네 입장에서 볼 것 같으면 한없이 억울하겠지만 내 입장을
십분 헤아려주게나. 내가 경매를 받으면 자네에게 현시가대로 계
산하여 따로 챙겨줌세. 내가 이렇게 궁색하지 않게 살게 된 것도
자네 덕 아닌가.”

“하긴, 외지사람에게 넘어가는 것보다 낫지 싶네. 그곳에다 집
을 지으면 바다가 훤히 내려다 보여 뱃속이 시원할 거여.”

“그리 헤아려주어 정말 고맙네. 행여 자네 마음 상할까 봐 무척
이나 망설였네.”

갈문은 몇 번이고 고마워하였다. 그렇게 하여 금싸라기 같은

바닷가 밭 한 자락은 갈문에게 넘어갔다.

"바닷가 밭은 갈문이가 경매를 받았다니 그나마 다행이요. 참말로 이럴 때 본께 세상인심 야박하요. 여름철 복날이야, 명절 때마다 유정란이야, 닭백숙이야, 닭 마리나 돌릴 때는 따북한 눈길로 살갑게 대하더니 소 닭 보댓기 하잖으요."

"세상사란 원래 그런 것이네. 그렇다고 죽지는 않을 것이여."

사현은 지금까지 살아왔던 시절을 남가일몽으로 받아들였다. 그 밖의 논밭들도 어쩔 수 없이 경매로 넘어갔으나, 다행인 것은 어머니의 선견지명으로 며느리 앞으로 등기 해놓은 몇 자락 논밭과 산자락은 경매 위기에서 살아남을 수 있었다.

"어머님이 그럽디다. 당신 앞으로 등기된 땅들은 빛 좋은 개살구마냥 손안에 쥘 수 없어도 내 앞으로 등기된 땅들은 노후대책으로 충분할 거라고. 인자 본께 정말 앞을 훤히 내다보았소."

"별 볼일 없는 땅들인디 무슨녀러 노후대책."

"오메야, 베리댁이가 효자 노릇한다고 안 합디요."

수련은 땅 몇 뙈기라도 남아 있는 게 다행이다 싶었다. 그런데 문제는 집이었다. 담보로 잡힌 집마저 경매로 넘어가게 되었는데 살고 있는 집을 경매에 붙이다니 기가 찰 노릇이었다. 시어머니가 어떻게 장만하였는가. 푸닥거리에서부터 온갖 잡신을 물리쳐 주며 벌어들인 돈으로 백년을 살겠다고 손수 마련한 집이었다. 무엇보다 지하에 계신 시어머니를 볼 면목이 없었다. 당장 거리에 나앉게 되어 이래저래 심기가 산란하였다.

"아, 알거지가 따로 없구만. 쪽박 차고도 남을 신세라니."

사현도 막상 집이 경매로 넘어가게 되자 제정신이 아니었다. 그렇다고 성질대로 현실을 뒤엎을 수는 없었다.

"소주병이나 나팔 분다고 쪽박신세를 면하겠어요? 하늘이 내린 재앙을 원망해봐야 무슨 소용 있겠어요. 따지고 보면 당신 욕심도 한몫하였고요."

"나도 한몫 거들다니?"

"친환경적으로 오붓하고 쾌적하게 양계장을 하였더라면 이 사태를 온전히 비껴갔을지 누가 아요."

수련은 마음을 넓게 가지자고 다짐하였다. 살다 보면 그보다 더한 일도 있을 터였다. 그나마 박토일망정 남아 있는 땅자락이 있지 않는가. 집도 주위 사람들이 관망하는 사이 경매로 넘어갔다.

"누가 경매를 받은 거여?"

사현은 눈에 불꽃을 일으키며 주위를 휘둘러보았다. 어떠한 일이 있더라도 집만은 비워줄 수 없었다.

"생판 낯선 외지 사람이 경매를 받았다 합디다."

수련도 목이 메기는 마찬가지였다. 시어머니가 사용하였던 유품이 고스란히 보관되어 있는 집을 버리고 가자니 살길이 막막하였다. 떨거지 신세로 전락한 것이다. 시어머니의 한 서린 귀곡성이 들리는 듯하였다.

"좋아. 경매 받은 그놈과 일전불사를 해야제. 귀농이라도 할 요량인가 본디 어림도 없는 소리."

사현은 단단히 전투태세를 갖추었다. 한 발짝도 대문 안에 발을 들여놓지 못하게 하겠다고 이를 사려 물었다. 그냥 아작을 낼

작정이었다. 이판사판 눈에 보이는 게 없었다. 이장, 이사, 회장 감투를 쓰고서 아랫배를 내보이며 검은 승용차를 타고 거들먹거릴 때가 엊그제인데 거지꼴로 폭삭 주저앉다니.

"아무리 그래봤자 당신만 우습게 돼요. 화풀이밖에 더 되는 거요? 그보다는 살 집이나 궁리합시다. 새롭게 살아갈 방도를 찾자고요."

"시방 눈이 획가닥 뒤집혔는디 궁리가 온전히 나올 것 같아?"

"제발 성질 죽이고 내 말 좀 들으시오. 내 생각에는 어머님 신당 저 위쪽 야산에다 임시거처로 까대기라도 짓는 게 좋을 듯 싶으요. 그곳은 내 앞으로 등기가 되어 있응께 누가 가타부타 입질을 하지 않을 것이오."

"나더러 산중 생활을 하란 말인가?"

사현은 불현듯 어린 시절 어머니를 따라 바위동굴 속에서 살았던 기억이 떠올라 시린 기운이 가슴에 차올랐다.

"안 그러면 어디 빈집이라도 찾아봐야지요. 술병만 끌어안고 냅다 울화통만 터뜨릴 거요?"

"죽이 되든 밥이 되든 경매 받은 자와 한판 붙고 결말을 봐야제."

"그러다 살인 나겠소."

수련은 막나가려는 남편이 밉상스러웠다. 그렇게 왜장치고 화풀이를 해봤자 주위 사람들에게 우사만 살 것이었다.

드디어 사건이 터진 것은 집이 경매로 넘어간 지 석 달이 지난 뒤였다. 이런저런 심상한 마음을 풀어 던지고자 부부가 오대산 상원사에 다녀온 그 틈새를 비집고 경매 받은 사람이 들어선 것이다. 상원사 종소리를 몇 날 들으며 마음을 정화시키고 나니 한결 기분이 가벼워졌다. 다시금 새롭게 삶을 일구어보자고 다짐하였다.

"어쩔 것이요. 새로운 마음으로 삽시다. 아이들이 있지 않으요."

"죽을 수야 있겠는가. 두 눈 부릅뜨고 살아봐야제. 장인장모 앞에서도 자네만은 행복하게 위하겠다고 다짐을 놓지 않았는가."

"당신이 그렇게 마음을 사려묵으니 가슴에 채인 답답증이 가라앉으요."

"새벽 종소리를 들어보소. 삼라만상을 일깨우지 않는가."

사현은 수련을 지그시 안으며 다시금 새롭게 삶을 일구어보자고 다짐하였다. 한 차례 미친 회오리광풍은 일장춘몽이었다.

그런데 집으로 돌아온 그 순간 모든 다짐이 산산이 부서졌다. 한마디로 집이 폭격을 맞은 듯 아수라장이었다.

"이건 또 무슨 재앙이요?"

수련은 어안이 벙벙하였다. 냉장고, 이부자리, 경대, 옷장, 심지어 쌀독이며 부엌살림까지 마당 한구석에 쓰레기더미처럼 쌓여 있었다. 그리고 벽지와 장판은 사정없이 뜯기었다. 새로 도배를 하고 장판을 깔 모양이었다.

"뭐, 이런 싸가지 없는 놈이 다 있나. 완전히 초토화를 시켰구만."

사현도 벌린 입을 다물 수가 없었다. 아무리 경매로 넘어간 집이라지만 사전에 비워달라는 한마디 통보도 없이 집 안을 엉망진창으로 만들다니. 도저히 용서할 수가 없었다. 누가 봐도 폭거요, 피도 눈물도 없는 행동이었다.

"어머님 유품은 또 어떻고요. 허접쓰레기 취급을 하였소. 금방이라도 불을 싸지를 모양이요. 모지락스러운 인간들이요."

"정말 인간 말종들이네."

사현은 부서지고 망가진 어머니의 유품을 보는 순간 이성을 잃고 말았다. 비록 당골래가 사용하였던 물건이라지만 어머니의 숨결과 혼백이 묻어난 것들이었다. 사현도 평상시에는 어머니의 유품 따위는 거들떠보지 않았으나, 막상 처연하게 버려지고 보니 울컥 목이 메면서 분노가 폭발하였다.

"그러게요. 사람의 양심을 지녔다면 저럴 수는 없어요."

"이런 무지막지한 놈이라니. 미치고 환장하겠네."

사현은 장본인을 찾았다. 어디로 숨어들었는지 코빼기도 내비치지 않았다. 이건 고도의 전술이자 완전히 사람을 무시하는 파렴치한 행동이었다. 사현은 분노를 삭이지 못하고 나타나기만 하면 작신작신 밟아버리기로 하였다.

"방구석도 요 모양이고 부엌살림도 엉망이어서 나앉을 데도 없소. 싸울 때 싸우더라도 어디 가서 숙식이나 해결합시다."

"어디로 간단 말이여? 한 발짝도 내 집을 벗어나지 않을 것이여. 제깐놈이 나타나지 않고 배겨?"

사현은 고집스럽게 기다렸다. 눈앞에 보이는 게 없었다. 수련은 하는 수 없이 장독대 옆에다 솥단지를 걸고 끼니를 해결하였고, 이불을 천막 삼아 밤하늘의 별들을 헤아렸다. 신세 한번 처량하였다. 이웃들은 보기 딱하다는 듯 혀를 차고 돌아섰다.

"이보게. 아이들은 우리 집에서 자고 묵으면 되니께, 자네들도 한뎃잠은 자지 말게나."

상원사에 가기 전 잠시 아이들을 맡긴 윗집 할머니가 반찬새
를 가져다주며 짜안한 얼굴로 위로하였다.

"우리 집을 이 꼴로 만든 작자들이 어떻게 생겼습디까?"

"젊은 장정 두셋이 들이닥쳐 난장판을 만들어놓고 가더구
만. 아이들은 학교에서 돌아와 집안 꼴을 보고 억머구리처럼 울
고……."

"뒷골목 패거리들을 몰고 왔는지 모르겠소."

"그렇다고 내가 눈 하나 깜짝할 줄 알고?"

사현은 윗집 할머니의 말을 듣자 더욱 울화통이 치밀었다. 순
리적으로 정중하게 자신들의 권리를 행사해야지, 얀정머리 없이
무허가 건물을 강제 철거하듯 해서야 되겠는가.

장본인이 나타난 것은 그로부터 한 달이 지난 뒤였다. 그렇게
깐죽깐죽 뜸을 들이는 것을 보니 아주 지능적이었다. 그 기간이
면 어지간히 화가 삭힐 만도 하다는 계산속인 듯싶었다. 키가 훤
칠하고 체격이 듬직하였다. 보아하니 도시물깨나 먹은 것 같았
다. 따라온 여자도 세련된 모습이었다. 아직 새파랗게 젊은 녀석
이 무엇이 아쉬워서 시골생활을 하겠다는 것인지 이해가 가지
않았다. 한눈에 귀농할 사람들이 아니었다.

"야, 이 자식아. 네까짓 게 뭔데 남의 집 살림을 이 지경으로 만
든 거여? 어디서 굴러온 개뼉다귀여?"

사현은 모둠으로 일어나 성깔대로 멱살을 잡았다. 단련된 태권
도 실력으로 한방에 날려 보낼 기세였다.

"저 성질에 판은 커졌구만."

"그러게. 아무리 경매를 받았기로서니 주인 없는 틈을 타서 저렇게 몰상식하게 살림살이를 구겨 던지다니. 뒷골목 불량배들이나 할 짓이제."

"누가 아닌가. 순리적으로 해도 무엇할 것인디. 지금 사현의 속이 태풍에 갯벌 뒤집히듯 하였는디 온전히 넘어가겠어?"

"저러다 사람이나 상하지 않을까 걱정이네."

이웃 사람들은 담장 너머로 고개를 내밀며 조마조마한 마음으로 지켜보았다.

"아, 놓고 말합시다."

젊은 녀석도 만만치가 않았다. 아무려면 그만한 뱃심이 있으니까 남의 살림살이를 쑥대밭으로 내부신 것이제.

"남의 집 살림살이를 일방적으로 쓰레기처럼 내부신 놈이 좋은 말로 하자고?"

"무슨 소리 하세요? 이 집 주인으로서 당연한 권리행사일 뿐이에요. 솔직히 주인이 바뀐 마당에 집을 비워주었구나 생각하였어요. 그때 계셨더라면 이렇게 되었겠어요?"

"이게 아무리 바로 터진 입이라고 말뽄새 하곤."

사현은 볼 것 없이 한방 올러맸다. 보기 좋게 저만큼 나가떨어졌다.

"워매, 인자 어째사 쓸고?"

"아무래도 경찰을 불러야 할디"

"이럴 땐 방구들이나 짊어지고 있던 영감탕구도 마실 나가고 없구만"

담장 너머로 바라보던 이웃들은 바싹 가슴을 여미었다.

"나를 쳤겠다. 이제부터는 정당방위란 걸 아시오. 이래봬도 나도 한가락 굴러먹은 놈이오."

젊은 녀석은 당차게 일어나 마주 섰다. 바야흐로 분위기가 험악하고 살벌하였다.

"한번 해보자 이거제? 너는 오늘 제삿밥 먹는 줄 알아라."

"까짓것, 막가파로 나가지요."

"이게 어디서 눈깔을 홉부릅뜨는 거여?"

"잠시만요. 그런다고 문제가 해결될 일은 아니에요. 피차 상처를 입어서는 안 돼요. 좋으나 싫으나 이웃하며 살 건데 이러면 어쩌자는 거예요."

일촉즉발, 살벌한 공기 속에서 젊은 녀석의 여자가 가로막았다. 생긴 것만큼이나 입도 야무졌다.

"이것들이 모둠으로 나서네."

"내 말도 들어보시오. 어차피 우리는 잃은 자이고, 댁들은 얻은 자니 서로가 좋도록 해야지요. 보아하니 댁들도 젊은 나이에 볼 장 다 보고 이런 촌구석지로 내려온 성싶으오. 안 그러면 젊은 사람들이 그 좋은 도시물을 마다하고 내려오지는 않았을 것이오."

수련도 뒤질세라 화급하게 불을 끄듯 뼈 있는 말로 가세를 하였다. 볼 장 다 보고 어쩌고 하는 대목은 무언가 알심박음이 깃들어 있었다. 두 사람은 주먹을 불끈 쥔 채 잠시 머뚜름하였다.

"물론이죠. 저희들도 당신네들처럼 잘나가다가 빙판 위에 넘어진 꼴이 되었어요. 궁여지책으로 빈손 쥐고 숨어들듯 생판 낯선 이곳으로 오게 되었어요. 저희들 궁색한 마음도 헤아려주세요. 솔직히 감추고 자실 것 없는 현재 위치예요."

여자는 감칠맛 나는 사근한 서울 말씨로 자신들의 처지를 솔직하게 말하였다.

"듣고 보니 우리보다 더 안됐네요."

"젊은 나이에 대책 없이 욕심을 부린 결과였어요. 잘나갈 때 초심을 잃어서는 안 되는데, 이미 엎질러진 물 아니겠어요."

"아무리 그렇더라도 주인 행세를 한답시고 불문곡직 살림살이를 내부시듯 난장질 치는 법이 어디 있어요. 우리의 아프고 쓰라린 심정을 조금이라도 헤아렸으면 이럴 수 없지요. 양심이 있으면 한번 보시오."

"그 점은 미안해요. 무지막지한 일꾼들의 소행이었다고 책임 전가는 하지 않겠어요. 날을 받아 온다는 게 그리 되었구요. 저희들은 야반도주하듯 집을 비운 줄 알았어요. 이웃 사람들도 간 곳을 몰라 하더군요."

"댁들이 숨 가쁘게 야반도주하듯 하였구만이라우."

"그런 셈이에요. 급한 마음에 저지른 실수이니 용서하시고 이해하세요. 파손된 기물은 변상해드리겠어요."

"됐네요. 서로가 동정심 내보일 처지가 아닌 것 같으요. 우리 시어머님 유품과 쓸 만한 가재도구는 차차로 옮길 테니께 그리 아시오."

"무례를 이해해주셔서 고맙습니다."

여자는 고개를 숙이며 정중하게 용서를 빌었다. 멱살잡이를 하던 두 남자는 쑥스럽고 어정쩡하게 통성명을 하였다. 그렇다고 사현의 가슴에 옹이처럼 박힌 감정의 응어리가 풀리지는 않았다.

"아따, 나는 칼부림이라도 날까 가슴 졸였네."

"젊은 여자가 도도한 깐에는 저자세로 나오며 말솜씨가 보통이 아니네. 여러 사람 찜쪄 묵고도 남았겠네."

"제대로 찜쪄 묵고 구워 묵었으면 빈손 탁치고 이곳까지 내려왔겠는가. 설 찜쪄 묵어 배탈이 난 거제."

"어쨌거나, 우리 마을에 내려왔으니 신경 좀 써야 될 것 같으네. 농사지어 묵을 사람들은 아닌 듯싶고……."

이웃 사람들은 살벌한 분위기에서 놓여난 것을 천만다행으로 여겼다. 사현이 저 정도에서 마음을 접은 게 신기하였다. 사람이 한 순간 몰락하게 되면 아무래도 날갯죽지가 접히는가 보았다.

"인자, 어디로 갈까요? 집도 절도 없으니."

그동안 정들었던 집을 뒤로 하고 돌아선 수련은 아득한 마음이 들면서 눈물이 핑 돌았다. 시어머니가 그렇게도 살갑게 다독였던 집이 아니었던가. 앞날이 막막하였다. 시어머니 장례 때 선소리를 하던 상두꾼의 앞산도 첩첩하고 뒷산도 첩첩한디, 임은 어디로 행하시오? 그 소리가 귓가에 울렸다.

"왜, 우리가 집도 절도 없어? 저 위에 신당이 있지 않는가."

"아이고, 그건 안 돼요. 어머님의 영기(靈氣)가 서려 있는디, 여염집으로 만들 수 없어요. 우리의 마음이 편치 않아요."

수련은 펄쩍 뛰었다. 길바닥에 나앉는 한이 있을지라도 시어머니의 혼백을 모신 신성한 곳을 함부로 훼절시키고 싶지 않았다.

"그럼 별수 있나. 신당 근처 산그늘에 움막이라도 짓고 살 수밖에."

사현은 순간 어린 시절 아버지가 생을 마감하였던 움막을 떠올리며 흠칫 진저리를 쳤다.

"우거지상을 짊어질 일이 아니에요. 아들 된 당신이 어머님이 애써 장만한 재산을 이 지경으로 만들었잖아요. 속죄하는 양심을 지녔다면 오늘을 타박해서는 안 돼요. 내 생각에는 양계장 빈터 한쪽에 움막을 짓고 살았으면 어떨까 싶어요."

"하필이면 양계장 옆에?"

사현은 양계장 말만 나와도 쓴물이 올라왔다. 지금도 눈만 감으면 고개를 떨구고 죽어가던 닭들의 모습이 떠올라 몸서리를 쳤다.

"실패를 딛고 일어나려면 당신도 그런 비참하고 혹독했던 시절을 되새기며 시련을 딛고 일어서야 해요."

"좋아. 까짓것 어디 한번 일어서 보자고. 우리 집을 점령한 젊은 놈보다는 우리가 더 낫겠지. 우리는 비루먹은 땅뙈지기라도 있응께."

"왜, 그 사람들과 비교해요. 우리대로 마음잡고 살면 되지요. 당장 집터를 다듬어 봅시다."

"어이, 알았네."

사현은 아내의 제안을 받아들였다. 당장 갈 곳이 없는지라 자존심이라든가, 체면 따위를 생각할 겨를이 없었다. 이장, 이사, 회장 감투는 한낱 물거품이요, 환몽이었다. 그날로 양계장 곁 개울가 옆에다 비닐하우스집을 지었다. 그리고 누군가 버린 컨테이너박스를 주워 와 샤워기와 취사도구를 들였다. 불편하고 협소하였으나 불평불만을 내쏟을 처지가 아니었다. 그나마 아이들이 고순하게 불편을 감내하는 것이 고마웠다.

무엇보다 당장 백수건달로 나앉아 하늘만 쳐다볼 수 없었다. 무얼 한다? 참 막연하고 답답하였다. 마누라 앞으로 등기가 된 땅을 추슬러보니 버려진 웃다리 양계장 터와 어머니의 영정을 모신 신당, 손바닥만 한 논밭뙈기 몇 자락, 그리고 쓸모없다 싶은 야산이었다. 소득의 원천이 될성부른 농토는 없었다. 어머님이 무슨 안목으로 이 따위 땅을 며느리 앞으로 등기해놓았는지 한숨이 절로 나왔다.

"이것 좀 보라고. 엄니가 돌아가시기 전에 그랬다며? 내 앞으로 등기된 땅은 비록 옥토라 할망정 쓸모없이 버려질 것이고, 자네 앞으로 등기 된 것은 지금은 보잘것없어도 값을 이고지고 온다고 했다는디, 아무리 눈 씻고 봐도 등허리 기댈 곳 없는 비렁뱅이 땅 아닌가?"

"뭔, 소리요? 어머님 말씀이 저저이 옳지 않은가비요. 당신 앞으로 등기 된 땅은 큰물에 휩쓸려 떠내려가듯 다 잃었잖아요. 그것만 봐도 앞을 내다보신 거요. 그리고 당신이 쓸모없다고 단정 지은 이 땅들이 앞으로 어떻게 될지 누가 알아요. 뽕나무밭이 푸른 바다가 된다는 말을 못 들었어요?"

"허어, 그럴 때는 퍽도 유식하구랴."

사현은 수련의 서슬 푸른 눈 흘김에 입을 쩝 다셨다. 입이 열 개라도 할 말이 없었다.

"현실이 그렇지 않으요."

"허면, 그 땅에 무엇을 했으면 좋을까? 참말로 해답이 나오지 않네. 아, 답답한 가슴을 한잔 술로 풀어야 할까 부네."

"지금 술타령 할 때요? 당신이 잘 나갈 때는 술친구가 발길에 채였는디 지금 보시오. 어느 놈이 위로주 한잔 나누자고 하는가. 세상이 그런 거요. 시절이 좋을 때 술친구요."

"말마디마다 옳기는 헌디……."

"떨거지 우거지상으로 술집에 간들 누가 반겨나 줄 것 같으요? 외상술 한잔 마시기도 어려워요. 꼭이 마시고 싶다면 내 돌아올 때까지 기다려요. 저는 당장 품이라도 팔아 입에 풀칠을 해야 되니께요."

수련은 토심스럽게 내뱉고 집을 나섰다. 여자들의 하루벌이는 마음먹기에 달렸다. 농촌 일손이 달리는 터라 계절 따라 일감은 많았다. 이른 봄 딸기부터 과실수 가지치기, 접붙이기, 감자 캐기, 가을추수와 과일 수확, 그리고 김장 담그기에 이르기까지 부지런을 떨면 먹고살기에는 충분하였다.

사현은 집에서 근신하다시피 하였다. 움막 같은 집 안에 틀어박혀 있자니 온갖 궁상이 떠올랐다. 답답한 가슴을 풀어 던질 수가 없었다. 드넓은 바닷가에 나가 시원한 바람이나 마음껏 들이마시자고 나서는 것도 달 밝은 밤이었다. 사람 만나기가 싫었다. 자신도 모르게 사람 마주치기를 꺼렸다. 일종의 대인기피증이랄까.

자가용을 처분하고 갈문이로부터 얻은 낡아빠진 오토바이를 타고 달 밝은 밤 들판을 가로질러 바닷가에 나오면, 은빛물결로 출렁거리는 밤바다는 마음을 한없이 다잡아 끌었다. 처연하면서도 비릿하게 다가오는 바닷바람. 사현은 선창가에 나앉아 밤이 깊은 줄도 모르고 술잔을 들이켰다. 한잔 술은 아내가 일을 마치고 돌아오는 길에 한 병씩 사 왔다. 그걸로 위안을 삼을 수밖에 없었다.

사현은 철저히 외부와 단절한 채 책 읽기 아니면 티브이 보는 걸로 소일하였다. 처음 얼마 동안은 집 안에 갇혀 지낸다는 게 갑갑증이 났다. 감옥이 따로 없었다. 새장에 갇힌 새 신세였다. 그러던 어느 날, 책을 보다 번쩍 눈을 떴다. 바로 그거여. 사현은 모든 잡념을 한꺼번에 날려버리며 무릎을 쳤다. 한 줄기 빛이 이마를 부시었다.

새로운 세계

괴로움이 다하면 즐거움이 오듯
아득하고 깊숙한 가운데
평상한 진리가 있다.

"내가 드디어 할 일을 발견하였네."

사현은 하루 일을 마치고 들어서는 수련에게 힘주어 말하였다. 오랜만에 활기차고 자신감 넘치는 모습이었다. 하루아침에 물안개가 걷히듯 누렇게 뜬 음울한 낯빛이 환하게 밝아졌다.

"무슨 일인디 그러시오?"

"저 위쪽 버려진 야산 있잖은가. 거기에 내 꿈이 담보로 잡혀있어."

"점점 모를 소리를 하시요이. 설마 공동묘지로 개간하려는 얄망궂은 생각은 아니지요?"

"그것도 전혀 생뚱맞은 소리는 아니구만."

"오매야……!"

수련은 순간 온몸이 경직되었다. 생각한다는 게 고작 그것이라니. 마을사람들이 가만있겠는가. 그렇지 않아도 고향을 떠났던 사람들이 늙고 병들어 죽으면 묵힌 밭자락에 묻히는가 하면, 경쟁이라도 하듯 여기저기 흩어져 있는 조상의 묘들을 가족장이랍시고 한데 모아 과시를 하였다. 묘지를 제대로 돌볼 사람이 없다보니 어쩔 수 없다고는 하나 옛 풍습에 젖은 노인네들은 그냥 지나치지 않았다.

"허어, 명당도 시대에 따라 변하는구만. 허긴, 깊은 산 수풀더미로 우거진 묘지는 볼 것 없이 묵혀질 수밖에. 그렇다고 마을 뒤꼭지에다 저게 무슨 짓인가? 일말의 양심을 지녔으면 저럴 수는 없제. 저러다가는 동서남북 사방팔방 가족묘지로 변하겠네."

마을 노인네들은 자신들도 죽어지면 십중팔구 차가 드나드는 큰길 가에 묻힐 것을 알면서도 혀를 찼다.

"내 말을 차근차근 들어보더라고. 하나는 자네 예상대로 공동묘지, 그러니께 현대식 가족장인디 보나마나 상수원 보호지역이라는 입지를 내세워 반대여론에 휩싸일 것 같고, 둘째는 수목원을 조성한다, 그거여. 오갈피나무, 꾸지뽕나무, 헛개나무, 두릅나무, 엄나무, 황칠나무, 뽕나무, 복분자 따위를 심는 거여. 그 밖에도 창출이야, 더덕이야, 잔대야, 도라지 같은 약초도 심고 말이여. 요즘 한창 그런 나무들이 건강에 좋다니께 선호도가 높지 않은가. 이름난 절에 가면 들어서는 입구에서 그런 약재들을 팔지 않던가. 헌디, 그것은 생산단계에 이르기까지는 몇 년을 기다려야 한다는 애로점이 있어. 어찌 생각하는 거여?"

"저는 두 가지 다 별로요만, 굳이 선택하라면 약재용 나무를 심는 게 낫겠소. 당장은 돈이 안 되더라도 노느니 염불이라고, 버려진 땅에 당신 노력 여하에 따라 소득원이 될지 누가 알것소. 늙어 갈수록 건강을 챙기지 않습니다. 자기만 부지런하면 돈 안 들이고도 얼마든지 이 산 저 산에 널려 있는 약용나무를 캐다가 심으면 될 것이고. 가족장지는 우선 돈줄이 있어야 하고 마을사람들의 동의를 얻어내야 할 것 아니오. 양계장만 해도 민원이 얼마나 들어왔어요. 그 생각을 하면 머리가 소꿋하요.”

“그럼, 백년대계를 위한 셈치고 수목원을 조성하기로 하겠네. 버려진 야산을 가꾸는 셈치고. 또 누가 아는가. 나무를 캐러 다니다 보면 우연찮게 산삼이라도 발견할지.”

“실없는 꿈은 접으시오.”

“모르는 소리 말게나. 옛날에 방장산 산마루에서 산삼을 캤다는 일화가 있어. 어쨌거나, 마지막 주사위를 한번 던져보겠네.”

사현은 비장한 결단력을 내보였다. 쉬엄쉬엄 세월이 좀 먹는 셈치고 일구리라 마음먹었다.

“당신 할 일이 생겨 조금은 마음이 놓이오. 사지 멀쩡한 사람이 방구석에 틀어박혀 있는 모습은 보기에도 그렇습다. 그리고 당신 아버님도 나무를 심고 가꾸는 데 조예가 깊었다고 하지 않던가요? 부전자전이라고 그 피를 이어받는 것도 나쁠 것 없겠네요.”

수련은 좌절하지 않고 당차게 자기 일을 찾아 나선 남편이 고마웠다. 그렇게 길을 헤매다 보면 반듯한 길이 열릴 터였다. 남의 집 농장에서 하루 품을 팔면서 느낀 것은 욕심을 부리지 않는 가운데 자기 길을 찾아가노라면 언젠가는 정상에 도달한다는 것이었다. 그 산 정상이 높건 낮건 간에.

"자네 해석이 거기까지 귀결되는가?"

사현은 헛웃음을 치며 다음 날부터 배낭을 짊어지고 산에 올랐다. 야산부터 정리하고 다듬었다. 지척인데도 사람의 발길이 닿지 않아 칡넝쿨이며 잡목들로 뒤엉켜 엄두가 나지 않았다. 도저히 능률이 오르지 않았다. 그렇다고 쉽게 포기하고 싶지는 않았다. 황당한 생각이 들면서도 일을 한다는 그 자체만으로 위안이 되고 살맛이 났다. 하루 일과를 마치고 집으로 돌아오면 오만 삭신이 파김치 꼴이었다.

"이 친구, 몰골이 영 말이 아니네."

눈을 반쯤 내리감고 있는데 낯익은 목소리가 방문을 흔들었다. 갈문이었다. 오랜만이었다. 반가움으로 느리척 일어났다.

"어서 와라. 얼굴 잊겠다."

"목소리도 꽉 잠기고 마음병이라도 걸린 거냐?"

"야산 정비를 좀 한다. 그렇지 않아도 기계톱 좀 빌리려 했다."

"갑자기 벌목꾼이라도 된 거여?"

"그게 아니고, 약재용 나무를 재배할까 하고……."

"기발한 생각이다만, 그게 잘될지 모르겠다."

"노력 여하에 달렸겠제. 아무튼, 기계톱 좀 짊어지고 오너라. 낫과 톱으로 벌목을 하자니 진이 다 빠졌다."

"알았다. 무슨 통빡인지는 모르겠다만 그렇게라도 재기를 하겠다니 갸륵한 마음이 든다."

"무슨 일로 귀한 걸음을 하였냐?"

"듣기에 따라 뼈 있는 말로 들린다. 자네 밭자락에다 집터를 닦고 상량식을 올렸는디 그냥 모른 체 지나치기가 무엇하여 겸사겸사 찾아왔다."

"반가운 일이다. 너라도 옹골차게 부모님 위하니 마음 흐뭇하다."

"음으로 양으로 자네 덕으로 새집을 짓게 되었네. 일어나게. 아버님이 자네와 상량 술을 한잔 들겠다면서 데리고 오라고 하네."

갈문은 사현을 일으켜 세웠다. 사현은 찌뿌드드한 육신을 가누고 집을 나섰다. 상량식은 이미 끝났고, 목수 두엇과 노인네들 서넛이 둘러앉아 두런두런 술잔을 나누고 있었다.

"어서 오시게. 내 자네를 특별히 부른 뜻은 말하지 않아도 알 것이네."

갈문의 아버지는 두 손을 붙잡아 사현을 술상 앞에 앉혔다. 피루죽죽하던 노인네의 얼굴에 화색이 돌았다.

"파도 소리가 문지방을 넘나들 것이고, 전망이 좋습니다."

"암만. 팔자에 없는 호강을 한갑네. 해 보면 달도 보고 싶더라고, 인자 딱 하나 소원은 뒤늦게라도 저놈 장개를 보냈으면 좋을 디……."

"효심이 남다른께 누가 알랍디요. 보쌈 싸듯 색싯감을 업어 올지."

"그랬으면야. 갈문이 너도 사현의 말을 알아들었지야?"

갈문의 아버지는 간절한 눈으로 아들을 돌아보았다. 사현은 오랜만에 푸근한 마음으로 술을 들었다. 이런저런 이야기를 술잔 속에 띄우다 보니 시간이 많이 흘렀다. 자정 가까이 집에 돌아왔다.

"어디 갔는감요? 산에서 일하다 나무둥치에 깔렸는가 싶어 걱정했소."

"갈문이가 새집 상량식을 올렸다고 찾아왔기에 다녀오네."

"경사요. 갈문이 착실하게 집안을 일구다니요."

"그러게. 사람이 될라니께……. 아이구, 허리야."

사현은 어깨허리가 녹작지근하게 내려앉아 자신도 모르게 엄살 비명을 지르며 수련의 무릎을 베고 누었다.

"일이 고된가 봐요."

"고된 정도가 아니여. 만만히 볼 수 없겠더구만."

"고되지 않은 일이 어디 있을랍디요. 아버지가 못다 이룬 수목원을 조성한다는 자부심과 사명감을 가지면 훨씬 몸이 가볍고 능률이 오를 것이오. 어서 편히 잠자리에 드시오."

수련은 따뜻이 자리를 마련해주었다. 육신이 피곤하고 마음이 답답하고 울적할수록 마누라가 최고였다. 집이 가난해지면 현처 생각을 한다는 옛말이 따북하게 떠올랐다.

다음 날 갈문은 오토바이 소리를 요란스레 울리며 들이닥쳤다. 사현은 갈문을 앞세우고 야산에 올랐다. 비록 야산일망정 말이 없는 가운데 무언가를 안고 있었다. 순간, 어린 시절 어머니의 손에 이끌려 올랐던 바위동굴 기도처를 즈려밟았다. 깊은 산, 정기 어린 산기운은 신령한 기운을 지니고 있었다. 거기에 비하면 비록 볼품없는 야산일지라도 더덕향기 같은 친근감이 산개울 소리에 묻어났다.

"이곳에 오르니 바다가 한눈에 보이고 전망이 그런대로 괜찮구나. 이 산을 가꾸자면 보통 일이 아니겠다. 느긋하게 정비해가면서 묘목을 심거라. 가끔씩 와서 도와주마."

갈문은 한참 일을 휘어잡더니 해를 가늠하고서 이마에 맺힌 땀을 훔치며 산을 내려갔다. 사현은 기계톱을 짊어졌다. 훨씬 능률이 올랐다. 갈문이 말처럼 이삼 일 벌목작업을 하고 한 이틀 정비한 땅에 묘목을 심으리라 계획을 세웠다.

사현은 묘목을 구하기 위해 앞산부터 탐색하였다. 꾸지뽕나무, 헛개나무, 엄나무, 두릅나무, 오갈피나무, 뽕나무는 어려서부터 보아온 터라 찾는데 어려움이 없었다. 닭백숙이나 돼지고기를 삶을 때 손쉽게 가지를 잘라 약용으로 사용하였던 것이다.

"소 쌀밥나무? 그건 저기, 오봉산 칼바위 밑에 가면 구할 수 있을런지 모르겠네. 하도 남획이 심해놔서."

산을 잘 타는 산꾼들을 붙들고 군락지를 알아내기도 하였다. 구하기 힘든 황칠나무, 돌배나무 따위는 묘목을 가꾸는 사람들을 알음알음으로 찾아가 문전걸식하듯 구하였다.

하루 한 그루도 좋았고, 두 그루도 좋았다. 힘닿는 데까지 나무를 캐 와 정성스럽게 심었다. 한 그루 한 그루 심을 때마다 흔감한 기분이 들었다. 그리고 벌목작업을 해나갔다. 나무도 숨을 쉬는 생명체였다. 매번 벌목을 할 때마다 잘려나간 나무들의 비명소리를 들었다. 한편으로는 마음 아프고 미안하였다. 그리고 벌목작업을 한 그 위에 새로운 생명을 심을 때면 왠지 모르게 경건한 마음이 들었다.

"저 친구가 무슨 꿍꿍이 계산속으로 비렁뱅이 같은 야산을 가꾸는지 알다가도 모르겠네."

"근께 말이여. 할 일이 없기로서니……."

"듣자니께 옛날 즈그 아부지도 나무 가꾸는 데 일가견이 있었다고 하들 않던가. 피는 못 속이는가 보네."

"그나마 마음잡고 저거라도 소일거리 삼아 하는 게 다행 아닌감."

마을사람들은 비아냥도, 칭찬도 아닌 눈으로 슬멍슬멍 바라보았다. 사현은 마을사람들의 눈길을 전혀 의식하지 않았다. 내 땅에다 나무를 심는데 시비 걸 사람은 없을 터였다.

사현은 매일같이 막걸리 한 병과 도시락을 싸 들고 산을 오르는 것이 즐거웠다. 어리석은 사람이 산을 옮긴다고 하지 않던가. 산은 언제나 넉넉하였다. 한 그루 나무를 캐기 위해 산을 헤매다 산 정상에 올라 막걸리 한잔으로 목을 축일 때면 바다와 들판이 한눈에 내려다보여 마음이 드넓게 열렸다. 온 산하가 다 내 것처럼 가슴에 들어찼다.

"언제까지 나무만 심을 작정이시오?"

수련은 흙먼지를 둘러쓰고 들어서는 사현에게 등물을 축여주며 한마디 하였다. 싫지 않은 목소리였다.

"이왕 시작한 것, 끝을 봐야제."

"그런 당신을 보노라면 참 유별나다는 생각이 들어요."

"나도 미친 짓은 아닌가, 마음 한편으로는 헛개바람이 부네만 엄니 말씀처럼 영험하신 산신님이 그렇게 길라잡이를 하는지 모르겠네."

"산신님 지시라면 신내림 굿이라도 해 드릴까 봐요."

수련은 장난기 어리게 등물을 끼얹었다.

사현은 밤이 되면 열심히 식물도감을 뒤적였고, 작물재배에 필요한 밑거름부터 가지치기에 이르기까지 정성을 다하였다. 식물도 집에서 기르는 가축과 같아서 심혈을 기울이는 만큼 성장 속도가 달랐다.

"나무도 생물이라 너무 웃자라도 못 쓰는 법이여. 사람도 너무 잘 묵으면 비만증에 걸리지 않던감."

"저야, 닭똥 치우는 시절이면 모를까, 퇴비 한 삽 나올 데가 없는걸요."

"그게 아니라 화학비료 같은 것 말이네. 익지 않은 감나무 밑에서 홍시 떨어지기를 기다리는 성급함은 금물이란 말시."

지나치는 사람들은 기대치 이하로 내려다보듯 한마디씩 거들었다. 딴은 맞는 말인지도 몰랐다. 야생초나 산에서 뿌리내린 나무가 어째서 질기고 생명력이 강한가. 자연의 이치를 거슬리면 안 될 것이었다.

그렇게 한 그루, 두 그루 심은 나무가 어느덧 야산을 가득 메웠다. 나무의 종류에 따라 구획정리하듯 심은 때문인지 제각기 뚜렷한 개성으로 생명을 나투었다. 뒷짐을 지고 바라보노라면 뿌듯한 충만감이 차올랐다. 누가 보아도 무심히 보아 넘기지 못

할 것이었다. 더러는 애써 심어놓은 나무가 뿌리내리지 못하였다. 정성이 모자란 것만 같아 마음이 숙지근하였다.

"당신이 큰일을 했구만이라우. 정성과 노력을 쏟아부은 만큼 소득이 있어야 할디 아직은 그렇소이."

수련은 넌지시 산을 올려다보며 신기한 눈으로 그간의 노고를 가슴에 담았다.

"걱정하지 말게나. 점점 노령화로 접어드는 세상이라 기다리면 노력의 대가가 찾아올 것이네."

"금메요. 그날이 언제 올는지 모르겠소."

사현은 바라만 보아도 흐뭇한데, 수련은 여전히 회색빛이었다. 사현은 나무를 가꾸는 일이 손에 익자 조금 여유가 생겼다. 산에 올라도 애써 나무를 찾아 헤매지 않았다. 욕심을 부려서는 안 된다는 철칙을 나무를 캐다 심으면서 몸에 익힌 터였다. 그와 동시에 판로를 생각하였다. 나무들이 튼실하게 뿌리를 내리는 모습을 바라보노라면 도무지 판로가 막막하였다. 더욱이 싼값으로 들어오는 중국산 약재들이 시중에 범람하였다. 기껏 찾는 사람이라야 마을사람들이었다.

"어야, 그 뭐시냐. 황칠나무하고 엄나무 좀 줄 수 없는가? 꾸지뽕나무도 좋고 가시오갈피나무도 괜찮고 말이여. 헛개나무도 몸에 좋다는디. 나이가 들어논께 자꾸 몸이 부실하단 말시. 딸애가 닭백숙이라도 해묵으라고 돈을 보내왔는디 어짜겠는가. 자네에게 염치없이 아쉬운 손을 내밀 수밖에."

"그러시지요."

사현은 인심 한번 쓰자 하였다. 땀을 흘리며 나무를 심을 때는 반미치광이로 바라보더니. 그게 세상인심 아니겠는가.

　"그냥 받기가 무엇하네이. 오일장 장돌뱅이 약재상한테 사면 돈푼이나 줄 것인디 어쩔게?"

　"원, 별 말씀을 다하시오. 시골 인심이 야박해서야 쓰것소."

　"고맙구만. 약효가 좋으면 내 그 공을 잊지 않음세."

　당연하다는 듯 받아들였다. 더욱 마음 언짢은 것은 젊은 사람들이 화투판을 벌이다 추렴조로 닭 마리나 잡아들고 찾아오는 것이었다. 사현은 닭들이 고병원성 AI로 떼죽음을 당하여 양계장이 폭삭 내려앉은 뒤로는 닭 냄새도 맡기 싫어하였다. 그렇다고 그냥 내칠 수도 없고 인심 사납게 값을 받을 수도 없었다. 함께 어울려 맨숭한 기분으로 입가심을 하며 술잔이나 들이키는 수밖에 없었다.

　"오늘도 닭백숙 추렴이요? 몸보신 한번 잘하시오. 하긴, 잘 묵은 귀신은 얼굴빛도 좋다고 합디다. 사는 재미가 뭐겠소. 묵고 살라고 하는디. 당신이 약기운 넘치게 야산을 가꾸지 않았다면 찌든 우리 살림에 닭백숙 구경이나 하겠어요? 어따, 닭백숙 국물 한번 시원하고 기차요."

　수련은 추렴 끝물로 남기고 간 닭백숙 국물을 아이들과 나누어 먹으며 능갈치게 눈 흘기듯 한마디 하였다.

　"자네도 알다시피 내가 닭고기 냄새나 맡던가. 내칠 수도 없고, 내가 생각해도 한심지경이네. 통로가 꽉 막혀 앞이 보이지 않는구려."

사현은 아이들 학비라도 한두 푼 보탤 요량으로 두어 번 오일
장에 나가 선을 보였으나 눈 흘기는 사람도 없었다. 쭈글스럽고
남세스럽기만 하였다. 그럴 만도 하였다. 마음만 먹으면 주위의
야산에서 얼마든지 자연산 약재를 구할 수 있고, 상대적으로 싼
값으로 들어오는 중국산 약재들이 장꾼들의 발길을 붙들었다.

"이 사람아, 장사를 할려거든 똑뿌러지게 제대로 해야제. 엉거
주춤 뒷짐을 지고 섰으면 되겠어?"

장에 나온 마을노인네가 보기 딱하다는 듯 혀를 끌끌 찼다.

"제가 생각해도 덜떨어진 느낌이요."

"체면이 밥 멕여주는 게 아닐세. 함지박에다 생선 몇 마리 담아
들고 와서 앉아 있는 저 여편네를 보게나. 이왕 나섰으면 눈 딱
내리감고 밑바닥 자리부터 깔아야 한다고."

제기랄, 아무래도 다른 방도를 생각해봐야겠네. 사현은 파장이
되기도 전에 오일장을 벗어났다.

"장에 나왔나 보구만. 모른 체 지나치면 되는 건가?"

갈문이 소리쳐 불렀다. 일부러 갈문의 점포를 비껴가기로 하
였는데, 용케 알아보았다. 사현은 갈문의 점포 앞으로 다가갔다.
윤기 흐르던 오토바이를 줄 세워놓고 팔았던 시절을 물큰 깨물
었다. 그 시절이 좋았지. 하지만 메뚜기도 한철이라고, 그렇게 가
버리지 않았는가.

"자네는 여전히 잘 돼 가는구만. 장터바닥보다 더 너저분하네."

"잡동사니 고철이나 다름없네만 이것들이 나를 먹여 살리지 않
는가."

"녹슬은 부품들이 자네에게는 금붙이로 보이겠제."

"야산은 다 가꾸었는가? 그렇지 않아도 의논할 일도 있고 해서 한번 찾아갈까 했는디 마침 잘되었네."

"꽤나 심각한 얼굴이구랴."

"다른 게 아니고, 어무니께서 더는 망령 든 몸으로 영감 아들 밥 수발을 못하겠다고 저래싸서……."

"집도 반듯하게 지었겠다, 당연하잖은가."

"하도 목매달듯 해싸서 소원을 들어줄까 하고 말이네."

"뒤늦은 효심일세. 좋은 처녀귀신이라도 있는가?"

"거, 있잖은가. 이곳에서 동동주를 빚었던……."

"구름장에 가리운 해가 나타나듯 눈앞에 어른거리네."

사현은 일렁이는 촛불처럼 그녀를 떠올렸다. 고향 장터거리에서 어머니가 경영하였던 돼지국밥집을 다시금 열 거라고 하였다. 그렇게 떠난 산노을을 까마득히 잊고 있었는데 갈문이 입에서 그녀의 존재가 튀어나오다니.

"산노을을 우연찮게 만났네. 아니제. 바른 말 하자면 수소문 끝에 찾아갔네. 그리고 서너 번 만나 진지하게 내 사정을 이야기하였네."

"반응이 어땠는가?"

"처음에는 냉소 어리게 듣더니만 우리 집에 내려와 부모님을 뵙더니 마음의 문을 열더군."

"듣던 중 반가운 소리네. 놀라운 일이여. 그래, 결혼 날짜는 잡았는가?"

"성급하기는. 그쪽은 돼지국밥집을 정리해야 하고, 이왕 늦은 결혼 서둘지 않기로 하였네."

"산노을이 가정에 안주하겠다니 의외인걸."

"장사에 지쳤나 봐. 나이 들어갈수록 혼자 몸이 외롭기도 하고 말이여."

"아무튼, 천생연분이네. 산노을이 이곳까지 흘러와 동동주집을 연 것부터가 예사 인연이 아닌 성싶네."

"그것도 따지고 보면 자네 어무니가 길을 인도하여 점지해준 것이나 다름없네. 자네 어무니 명성을 듣고 어린 시절 인연을 찾아왔기에 만남이 이루어지지 않았는가. 안 그런가?"

"허헛, 갖다 붙이기는."

사현은 진심으로 축하하였다. 오랜만에 갈문이와 축하주를 마시고 느긋하게 집으로 돌아온 사현은 판로에 대해 고심하였다. 앉으나 서나 머리를 싸매고서 끙끙 앓았다. 아무리 머리를 쥐어짜도 무릎을 칠만한 묘안이 떠오르지 않았다. 곁에서 보다 못한 수련이 심통 사납게 한마디 쏘아부쳤다.

"생각을 굴린다고 뾰족한 수가 나온답디까? 거창하게 기계를 들여와 엑기스를 내어 팔 거요, 아니면 갖은 연구 끝에 어느 사람맨치러 사기성 비슷하게 사람들 귀를 번쩍 열리게 할 것이오?"

"글쎄, 엑기스도 괜찮을 성싶구먼. 자네하고 어느 절에 갔을 때 절 앞에서 엑기스를 내어 팔지 않던가."

"엑기스를 뽑아낼 기계를 장만할 돈이 있으면 해보시구랴. 이왕지사 칼을 빼들었지 않았소."

수련은 탐탁지 않은 얼굴로 돌아누웠다. 사현은 다음 날로 실행에 옮겼다. 엑기스 내는데 무슨 큰돈이 들겠는가. 가마솥에 푹 고아 우려내면 될 깃 아니여. 가마솥 엑기스. 사현은 뜸들이지 않고 웃마을 임가네 폐가에서 절반은 녹슨 가마솥을 가져와 돼지 비곗살로 몇 번이고 말끔히 닦아냈다. 기름기가 흐르면서 제법 쓸 만하였다. 준치는 썩어도 준치라고 했던가? 그 옛날 부잣집 가마솥답게 푸짐하게 음식을 삶아냈던 광채를 지니고 있었다.

"그건 무슨 굼벵이 재주요?"

"가만 구경이나 하게. 이것이야말로 신토불이 징검승부수인게."

사현은 같잖다는 표정으로 바라보는 수련을 퇴박 놓으며 흙벽돌을 찍어 움막을 짓고 가마솥을 앉혔다. 그리고 밤을 새워가며 지성으로 약재를 내렸다. 코끝에 땀방울이 맺혀났다.

"허허. 향기 한번 죽이는구랴."

사현은 자화자찬 헛웃음을 치며 신바람을 냈다. 푹 삶아 우려낸 탕약은 향기만으로도 효험이 있지 싶었다. 제일 먼저 아내에게 감평을 부탁하였다.

"탕약이 제대로 우러난 성싶으요. 시세가 났으면 좋을디……."

수련은 그런대로 후한 점수를 주었다. 이웃집 구십 먹은 노인네에게도 감평을 해주십사 선심을 썼다.

"워따, 정성스럽게도 달였네, 그랴. 첫아들 낳고 나서 산후 조리로 묵어본 그 맛이네."

노인네 역시 흔감한 표정을 지었다. 자신감을 얻은 사현은 대형냉장고를 월부로 사들였다. 그리고 병을 주문하여 정성스럽게 담아 포장을 하는 한편 팩도 소홀히 할 수 없었다. 됐어. 사현은 신바람을 내며 당당하게 산지와 생산자의 이름을 밝혔다. 홍보 차원에서 군내 유지들을 비롯하여 이웃과 지인들에게 선물용으로 돌렸다. 반응이 괜찮았다. 제법 주문이 들어왔다. 먹어본 사람들은 효험이 있다는 것이었다. 드디어 고생한 보람이 있구만. 거기에 고무된 사현은 더욱 정성을 기울였다. 수련도 회색빛 얼굴을 거두고 신통한 반응을 보였다.

"뭐가 좀 될 모양이요."

"내가 뭐라고 하든가. 먼 안목으로 기다릴 줄 알아야 한다고."

사현은 덩달아 들뜬 기분으로 주문량을 늘려나갔다. 광고 효과가 제일로 큰 것은 갈문의 공로였다. 오토바이 고장수리로 들고나는 사람들에게 어거지로 떠맡기다시피하며 입이 닳도록 선전을 해주었다.

"드디어 일거리를 제대로 찾았는갑다. 고진감래, 그 말이 딱 어울릴 성싶다. 기름때 묻은 나보다 훨씬 신선해 보이고 말이다."

"너도 결혼하고 나서 뒤늦게 늦둥이라도 볼려거든 돈 아까워하지 말고 부지런히 복용혀."

"그래야겠지. 가만있거라. 내가 시간 나는 대로 배달부 노릇을 해주마. 봉사정신으로 말이여. 오토바이 택배. 속도감이 있어야 한다고."

갈문은 약속대로 오토바이로 신속하게 배달을 해주었다. 마을 사람들도 한 순배 선심을 쓰고 나자 공짜로 얻어먹을 생각을 접었다. 하지만 너무 야박하게 굴 수는 없었다. 섭섭잖게 서비스 개념을 잊지 않았다.

"그러면 손해 보지 않겠는가?"

"염려 마십시오. 그냥 드려도 무엇할 것인디, 저의 정성을 사주시니 고마울 수밖에요."

사현은 한껏 선심을 쓰듯 마음 후하게 안겨주었다. 약재야 가꾸어 놓은 야산에 얼마든지 있지 않는가.

"야, 이러다가는 문사현의 진가가 다시금 떠오르겠다. 흥부 박타댓기 가마솥에 불만 때면 돈이 들어오지 않는가 말이여."

갈문은 배달을 해주고 막걸리 병을 꿰차고 돌아와 너스레를 떨었다.

"니가 뜸들이지 않고 발품을 해준 덕분 아니겠냐. 산노을과는 언제 결혼식을 올리냐?"

"나이 들어 쑥스럽기도 하고 해서 절간에라도 가서 가만히 식을 올렸으면 좋겠는디, 부모님이 한사코 잔치를 벌여야겠다고 저러시니 난감하다."

"아들 하나 늦장가 보내는디 부모 마음을 헤아려야제."

"그래서 날을 받았다. 읍내 예식장에서 결혼식을 올리기로. 앞으로 보름 남았다. 니가 우인 대표로 사회를 봐주라."

"망령 들 나이에 무슨 소리여?"

"황혼빛을 바라보는 신랑신부 아니냐."

두 사람은 한바탕 웃음을 날렸다. 사현은 술자리를 툭툭 털고 일어나 산으로 향하였다. 머지않아 봄이 돌아와 새순이 돋아나면 효소와 장아찌도 담고 차도 만들고 밥상 위에 올려놓고 쌈도

즐길 것이었다. 사현은 가지치기를 하듯 약재를 잘라냈다. 제비가 흥부 집에 박씨를 물어다 주듯, 이 녀석들이 효자 노릇을 하다니. 바라만 보아도 마음 흐뭇하고 즐거웠다.

그런데 언제부터인가 주문량이 줄어들기 시작하였다. 이상하다. 뭐가 잘못된 거지? 사현은 아연 긴장하며 여러모로 분석하였다. 이렇다 할 하자가 없었다. 인심이 변한 건가?

"이거, 어쩐 일이냐? 주문량이 점점 고장 난 오토바이 신음소리맨치러 가르릉거리니."

갈문이 맨 먼저 피부로 느끼며 애가 달아 하였다. 신혼의 단꿈에 젖어 있는데도 주문한 물량을 신속하게 배달해주었다.

"아무리 분석해봐도 원인을 모르겠다."

"나도 단골들에게 물어봤어야. 한참 뜸을 들이다가 하는 소리가 조금 쉬었다 복용하겠다는 거여. 참, 이상하단 말이여."

"삼시 세끼 밥 묵듯 복용할 수는 없겠제."

"누가 또 시샘하듯 해작질을 하는 게 아니여?"

"내게 그럴 만한 앙심을 품은 사람은 없는디."

"모르제. 사촌이 논을 사면 배가 아프다고, 하여간 그런 새끼가 있으면 내가 가만 안 놔둘 거여."

갈문은 자신의 일인 양 흥분하였다. 사현도 갈문의 추리에 잠시 그쪽으로 생각을 굴렸다. 그러나 곧바로 접었다. 가슴에 담은 사람을 곱씹어 의심한다는 것은 죄악일 터였다. 어머니도 살아생전 해원굿을 하고 나면 어떤 종류이건 원한을 가져서는 안 된다고 하였다.

"이상하네요. 왜, 주문량이 겨울날 수은주처럼 떨어지는 거요?"

수련도 심난해하기는 마찬가지였다. 한참 재미를 붙였는데 기운 빠지게 하였다. 알다가도 모를 일이었다.

"갈문이하고도 이야기를 나누었네만 그 이유를 모르겠어."

"뉴스를 듣자니께 어느 몹쓸 인사가 양심을 속여 가짜 건강식품을 다단계식으로 엄청 팔아 물의를 일으켰다고 하던디, 굳이 원인을 찾자면 그런 가짜 건강식품으로 사기를 쳐 사람들의 마음을 등 돌리게 하였는지 모르겠소."

"그런 놈들 때문에 사회인심이 고약하게 변질되고 뒤틀리는 게 아니여."

사현은 한숨을 깨물며 분노를 느꼈다. 사기를 칠 게 따로 있지, 건강식품을 가지고 세상을 농락하다니. 어디 그뿐인가. 가짜 참기름, 염색한 가짜 고춧가루, 원산지를 속인 육류와 생선 등등. 사회악을 조성하는 그런 부류들은 병든 닭들 살처분 하듯 사회로부터 매장을 시켜버려야 사회가 청정지수처럼 투명하고 맑을 것이었다.

하지만 어쩌겠는가. 한번 등 돌린 세상인심을 되돌리기 위해서는 원인이 어디에 있던 짐짓 여유를 찾으며 느긋한 마음으로 기다리기는 수밖에 없었다. 또 시절이 도래할 것이라는 믿음과 자부심을 가졌다. 이 기회에 보다 발전적인 무언가가 있을 법도 하였다.

"너무 약초에 매달리지 말고 버섯을 재배해보면 어때요? 비어 있는 양계장에다 버섯 재배를 했으면 좋겠어요."

"옳거니. 내가 그 생각을 왜 못했지?"

사현은 아내의 제안에 무릎을 쳤다. 잠시 탕약재를 접어두고 버섯 재배를 하기로 하였다. 그것도 노력 여하에 따라 승패가 좌우될 것이었다. 사현은 뜸들이지 않고 버섯 재배에 관한 참고서를 숙지하고 탐방교육도 마다하지 않았다. 열심히 배우고 익힌 덕분에 어느 정도 자신감이 생겼다. 착착 일을 진행시켰다.

"참나무를 준비하는 걸 보니 표고버섯인가 보네."

"자네도 뭘 아는구만. 나무 구하기도 쉽고 해서 표고버섯으로 택했네."

사현은 짬을 내어 일을 도와주러 온 갈문이와 준비된 참나무에 구멍을 뚫고 종균을 넣은 다음 느긋하게 육 개월 이상 배양을 해주었다. 온도와 습도를 유지시켜주고, 배양 중간중간 나무를 뒤집어 배양 속도가 빨라지게 하였다. 지루하고 힘든 작업이었으나, 노력한 만큼 표고버섯을 얻었을 때는 마음이 뻑적지근하였다.

"이제 보니 제법이요. 어머님이 오늘의 당신을 보았더라면 얼마나 대견해했을까요."

수련은 나이가 들수록 달리 된 사현을 바라보며 잠시 시어머니를 떠올렸다.

"자네가 말하니까 말이네만, 엄니께 송구스럽게도 많은 불효를 저질렀네. 자식을 낳아보아야 부모 속을 안다고, 큰 녀석이 군대에 갈 나이가 되니께 뒤늦게 철이 들어가네."

사현은 무념스레 어머니에 대한 불효를 죄스러워하였다. 당골래 아들이라고 알심을 박으며 엇나간 행동으로 어머니의 가슴에 실망과 비애를 안겨주었던 철없던 시절이 후회스러웠다.

"내년에는 작업장을 확장할 거요?"

"아니여. 크게 욕심 부리지 않을 거여."

사현은 양계장 일을 떠올리며 마음을 누질러 다독였다. 욕심은 화를 불러오고, 끝없는 추락을 가져왔다. 수련도 그 점을 빗김으로 한 말일 터였다. 힘닿는 데까지 노력하여 어머니가 물려준 재산을 다시금 되찾아야만 면목이 서지 싶었다. 사현은 내년을 기다리며 긴 겨울을 나기로 하였다.

"허허, 오붓하게 세상을 가꾸네, 그려."

차 소리가 나고 버섯농장을 찾아든 사람은 갈문이었다. 뒤따라 산노을이 양손에 묵직한 가방을 들고 들어왔다. 정장차림이었다.

"어디들 다녀오는가 봐."

"친정어머님 기제사여서 산소를 돌아보고 오는 길이에요. 동동주하고 삼겹살 좀 가져왔어요."

"좋지요. 어서 버섯을 따 와요."

사현은 저절로 흥취가 났다. 어린 시절에는 돼지국밥집 딸로, 지난날에는 동동주집 주모로 대하였는데 어엿한 친구 부인이 아닌가. 술맛이 새로울 것이었다. 결혼식 때도 토종끼리 유례없는 늦결혼이라고 떠들먹한 잔치였다. 나중에는 윷판이 어우러지고 집들이 겸사겸사로 풍물패까지 동원되었다. 네 사람은 불판 주위에 둘러앉아 삼겹살과 표고버섯을 안주로 동동주를 들었다.

"시부모님께서 며느리 손으로 삼시 세끼 밥상을 받으니 그런 행복이 없겠어요."

"반찬새는 제가 배워요. 어머니 손맛, 그것은 정말 우리네 진맛이에요."

"어떻게 결혼까지 생각하셨어요?"

"저이가 막무가내 밀어붙이지 않겠어요."

수련의 농담 어린 물음에 산노을은 수줍음을 담았다.

"그걸 보면 인연이란 때가 있는가 봐. 자네는 늦게까지 천생배필을 기다릴 줄 알아서 뒤늦게 신혼의 재미를 만끽하네."

"자네는 그 성질머리에 남보다 일찍 자식농사를 짓고, 마누라를 끔찍이도 위한단 말이여."

네 사람은 시간을 놓아버린 채 술잔을 들었다. 뒤돌아보면 세월은 화살처럼 빨랐다. 이루어놓은 것은 없는데 황혼빛이 저만큼 내다보였다. 기름진 무논에 심어진 벼처럼 어느새 아이들은 훌쩍 커버렸다. 당골래 아들이 대학은 가서 무엇 하느냐고 어머니 가슴에 불을 지른 자신의 어리석은 전철을 두 아들은 고맙게도 밟지 않았다. 그래. 아비의 전철을 밟지 말거라. 세상은 갈수록 밝은 햇살이 비치지 않느냐. 새삼 아내를 바라보았다. 아내도 세파에 찌들려 귀밑머리가 희끗하였다.

시대의 자양분

빛이 밝으면
주위의 어둠 또한 짙다.

"큰애가 군대 소집영장을 받아 휴학계를 낸다네요."

"올 것이 왔는디 뭘 그래쌌는가."

사현은 수련의 말을 당연하게 받아들였다. 자신이 자원입대하였던 지난날을 잠시 떠들렸다. 당골래 아들이 싫어서, 세상을 향한 울분을 잠재우고 싶어서, 무언가 새로운 경지, 내일을 향한 삶의 활로를 찾기 위하여 군에 자원입대하였다. 그 세월이 까마득하게 짚혀오는데 아들의 군 입대가 해조음으로 다가왔다.

"헌디, 문제가 좀 심각하요."

수련은 하던 일을 멈추고 한숨을 내쉬었다.

"심각하다니?"

"녀석이 군 입대를 앞두고 여자 친구를 데려온답니다."

"허어, 경사로구만."

사현은 속으로 쓴웃음을 지었다.

"생각지도 않은 여자친구를 집에 데려다 놓겠다는 것이오. 당신 전철을 밟을 모양이요."

"뭐시여? 그게 될 법한 일이여."

사현은 화라락 신경을 곤두세웠다. 아직 뜸도 들이지 않았는데 처녀며느리를 들여놓는단 말인가. 더구나 요즘 세상에 결혼하고서도 이혼을 밥 먹듯 하는데, 대학생인 주제에 여자를 데려다 놓는다?

"그래서 하는 말 아니요."

수련은 거듭 한숨을 쉬었다. 몽니를 부리듯 자원입대를 한 신랑을 떠나보내고 얼마나 마음고생을 하였던가. 시어머니가 딸처럼 아껴주고 마음써주었지만 새색시의 울적한 심사는 늘 불안하였고 잠자리가 허전하였다. 자신은 어엿하게 면사포를 쓰고 며느리로 들어앉았지만 아들이 데려온다는 여자는 처녀 신분이 아닌가.

"녀석이 집에 내려오면 자초지종을 물어볼 수밖에. 열심히 공부하는 줄 알았더니 여자 치마폭에 묻혀 지내다니."

사현은 생각할수록 아들의 행위가 생뚱맞았다. 아들에게 향한 기대치가 얼룩반점으로 번졌다.

"당신 자식 아니랄까 봐서요. 부전자전이지요. 얼마나 죽고 못 살았으면 지놈 없는 동안 헛눈질할까 싶어 집에 데려다 놓는다는 것인지."

수련은 아들의 행위가 영 마뜩잖았다.

큰 녀석이 휴학계를 내고 집에 내려온 것은 군 입대를 일주일

앞두고서였다. 녀석의 뒤를 따라 또각소리를 내며 처녀애가 나타났다. 앳되어 보이는 그 모습이 밉상은 아니었다. 갸름한 얼굴, 쭉 빠진 각선미하며 완연한 도시물이었다.

"아부지, 어무니, 절 받으세요. 제 여자친구예요."

아들은 한 점 걸림 없는 당당한 모습이었다. 수련은 흠칫 저 옛날 남편의 자화상을 보는 듯하였다. 세상에나! 어찌 이런 일이 있을손가. 수련은 아들의 전화를 받았을 때만 해도 설마 하는 마음이었다.

"그냥 여자친구냐?"

사현은 애매하고 어정쩡하게 인사를 받으며 새삼 처녀애를 매슬러 보았다. 눈꺼풀 아래 수줍음을 담고 있었다.

"이 애가 알바를 하며 힘들게 학교를 다니다 기숙사에 들어가지 못해 함께 지냈어요."

"허면, 동거를 한 거냐?"

"룸메이트라고 해야죠."

"니가 군대를 다녀올 동안 우리 집에 있었으면 한다는데, 그게 사실이냐?"

"그렇게 결정하고 내려왔어요. 이 애도 휴학계를 낸 셈이지요."

아들은 어디까지나 시원시원하고 다부졌다. 당돌한 그 기백까지도 애비를 닮은 건가?

"그러면 결혼 약속이라도 한 거냐?"

"그렇게 흘러가야 되지 않을까 싶습니다만……."

아들은 여자를 돌아보며 동의를 구하듯 싱겁을 떨었다.

"장차 학교는 어떡하고?"

"제가 제대할 동안 재충전을 해야겠지요."

녀석은 당연하다는 얼굴로 아주 쉽게 결론을 내리듯 말하였다. 철딱서니가 없는 건지 발폭이 빠른 것인지, 쉽고 가볍게 생각하는 요즘 세태를 반영하듯 하였다.

"말 하나는 작심한 듯 막힘이 없구나."

수련은 또르르 눈을 흘겼다.

"어쨌거나, 손님으로 생각하겠다. 요즘은 사위가 백년손님이 아니라 며느리가 백년손님이라 하지 않더냐."

사현은 자신의 지난 시절을 다시 한 번 물큰 깨물며 새척지근하게 솟는 감정을 누질렀다. 자격지심이라고나 할까.

"그럼, 예비며느릿감으로 인정하시는 겁니까?"

녀석은 잠깐 반색을 하였다. 저런 넉살이라니. 사현은 속으로 혀를 찼다.

"말이 그렇다는 것이다. 더구나 하루가 다르게 변해가는 세태라서 앞날은 아무도 알 수 없다. 그만큼 변화무쌍한 세태 아니냐. 머물고 싶지 않을 때는 언제든지 미련 두지 말거라. 더구나 이곳은 자연과 더불어 숨 쉬고 사는 열악한 공간이다."

사현은 허령한 마음이었다. 마뜩잖다기보다는 영 신뢰가 가지 않았다. 자취방을 구할 수 없어 룸메이트로 동거를 하였다? 그만큼 감정과 이성이 뒤얽힌 함수관계인지는 모르겠으나, 한편 생각하면 집안 사정이 어려울 수도 있을 터였다. 또 모른다. 정식으로 대학을 다니고 있었는지. 그것도 지나칠 수 없는 의문사항이었다. 뉘집 자손인지 전혀 모르는 상태에서 선뜻 흔감해하며 예비 며느릿감으로 받아들이기에는 껄끄러웠다. 새삼 객기로 들어찼던 자신의 젊은 날이 뒤엉켜 아무래도 부전자전이라는 말을 듣게 되었다.

"어무니, 잘 부탁합니다. 아셨죠?"

저런 넉살이라니. 녀석은 지 어미에게 한껏 알랑방귀를 뀌듯 하였다.

"할 수 있냐. 당분간 지내보자꾸나. 언제라도 불편하거든 가도 된다. 시골생활이 만만치는 않을 것이다."

수련도 심드렁하게 받아들이기는 마찬가지였다. 열길 물속은 알아도 한 길 사람 속은 모른다고, 겪어봐야 그 속내를 알 것이었다.

"어무니요, 이 애는 무엇이나 가리지 않고 할 수 있고 감당할 수 있어요. 신앙의 힘으로 적응력이 남달라요. 한번 겪어보세요."

저런 팔불출. 신앙의 힘이라니? 사현은 그 점을 물으려다 하, 기가 차서 된통 눈을 흘기고 자리에서 일어났다. 심란한 마음을 달랠 필요가 있었다.

"여보, 어쩌면 좋지요? 막상 일을 당하고 보니 대책이 서지 않으요."

수련은 뒤따라 나오며 바짓가랑이를 붙들듯 말하였다.

"두고 볼 수밖에 더 있겠는가."

"동네사람들 입술 위에 오르내릴 것을 생각하면 벌써부터 귀가 따갑소."

"그래봤자 얼마 가겠는가. 뉴스거리가 없어 심심하던 차에 군 것질거리로 잘되었는지도 모르제."

사현은 버긋지게 내뱉으며 버섯농장으로 향하였다. 버섯 향기를 맡아보다가 오랜만에 버려두었던 수목원에 들렀다. 약재나무들은 몰라보게 무성하였다. 그 사이사이에 심어놓은 키 작은 약초들도 어우러져 있었다. 사람의 정성 어린 손길이 닿지 않아 제멋대로 자라 자연 그대로의 모습들이었다. 이것들도 다시금 정성스럽게 가꾸고 손질해야겠다고 마음 사려 물었다. 사현은 한 바퀴 돌아보고 나서 주춤주춤 산을 내려왔다.

"어야, 자네 집에 경사가 났다면서?"

"그게 뭐 경사일랍디요."

사현은 이웃집 노인네의 바장대는 소리에 싱겁게 대답하였다.

"요즘 세태가 그러지 않는가. 언제쯤 식을 올릴 거여?"

"아들 군대나 다녀오면 모르겠소만……."

"자네는 군대 가기 전에 외고퍼고 결혼식을 올리지 않았는가?"

"그렇게 말씀하시니 할 말이 없네요."

"눈치 볼 것 없이 후딱 식을 올려줘. 마음 변하기 전에. 요즘 세태가 얼마나 빠르게 변한가. 자네도 자식 일찍 두어 얼마나 좋은가. 자네 연배에 장성한 자식들을 둔 사람이 어디 있는겨?"

"어르신들 입이 심심찮게 되었습니다."

사현은 빗김 치듯 쓰거운 얼굴로 지나쳤다. 마음이 상쾌하지 않았다.

아들 녀석이 군에 입대하고 나서 처녀애 혼자 남았다. 서먹함이 감돌았다. 불편함은 말할 것도 없고, 여러모로 신경이 쓰였다. 말하자면 생각지도 않은 불청객이나 다름없었다. 반찬새야, 설거지야, 밥 짓는 것을 제 딴에는 열심히 도왔다. 수련은 주방에서 다소나마 해방된 가뿐한 기분으로 사현의 일을 거들었다. 처녀애는 주로 수련과 이야기를 나누었다.

"즈그 집이 있을 텐디 굳이 우리 집에 온 까닭이 무어라고 하던가?"

"듣고 보니 가정사가 딱합디다."

"짐작은 했네만 아주 곤궁한 집안이던가?"

사현은 처음부터 처녀애의 얼굴에 근심빛이 보이는 게 마음에 들지 않았다. 제 딴에는 긴장한 탓도 있었겠으나, 젊은 애답게 활달한 맛이 있어야 하는데 그렇지가 않았다.

"대학 들어가기 전까지는 그런대로 살았던가 봅디다. 그런데 즈그 아부지가 회사에서 퇴근하고 돌아오는 길에 교통사고를 당했다나요. 졸지에 가장을 잃고 나서 방향을 잃었는가 봐요."

"어무니라도 있을 게 아닌가?"

"금메요. 어무니가 마음잡고 살림을 휘어잡았으면 우리 집까지 왔겠소."

"바람이라도 났단 말인가?"

"그게 아니라 남편을 잃은 충격으로 우울증에 걸려 요양원에 들어갔다네요. 자세한 내막은 듣지 못하였지만 쭉정이만 남은 세간을 직장 없이 빈둥거리는 삼촌이라는 사람이 돌본다는디 온전하겠어요."

"그거, 참. 충격이 컸더라도 마음을 잘 다스리고 자식들과 오붓하게 살 것이제."

"금메요. 같은 여자로서 마음이 아프네요."

수련은 처녀애를 볼 때마다 딱하다는 생각이 들어 아릿한 가슴으로 신경을 썼다. 나름대로 삶의 돌파구를 찾기 위해 사랑이라는 믿음으로 모험을 샀을 것이라는 마음자리를 헤아려 되도록 심기를 건드리지 않는 방향으로 대하였다.

그래서였을까, 처녀애는 철저하게 혼자만의 공간과 시간을 누렸다. 끼니때마다 잠깐잠깐 주방 일을 도와주는 외에는 방안에 틀어박혀 무엇을 하는지 몰랐다. 수련은 신경을 쓰거나 간섭하지 않았다. 며칠이나 시골생활을 버티겠느냐고.

"어이, 며느리 될 처녀애 마음에 들던가?"

갈문이 이따금 오토바이를 타고 와서 농담반 진담반으로 헛웃음을 쳤다.

"마음에 들고 말고가 어디 있나. 자네, 부러운 거여?"

"부럽지. 나도 이왕 장가 들 것, 자네처럼 철없을 때 갈걸 그랬어."

자식 농사도 때가 있는 법. 갈문은 은근히 부러운 눈길을 보냈다. 갈문의 그 모습을 볼라치면 처녀애가 밉상스럽게 보이지 않았다. 가정 형편도 그렇다 하고, 잘 다독여 다스리면 기대치에 부합할 것도 같았다.

"저 애가 하나님을 지성으로 믿는가 봐요. 아무튼, 저 애 땜새 문제가 좀 심각할 것 같으요."

어느 날, 수련은 고개를 갸웃하며 묻잖은 말을 하였다. 그 말을 듣는 순간 사현은 무언가 모를 저릿함을 느꼈다. 당골래 집안에서 아무래도 물위의 기름 격이 아니겠는가.

"심각할 게 뭐가 있나. 각자 신앙의 자유가 있는디."

사현은 투깔스럽게 되받으면서도 심기가 불편하였다. 아들이 신앙 어쩌고 하던 말이 생각났다.

"그게 아니라 우리 집은 교회와는 상반된 입장 아니요."

"당골래 집안에 민들레 홀씨마냥 교인이 들어왔다, 그 말인가?"

"당신은 건성 내뱉듯 속으로 곰삭힐지 모르겠지만 저 애 입장에서 보면 그렇지 않을 것이요."

수련은 손톱을 잘근 깨물듯 심각한 그림자를 드리웠다.

"아들 녀석이 우리 집안 내력을 거두절미 입 싹 다물었을 리는 없고, 뭔가 아리송한 구석이 있네만 너무 걱정하지 말어. 오히려 잘됐지 뭔가."

사현은 두고 보기로 하였다. 수련의 말대로 처녀애는 내놓고 교회에 나가지는 않았으나, 가만스레 창문 너머 교회 십자가를 향하여 기도를 드리기도 하였고, 찬송가를 흥얼거리기도 하였다.

"저 애가 우리를 전도하려는 사명감으로 온 건지도 모르겠네요. 기분이 영 그러요."

"설마, 그러기야 하겠는가."

사현은 말은 그렇게 하면서도 문득문득 심각한 표정을 지었다. 윗대의 기제사는 물론 어머니의 영정을 신당에 모시고 있지 않는가. 처녀애는 제사에 참석하지 않는 것은 물론이거니와 제사음식은 입에 대지 않았다.

"넌 우리 음식이 입에 맞지 않느냐? 라면으로 끼니를 때우게."

수련은 짐짓 무관심을 가장하며 라면 냄새를 풍기는 처녀애에게 모서리지게 일침을 놓았다.

"그게 아니에요. 그냥 라면이 먹고 싶어서요."

처녀애는 얼굴을 붉히며 궁색하게 변명하였다.

"자취를 한답시고 라면에 이골이 난 게로구나."

수련은 여전히 모퉁이지게 말하였다. 로마에서는 로마법을 따르렸다고, 제가 장차 이 집 며느리가 될 작정이면 이 집 풍습과 전통을 따라야 하지 않겠는가. 작은 불씨가 큰불로 번진다고, 영 마음이 심란하였다.

"암만해도 저 애가 적응하기 어렵겠는디, 일찌감치 보내는 게 어떨까?"

"그런 걱정은 하지 않아도 될 성싶으요. 머지않아 떠날 생각입디다."

"신앙의 색깔 때문에 한계에 부딪혔단 말이제?"

"그것뿐만 아니라 여러모로 시골생활이 어려운가 봐요."

"우리 눈치 보아가며 적응하기가 어디 쉬울라든가. 어쨌거나, 힘들이지 않고 해결의 실마리가 풀려 잘된 일이네."

사현은 가슴 한구석에 시원함을 느꼈다. 신앙의 갈등은 사회적으로나 가정적으로나 심각한 문제 아닌가. 그로 인하여 가정의 불화는 물론 사회적인 반목현상이 비일비재 하지 않는가. 일찍 사달이 나는 게 서로에게 좋을 것 같았다. 암만. 상처가 깊지 않을 때 뭇가름을 해야제. 더구나 우리가 쫓아낸 게 아니라 지 스스로 나가겠다니 아들에게도 일말의 명분이 설 것이고. 사현 은 적이 마음을 놓았다. 수련의 말대로 처녀애는 얼마 버티지 못 하고 떠났다.

그런데 문제는 거기서 끝나지 않았다. 아들이 휴가를 얻어 내 려왔다.

"너도 사정을 알겠지만 처녀애가 떠났다."

사현은 전후사정을 길게 말할 것 없이 짤막하게 인지시켰다.

"편지를 보내 왔더군요. 종교적인 문제로 갈등을 내보일 수 없 어 떠났다고요. 그 때문에 생활하기에도 불편하고 조심스러웠다 고요."

"어디로 간다는 말은 없고?"

"교회 선교단에 합류할 거라고 하더군요."

"허면, 처음부터 우리 집안 사정을 이야기하지 않았단 말이냐?"

"즈그 어머니에 대한 원망이 마음 한자리를 차지하고 있어 기 도하는 마음으로 신심을 키웠는가 봐요. 굳건한 신앙심으로 자 신의 세계를 열어가겠다고 투명하게 말하였고요. 우리 집안 내력 도 자세히는 말하지 않았지만 알아듣기 좋게 말하였지요. 그 점 에 대해 심각한 갈등 요인을 내비치지 않았어요. 제가 제대할 동 안 서로가 각자의 신앙을 공유한 가운데 화합하고 헤아리는 가 운데 하나됨을 가슴에 심자는 생각에서 집에 보낸 거예요."

"그게 그렇게 쉬운 일이냐. 너도 참 고지식하다."

수련은 나무라듯 말하였다.

"저는 어느 신앙이나 인간의 본질에서 우러난 만큼 갈래는 있을지 몰라도 동질성을 부여했어요. 그래서 그 애도 제 뜻을 따랐다고 생각했고요."

"우리 집안 내력을 상세히 알았으니 너와의 관계도 정리했겠구나."

"내려올 때 만났는데, 저더러 자기가 믿는 종교에 귀의하면 장래를 언약한다고 하더군요."

"너는 어떻게 생각하느냐?"

"제가 분명히 말했어요. 사랑의 명분이라든가, 조건을 신앙의 굴레 속에 종속시키거나 매몰시킬 수 없다고요. 저는 어디까지나 당골래 할머니 손자라고 힘주어 인지시켰어요. 막상 사랑의 힘으로 서로의 종교관을 합목시키지 못하고 헤어진다는 게 마음 아팠습니다만, 저는 그 애가 믿는 신앙의 울타리 안으로 발을 내딛고 싶지 않았어요."

"그런 마음가짐을 지니고 있는 줄은 몰랐구나."

사현은 한쪽 가슴이 시큰하였다. 새삼 아들이 돋보였다. 어찌 그런 의식을 품안을 수 있을까. 수련도 아들의 말에 가슴을 모두었다.

"아버지께서는 여러모로 할머니에게 반발하였고, 당골래 아들이라는 데에 모멸감을 지닌 나머지 거부반응이랄까, 콤플렉스를 지니고 있겠지만 저는 다릅니다. 당골래 할머니를 자랑스럽게 여깁니다.

"어떻게 말이냐?"

"시대를 거슬러 올라가자면 무당은 하늘과 땅과 백성을 아울러 다스린 임금이었습니다. 제정일치의 존재자였습니다. 그리고 무엇보다 우리의 얼을 지켜 내려온 고유 신앙의 종교적 모태입니다. 어찌 그러한 순수한 신앙을 외래종교에 의해 침탈당하고 폄하시킬 수 있으며 훼절시켜야 합니까. 민족 신앙의 탈을 쓰고서 속물주의로 타락한 군상들은 도태되어야겠지만."

"니가 그러니께 더 이상 할 말이 없다. 근심걱정이 안개 걷히듯 말끔히 사라졌다. 니가 원하는 여자는 앞으로 얼마든지 있을 것이다."

수련은 한술 더 떠서 아들을 따북하게 안았다. 주관이 뚜렷한 만큼 믿음직스러웠다. 지 애비 전철을 밟아 계집을 일찍 밝힌다고 생각하였던 마음을 혁대를 풀어 헤치듯 풀어 던졌다.

"무당은 뭐라 해도 우리의 정신유산이랄 수 있습니다. 할머니는 그러한 존재자이자 매개자였습니다. 변질되고 타락한 사이비 무녀들과는 차원이 다릅니다. 저는 그동안 아버지께서 할머니에 대한 무조건적인 반항의식과 타의에 의해 잘못 인식되어온 사회적 열등의식을 나름대로 분석해 보았습니다. 그리고 잘못 인식하고 받아들인 아버지의 그 마음을 이해하였고요."

"느그 어무니 말처럼 너를 다시 봐야겠다."

사현은 자신보다 정신적으로 훌쩍 커버린 아들 녀석이 고맙기만 하였다.

"그럼, 그 애와의 관계는 이것으로 일단락 짓겠습니다."

아들은 경례를 붙이듯 분명하게 매듭을 지었다.

"할아버지, 할머니 존재를 잊고 사는 오늘의 세태인디, 저 녀석은 좀 다르요. 할머니 정신을 따북하게 가슴속에 지닐 모양이요."

아들이 휴가를 마치고 떠나자 수련은 아들의 뒷모습을 바라보며 믿음직스러워하였다.

"즈그 할머니의 모습을 가슴 깊이 각인한 모양이네."

사현은 한 시름에서 놓여나 버섯재배에 매달렸다. 제일로 습도와 온도를 맞추는 데 신경이 쓰였다. 종균을 배양하는 데는 이력이 붙어 인근에서도 견학을 오고 자문을 구하기도 하였다. 그렇게 버섯재배에 정성을 쏟는 틈틈이 야산의 수목원에 올라 몰라보게 자란 약재들을 손질하고 돌보았다.

인간사 새옹지마

눈에 보이는 길만 있는 것이 아니요,
눈에 보이지 않는 길도 있다.

"나이가 들수록 세월이 빠르제?"

"그러게 말이네. 시절이 갈수록 세상사가 덧없다는 생각이 들어."

"자네 아부지는 더 사실 줄 알았는디 마음이 숙연하네. 그 연세까지 사셨응께 호상이었네만."

"며느리가 빚은 동동주에 흔감스레 맛을 들였는디. 돌아가시면서도 그 점을 아쉬워하더군."

"아침 해장술에 밥을 말아 드셨다면서? 뒤늦은 호사였네. 요즘 세상에 늙은이들이 며느리 구박을 얼마나 받는가. 원도 한도 없었을 거여. 손주를 보지 못해 그게 마음에 걸렸겠지만."

"아니여. 지하에서 손주를 볼 것이네."

"그럼, 그 나이에?"

"나도 놀랐네. 병원에 몇 번 가기는 했지만 기적이 일어날 줄은 몰랐네. 어무니는 아부지를 잃은 슬픈 와중에도 희색이 만면하네. 자네가 심혈을 기울여 우려낸 강장제 덕분인 듯도 싶고, 집사람도 자네 모르게 어무니 신당에서 치성도 드리고"

"불가사의한 경사구랴. 쉰둥이가 태어난다는 말을 실감하겠어."

사현은 갈문이 뒤늦게 자식을 볼 것이라는 말에 경이로움을 느꼈다.

"자네는 큰아들이 졸업과 동시에 뜸들이지 않고 취직을 하였다매? 이번에는 둘째가 장교로 임관하고 말이여. 취직이 하늘의 별 따기보다 어려운 시절에 얼마나 좋은 일인가. 일찍 자식농사는 잘 지었어."

"철없는 나이에 자식을 두었다는 게 자랑일 수만은 없네마는 이제 좀 숨 쉬고 살 만하네."

사현은 다시금 지나간 세월을 곱씹었다. 저만큼 바라다보이는 석양노을로 물든 지난 시절이 붉게 물들어 있었다.

"불판 앞에서 한가하게 술이나 마시고 있을 참이요?"

수련은 밖에서 돌아오더니 술자리를 비집고 앉았다.

"무슨 뉴우스라도 들은 게요?"

"어무니를 모신 신당 말이요. 하, 기가 막혀서."

"숨 돌리고 차분하게 이야기 해보게나. 신당이 뭘 어쩐다?"

"그간 스님 행세를 하며 시덥잖은 달마상을 그리네, 세월 속에 묻혀 조용히 잠든 남의 조상 묘를 파뒤집네 하며 주위의 눈총을 받더니 아, 금메. 터무니없는 조건을 홍두깨 내밀듯 하지 않으요."

"지깐 놈이 무슨 조건을 내민다는 거여?"

"어무니를 모신 신당을 철거하고 지장보살을 모시겠다고 안 하요. 그리고 차제에 암자를 더 크게 신축하겠으니 공사비 일부를 불사하라잖아요."

"뭐, 그딴 자식이 있나. 그동안 주위의 부정적인 여론을 잠재워 주며 시린 이빨 에우르듯 참아왔는디 그 따위 흰소리를 하다니."

사현은 울컥 비위가 뒤틀렸다. 스님 같지도 않은 땡중이 민심을 현혹한다고 숙덕공론이 일 때마다 살아생전 어머니가 받았던 모멸감을 생각하여 좋은 방향으로 물꼬를 틀기 위해 음으로 양으로 얼마나 노력하였는가. 심지어는 영험하신 당골래 신당에 그런 땡중이 들어와서 인심을 어지럽힌다는 주위 사람들의 흰 눈자위를 다소곳 잠재웠다.

"당장 쫓아내 버려. 그간의 은혜도 모르는 싸가지 없는 작자 아니여."

갈문이도 덩달아 흥분하였다. 사현의 성질에 오늘날까지 버팀목이 되어준 것만 해도 감지덕지 마음을 추슬러 잡아야지.

"안 그래도 그 조건을 들어주지 않으면 짐 싸들고 나간다나요. 그도 아니면 자신들이 제시한 값에 팔라고 합디다."

"그러니까 명분 쌓기용으로 불사를 하라고 운을 띄웠구만. 주위의 민심도 한계에 도달하였다는 것을 잘근 깨물었을 것이고. 잘되었구랴. 당장 내보내야겠어."

사현은 단칼에 무 베듯 결정을 내렸다. 비렁뱅이처럼 들어와 재산을 불린 것만도 무엇한데 이제 와서 보따리를 내놓으라니.

사계절 행사 때마다 시주는 얼마나 하였으며, 아내의 말을 들어 요사채를 지어주지 않았는가. 그런 은공도 모르고 저 따위로 나오다니 용서할 수 없었다.

"당신 말대로 이참에 시원하게 내보냅시다. 주위에서도 속이 개운할 것이요. 그렇게 말하는 뽄새가 그동안 모은 돈으로 어디 메쯤 땅 마지기나 마련하고 집칸이나 장만한 듯 싶으요."

"쇠뿔은 단김에 빼렸다고, 지금 당장 내보내자고."

갈문이 자리를 박차고 일어났다. 사현은 장칼을 비껴든 장비의 성깔을 앞세우고 암자로 향하였다. 오늘따라 암자 위쪽 어머니를 모신 신당이 고적해 보였다.

"이봐. 그동안 시린 이 깨물듯 참아왔응께 개소리 말고 걸망 메고 당장 나가."

사현은 다짜고짜 일갈하였다. 성질 같아서는 불문곡직 한 주먹 올려붙이고도 남았는데 몰골이 불쌍하여 참았다.

"그러지요. 저희들도 전혀 갈 데가 없는 게 아니니까요."

맞받아치듯 말하고 군말 없이 짐을 쌌다. 이미 이런 결과를 예견한 듯하였다.

"예의라곤 눈곱만큼도 없구만. 은혜는 둘째 치고."

갈문은 뱀대가리 밟듯 한마디 내붙였다. 그간의 정리를 생각해서라도 저렇게 막돼먹을 수는 없었다. 나가고 싶으면 좋게 나갈 것이지 딴지를 걸다니. 사람은 자고로 뒷모습이 아름다워야 하는 법.

"참게나. 똥이 무서워서 피하는가. 더러워서 피하제."

사현은 머리끝까지 치밀어 오르는 성질을 누지르며 구역질이 난다는 듯 돌아섰다. 세상을 살다 보면 별별 인간을 다 만나기 마련이었다. 마을사람들도 덩달아 한마디씩 거들었다. 앓는 이가 빠져나간 듯한 표정을 지었다.

"아따, 잘 나갔네. 듣자니께 그동안 공밥 얻어 묵듯 하며 돼먹지 않은 달마상인가 뭔가를 회벽칠하듯 그려붙여 돈푼깨나 주머니에 챙겨 넣었다는구랴."

"어디 그뿐인가. 마을 어귀에다 가족장을 조성케 하고, 말없이 잠들어 있는 남의 집 조상 묘를 명당자리로 이장해준답시고 엉뚱한 산골에다 암매장해주고 수월찮은 돈을 받아 챙기지 않았는가."

"거기에 놀아난 사람들이 한심지경이제."

"인연도 가지가지라고 안 합디요. 여러 가지로 제가 면목 없구만요."

"자네 낯을 봐서 꾹 참았네만, 자네 어무니에게까지 누를 끼칠 뻔했어. 자네 모친은 제대로 신이 들려난 신녀였제. 돌아가실 때는 어느 선사(禪師) 못지않게 결 곱게 앉아서 천화하지 않았는가. 앞으로 신당을 어떻게 관리할 것이여?"

"우리가 관리해야지요. 아무에게나 맡기지 않을 것이요."

"허면, 자네 안사람이 치성을 드린단 말인가?"

"못할 것도 없지요."

"그렇기는 헌디, 그러다 시어무니 맥을 잇나 않을랑가 모르겠네."

"별 말씀을 다 하시오. 아무에게나 신이 내린다 합디까. 그리고 시어무니 맥을 이어받는다 해서 죄 될 게 있어요?"

"허긴, 그렇네만……."

마을사람들은 사현이 된통 눈 흘기듯 내부치자 시루죽하게 말꼬리를 내렸다. 수련은 정성스레 신당을 가꾸고 지성으로 당골래의 혼백을 모시었다. 부처님을 모셨던 암자와 요사채를 깔끔하게 단장한 다음 암자에는 당골래의 유품을 전시해 놓고 요사채에 살림살이를 옮겼다. 그리고 앞마당 채전밭을 꽃동산으로 만들었다. 꽃동산 한가운데에 원두막 같은 정자도 지어 분위기를 새롭게 하였다.

"이왕지사 계곡물을 끌어다 꽃동산 앞에다 연당을 만들면 좋겠구랴."

"그리하면 금상첨화겠소만 당신 일거리가 벅찰 것 같은디요."

"어려울 게 있나. 포클레인을 부르면 되제."

사현은 말 떨어지기가 무섭게 아담한 연당을 조성하였다. 한껏 운치가 있었다.

"영판 신선이 노니는 동산만 같네. 어따, 흐르는 계곡물 소리도 시원하고 꽃향기며, 멀리 펼쳐진 풍광도 그만이네. 이런 곳을 무심히 방치하였네이."

이웃 사람들이 구경 삼아 모여들어 한마디씩 보태었다.

"그러게 모든 자연의 이치가 사람 손에 의해 달라지는 법이여. 연당 속에 노니는 잉어 좀 보소."

"들자니 자네 할아부지도 무덤 속에서 되살아나 독립유공자

반열에 올랐다매? 정말 잘한 일이네. 새삼 시상이 변한 걸 실감
하겠어. 이왕지사 자네 할아부지 유공비(遺功碑)도 이참에 연당
위에 떡허니 세워."

"그래야겠습니다. 그동안 지하에서 얼마나 서러움을 받았습
니까."

사현은 미처 그 생각을 못 하였는데 듣고 보니 허투루 넘기고
싶지 않았다. 군사독재 정권이 소멸되고 민주화가 가슴에 들어
차자 억울하게 땅에 묻혔던 영령들이 세상의 빛을 보게 되었다.
사현의 할아버지도 그 반열에 당당하게 들어섰다. 격세지감이랄
까, 새옹지마가 따로 없었다.

사현의 할아버지 문지상의 유공비 제막식 날은 비가 쏟아지는
데도 군수를 비롯하여 군내 유지들과 인근 마을사람들이 참석하
였다. 조촐한 가운데 남다른 감회에 젖어 벅찬 가슴으로 사현은
자신의 위상을 새롭게 느꼈다.

"할아버지 유공비까지 세우고, 이렇게 가꾸고 조성해 놓은께
우리 마을 명승지가 되었네."

"입소문으로 당골래의 죽음이 새삼스레 퍼져나가 새끼무당들
이며, 일반 사람들도 순례하듯 다녀가지 않는가. 표고버섯 재배
도 그 땜새 매출이 오르고 말이여. 요즘 힐링이다 웰빙이다 해서
약재로 어우러진 수목원을 찾는 사람들의 발길이 끊이질 않네."

더위를 피해 꽃동산 정자에 올라온 사람들은 수박과 더불어
시원한 막걸리라도 사 주면 입꼬리가 번연하게 벌어졌다. 꽃동
산 정자는 자연스레 사람들의 쉼터가 되었다. 때로는 순례차 찾

272

아온 무당들이 치성 끝에 놓고 간 음식으로 흡족해하였고, 지나
치는 관광객들과 어울려 기념사진도 찍었다.

"저러다 우리가 텔레비전에 나올지도 모르겠네."

"그리되면 죽어서도 살아 숨 쉬는 거제."

이웃 마을 사람들도 다리품을 하여 부채를 할랑이며 심심찮게
화젯거리를 입에 담았다.

"그런디 말이네. 자네 집 경매 받은 젊은 사람 있잖은가. 집을
내놓았다는디. 알고 있는겨?"

"저는 처음 듣는데요."

사현은 집을 비워준 이후로 그들과는 눈인사도 하지 않았고,
집 근처는 애둘러 지나쳤다.

"저렇게 뉴우스가 어두워서야. 마을 가운데서 술집을 한다고
판을 벌리려다 마을 여론에 뭇매를 맞고설랑 집을 정리하기로
하였다네."

"술집 한다는 말은 들었지만 집 내놓은 줄은 몰랐군요."

"자네가 이참에 옛집을 다시 찾아. 그게 어무니에게도 효도하
는 거고. 절치부심, 자네 마음이 그렇지 않은가?"

"생각해보지요."

"생각하고 말고가 어디 있는가. 자네밖에 살 사람이 없느니."

"그게 아니고, 집 내놓은 사람이 자취를 감추었다고 하던디, 무
슨 계산속인지 도대체가 아리숭하구만."

"듣자니께, 바다 가운데 떠 있는 무인도를 찾아다니며 신령한
약초를 캔다던가?"

"그럼 집을 내놓은 게 아니구먼."

사람들은 누구네 개가 짖듯 먼산바라기로 들어 넘겼다.

"그나저나 올 여름은 어째 이렇게도 변죽이 숙 끓넸기 하는시 모르겠네. 변덕스러운 날씨는 영판 주막집 지집년 속곳바람이여."

"금메 말이여. 한번 땡볕이 이마를 부시면 저수지가 바닥을 드러내고, 폭우가 쏟아졌다 하면 목물로 잠기니 가늠하기가 쉽지 않느니."

"그 뭐시냐. 점차로 아열대 기후로 변해가기 때문이람시러."

사람들은 꽃동산 정자에 올라 한가하게 더위를 식히며 엊그제께 내린 폭우로 산사태가 난 맞은편 산허리를 바라보며 여름 날씨를 탓하였다. 폭서와 폭우가 예고 없이 들이닥쳐 농민들의 애간장을 녹였다.

사현도 버섯재배에 다른 해보다 애를 먹었다. 찌는 듯한 불볕 무더위가 몇 날 지속되더니 이번에는 난데없이 시커먼 구름장이 번개와 천둥을 몰아왔다.

"이번에도 성깔 사납게 한바탕 퍼부을 모양이요."

"암만해도 난리를 칠 것 같네."

사현은 더위에 폭삭 절은 나머지 녹초가 되어 찌뿌드하게 몸을 뒤채는 아내를 살가운 얼굴로 바라보며 마음 심란해하였다. 벌써 앞 들판에 빗줄기가 병풍을 두르듯 하였다. 번개와 천둥이 비바람을 사납게 몰아왔다. 그때였다. 번개와 천둥이 머리 위에서 지축을 울림과 동시에 무언가를 때려부시는 꿩음이 가까이에서 와장창 들렸다.

"이건 뭔 소리다요?"

수련은 놀란 눈으로 솟구쳐 일어났다.

"지척에서 변압기가 벼락을 맞아 터지는 소리 같네."

사현은 느릿하게 일어나 텔레비전을 켰다. 먹통이었다.

"정전인갑소. 해는 서산에 떨어지고, 심봉사처럼 밤을 밝히게 생겼소."

"더 어둡기 전에 저녁이나 드세."

사현의 재촉에 수련은 천근 무게로 주방에 나갔다. 폭풍우는 한밤을 짓뭉개고 나서 그쳤다. 폭우가 할퀴고 간 자리는 참담하였다. 푸른 들판은 흙탕물로 질펀하였고 밭작물들은 흉물스럽게 쓰러져 있었다. 여기저기 산사태가 났으며, 계곡물은 넘쳐나 저수지가 방방하였다.

"우리도 피해가 없는가 모르겠네."

"신당부터 둘러봅시다."

"그래야겠제."

사현은 신당을 둘러보고 나서 버섯농장과 수목원도 돌아봐야겠다고 가슴을 여미었다.

"어여, 일어납시다."

두 사람은 청소도구와 연장을 챙겨들고 신당으로 향하였다. 계곡물 소리가 우렁찬 가운데 할아버지 문지상의 유공비(遺功碑)가 우뚝하게 서 있는 꽃동산은 간밤 폭우로 쓰러진 꽃들이 기지개를 켜듯 방싯거리며 일어서고 있었다.

작가의 말

이 세상에서 가깝고도 먼 길은 머리에서 가슴에 이르는 길이다. 그 길을 화두로 삼고 가장 낮은 곳에서 백 갈래 강물을 품어 안는 바다처럼 세상의 숨결을 체감하고 녹여내어 창작에 전념한 지 어언 사십여 년에 이르렀다. 그 세월의 인고 속에서 삼십층의 결과물을 쌓아 올렸다. 우연하게도 '맥박'은 사십여 년을 기념하게 되었다. 감회 어린 마음으로 거울 앞에 서니 흰 머리가 어깨를 드리웠다.

다시금 새로운 마음가짐으로, 변화와 모색으로, 좀 더 세심하고 깊이 있는 성찰과 관찰력으로, 대자연의 심오한 경계와 갈등과 고뇌를 디딤돌로 삼아 미래로 나아가는 부조리한 인간사를 창작의 그릇 속에 담아내겠다.

늘 신선하게, 결 고운 마음으로 깨어나게 하는 새벽바다. 그리고 코로나19. 소리 없는 전쟁 속에서 기꺼이 한 떨기 꽃으로 피어나게 한 강수걸, 권경옥 대표님과 산지니 가족 여러분께 감사를 드린다.

2020년 여름의 문턱에서

語山齊人 정형남

맥박

초판 1쇄 발행 2020년 5월 29일

지은이 정형남
펴낸이 권경옥
펴낸곳 해피북미디어
등록 2009년 9월 25일 제2017-000001호
주소 부산광역시 동래구 우장춘로68번길 22 2층
전화 051-555-9684 | 팩스 051-507-7543
전자우편 bookskko@gmail.com

ISBN 978-89-98079-32-1 03810